U0112630

小说家

说

小说家

邱华栋 ——————— 著

海峡出版发行集团
THE STRAITS PUBLISHING & DISTRIBUTING GROUP
海峡文艺出版社

图书在版编目(CIP)数据

　　小说家说小说家/邱华栋著. 一福州:海峡文艺出版
社,2021.5
　　ISBN 978-7-5550-2596-2

　　Ⅰ.①小…　Ⅱ.①邱…　Ⅲ.①小说家－作家评论
－中国－当代　Ⅳ.①I207.42

中国版本图书馆 CIP 数据核字(2021)第 060265 号

小说家说小说家

邱华栋　著

出 版 人	林　滨
责任编辑	林　颖
出版发行	海峡文艺出版社
经　　销	福建新华发行(集团)有限责任公司
社　　址	福州市东水路 76 号 14 层　　邮编　350001
发 行 部	0591－87536797
印　　刷	成都兴怡包装装潢有限公司　　邮编　610000
厂　　址	成都市金牛区西华街道付家碾村 6 级 152 号
开　　本	880 毫米×1230 毫米　1/32
字　　数	264 千字
印　　张	11.75
版　　次	2021 年 5 月第 1 版
印　　次	2021 年 5 月第 1 次印刷
书　　号	ISBN 978-7-5550-2596-2
定　　价	58.00 元

如发现印装质量问题,请寄承印厂调换

目录/CONTENTS

王蒙

　　2020 年初，86 岁的王蒙又推出了他的一部长篇小说新作《笑的风》。这部小说是他在同名中篇小说的基础上，在疫情期间不能外出时，猫在家里扩充而成的。这部小说时间跨度很大，将一个人 60 年的经历，在地球上各个城市生活的印痕，都展现了出来，显示了他的创造力依旧活跃。

　　王蒙老师到了可以称之为"晚年风格"的创作时期。近两年，我看过他的中篇小说《生死恋》和长篇小说《闷与狂》，这两部作品都可以称为是他晚近的小说杰作。他的"晚年风格"的小说，并不像有些老年作家那样很"老"，不仅有着老年人的沉郁和达观，却也有一种别样的青春的回望般的亮色。炉火纯青的叙事与人性通透和练达的表述，让我们看到了经验和激情完美融汇的表达。

　　我在 20 世纪 90 年代初期，第一次见到传说中的王蒙先生，那时他还住在南小街的四合院里。在那个洒满了阳光的院子里，他送了我一本签名小说集，《淡灰色的眼珠》的香港版，题签为：华栋小友存正。那一年我才 26 岁，对眼前这个小说大家非常崇拜，拿到这本签名书也如获至宝。因为他曾在新疆伊犁生活了很多年，我这个在新疆出生的人对他别有一种亲近感。

后来，我在两家文学刊物《青年文学》和《人民文学》担任主编、副主编，和他多有交道，也常常在文学活动中看到他。我调到中国作家协会后，也常有机会见到他，每次见到他，我都很开心。

王蒙老师特别幽默，每次见面或者偶尔饭局小聚，一桌人中间，引发大家爆笑的，总是他说出来的话、讲出来的故事。

就在新冠疫情期间，有一天我在小区散步，接到了作家祝勇的电话。我们俩在电话里，聊起了王蒙老师在人民文学出版社2020年新版的《王蒙文集》50卷的构成。

祝勇有一个观点，就是作家写到一定程度，一定要有全集意识。就是你这个作家一辈子大概的创造规模，对自我创造的文学世界，要有一个总体的规划。他自从在故宫博物院担任研究员之后，也是佳作不断，写作的题材空间和范围大大拓展。我们就聊起来《王蒙文集》的构成。

不算他的很多单行本，单说他的文集，主要有这几种：在20世纪80年代，我曾买了一套《王蒙文集》4卷本，那是百花文艺出版社出版的。后来，在20世纪90年代初期，华艺出版社出过《王蒙文集》10卷本，再往后，还有《王蒙文存》23卷，以及2014年人文社版的《王蒙文集》45卷等。

人民文学出版社2020年版的《王蒙文集》50卷，收录了他从1948年到2018年这70年间的作品。主要包括了11部长篇小说，有《青春万岁》《这边风景》《活动变人形》《暗杀3322》《恋爱的季节》《失态的季节》《踌躇的季节》《狂欢的季节》《青狐》《闷与狂》等。

其中，《暗杀3322》是20世纪90年代里比较有名的文学丛书"布老虎长篇小说"中的一部。表面上迎合市场，实际上是一部非常巧妙的严肃文学作品。长篇小说《闷与狂》的原名是《闷骚与狂放》，后来可能王蒙老师觉得太潮了，改成了《闷与狂》。

此外，这套文集还包括了2卷系列小说，6卷中短篇小说和微型小说，3卷散文，1卷诗歌，1卷专栏文章，3卷文论、评论，5卷演讲、访谈，6卷《红楼梦》研读，7卷诸子百家研读，5卷自传与回忆录等。规模近2000万字。

我和祝勇就在电话里感叹，王蒙老师的文学世界构成是丰富、阔大、有趣和多样的。这样的50卷文集所创造的文学世界，你走进去，一定会感受到百花园般的缤纷、春雨秋风般的爽朗和大地满溢的那种勃勃生长的力量，人生的经验、智慧、趣味、磨砺，对美与爱的无穷无尽的追寻表达，对生生死死的世界的观察、依恋和达观的描述，这都是王蒙这个独特的作家，以他饱满的文学生命带给我们的文学财富。

那么作为一个作家，向王蒙老师这个近在咫尺的前辈学习，是能学到很多。我觉得要学习的首先就是勤奋，以笔作为自己的表达工具和生命的支撑，不断地在写作中创造，在创造一个独特的文学世界的过程中，展现自己的生命价值。

作为贯穿新中国历史70年的写作从不停息的作家，2019年他获得了国家颁发的"人民艺术家"荣誉称号。这是当代作家中唯一有此称号的人。因此，王蒙是说不尽的一位有趣的大作家。

我曾主编过报纸的读书版，介绍过他的很多作品。我觉得除去王蒙老师的那些小说，他还有大量的文化著作特别值得阅读。

　　王蒙可以说是当代作家中的智者。年过八十，创造力不仅没有衰退，反而进入到老年的黄金期。最近几年创作仍旧十分活跃。要是让我来推荐他的非小说作品，我觉得他的自传三部曲，还有研读《红楼梦》，谈论老子、庄子的书，都很值得欣赏。

　　这几本书都是一版再版。他写中国现实社会的《中国天机》出版的时候就引起了关注，中短篇小说也不断发表，在《人民文学》等刊物上发表《奇葩奇葩处处哀》等题目就很时尚的作品，仍见其雄厚的小说功力。

　　有一年，安徽教育出版社推出了"王蒙的道理"精装盒装丛书一套，非常精美，我在机场书店里看到，有些爱不释手，回京后拿到一套，仔细地翻阅了好久。他是活到老，学到老，读书、写作爆发力仍旧强劲。

　　"王蒙的道理"这套书，可以说是他一生的思想和智慧、人生经验和阅读体会，阅世读人读书思考的精华和大成。这套书由《老子的帮助》《庄子的享受》《我的人生哲学》《红楼启示录》和《读书阅人》5 册构成。有的作为单行本过去出过，我也看过。可以说，这套书集中了王蒙除小说之外的杂著精华。说是杂著，可每一册分明又十分专业。比如谈老子、庄子，谈《红楼梦》，比很多终生研究这一题目的学者还有见地。

　　我想，这套盒装的丛书命名为"王蒙的道理"，旨在呈现王蒙作为当代文学大家和巨匠的人生智慧结晶。众所周知，王蒙很年轻的时候，就被打成了"右派"，被遣送到遥远的新疆伊犁，在新疆一直待到了 20 世纪 70 年代末期，才回到了北京，成为"右派归来"作家群中间最重要的一员；1978 年之后，在创作上爆发出巨大的文学能量。

　　王蒙的仕途也很辉煌，后来官至文化部部长。在新中国成立之后，前有茅盾先生，后有王蒙先生担当此任。他退休之后也依旧非常活跃，在青岛的中国海洋大学创立"科学·人文"论坛。这个论坛我也参加过 2 次，很有意思。是科学家和文学家的一次对话，是科学和人文的对撞和交流。大家云集，活动在大体育场里进行，几千学生座无虚席，场面震撼。

　　王蒙是一个公认的聪明智慧、才华灼人的人物，现在，则是一个睿智聪慧、慈祥大气的老人，却充满了童心。

　　我喜欢王蒙的作品，首先在于喜欢他这个人。你想想，一个人经历了 20 世纪中国的波诡云谲的历史变幻，在其中栉风沐雨，经历了很多难以言说的岁月，见过那么多人生的苦难，依旧能够谈笑风生，积极应对时代变化和人生的起伏，既能对付明枪暗箭，也能从生活中找到无穷的乐趣，达观地活着，这样的生存智慧、生活智慧、创造智慧，是我们大多数人缺乏的，也是我很想从他的书里面寻找到的。

　　王蒙老师善于学习也是有目共睹。他没有好好上过大学，但学英语、维吾尔语都很耐心。我亲眼看到在国际文学交流活动中，他主动上前，用英语和外国作家攀谈。换作别的中国作家，要么借助翻译来聊天，要么就是躲一边了。仔细地听，他的英语口语感觉很棒。当年，他在新疆伊犁，学习维吾尔语也学得很快，后来在公社广播站里念毛主席文章和语录，维吾尔族群众还以为是中央人民广播电台的播音员宣读的。

　　王蒙老师是有语言天赋的。但我想，也是他因后天勤学苦练所达成的。学习英语尤其如此，听说他过去出国，拿个小本子，随时利用零碎时间进行记录学习，有机会讲就大胆地讲英语，进步神速。

　　他还尝试翻译了美国作家约翰·契佛的几个短篇小说，译文也非常棒。

　　可见，人的学习潜能是无穷的。王蒙没有正式的大学文凭，却有一些名牌大学的荣誉博士学位和特聘教授的职称，你说他的学问，是不是要更大、更多、更加的深厚？就拿研究老子、庄子、《红楼梦》的学者的著作来和他的著作比较，也没有人声称他一定比王蒙写得好。文无第一，各美其美，何况王蒙老师的解读，真真切切是人生智慧加阅读理解，独特非凡。一个人一旦进入到一种自由之境，随便写什么都是好文章、大文章。因为这个人已经活到那个境界了。

　　我读他的《老子的帮助》和《庄子的享受》，感到真是得到了帮助也得到了享受。老子的智慧，庄子的思辨，对今天的我们有着很多的启发。

　　从这两本书到王蒙总结自己人生经验的《我的人生哲学》，再到他的自传三部曲，可以看到他的文学观、人生观都是统一的。

　　读他另外的 2 本书《红楼启示录》和《读书阅人》，我们能够学习到如何阅读，怎么以自身的生命体验去阅读。他的思想的踪迹、情感的发散、理性的思考、智慧的露珠，都是那么的有机地联系着，也毫无保留地奉献给了读者朋友。

　　在今天阅读王蒙的书，可以在新的时间节点上，回望来路，然后找到重新进入中国文脉的通道。我们作为一个个的个体生命，在全球化时代里还会面临着更艰难的挑战、更痛苦而辉煌的转型。因为，智者王蒙以他创造的文学世界，早就给我们打开了大门，并且呈现出联结过去、通向未来的道路。

刘心武

1

刘心武是当代文学的贯穿式人物，是不可忽视的文学史意义上的重要作家。改革开放新时期以来的当代文学，它的开端在哪里？绝大部分研究者都认为，是刘心武的短篇小说《班主任》的发表。

《人民文学》杂志 1977 年 11 月号，发表了刘心武的这篇短篇小说。从此，一个文学的新时代开始了，刘心武也被称为"伤痕文学之父"。尽管"伤痕文学"是拿另外一个作家卢新华的短篇小说《伤痕》（发表于 1978 年 8 月 11 日的上海《文汇报》）来命名的，但《班主任》的先声夺人和它所呈现出的强烈的新文学气息，牢牢地占据了新时期文学的开端的位置，并被各种版本的当代文学史所不断加固和强调。

"伤痕文学"作为一种文学思潮的出现，主要在于思考揭示"文革"带给中国社会的深重灾难，起着重述历史与修复人的感情与记忆的作用。因此，"伤痕文学"诞生在 20 世纪 70 年代末，也是恰逢其时。

如今来阅读《班主任》这篇小说，我们可能会觉得它在艺术手法上的粗糙，如特定年代的政治语言充斥在小说里，人物形象也显得符号化。但是，从它发表的时间节点来看，这篇小说却有着振聋发聩、直指人心的力量。

小说中的主要人物，是一所中学的班主任张老师。小说以他的视角来看两个学生在"四人帮"垮台之后的精神状态。一个是小流氓宋宝琦，他是一个坏小子，偷窃、撒谎、抢劫、愚昧，是有名的小坏蛋，别的老师都不敢教他，但是张老师却接收了他，愿意当他的班主任，在学习和生活中帮助他，和他的关系也渐渐地靠近了。

小说中塑造的另外一个角色是女生谢惠敏。她是班上的团支部书记，按照一般的看法，她是一个品学兼优的学生，学习成绩好、本质纯正，听老师的话，但实际上她却是一个头脑简单僵化、没有自我判断力的盲从者。她的言谈举止、行为思想，深受"四人帮"时期文化专制的影响。她时刻不忘记要"揭露"和"批判"，要反对"资产阶级作风"，而且连《牛虻》这样的书，她也认为是黄书和毒草。显然，谢惠敏这样的好孩子、好学生，在精神层面上也是深受"文革"流毒影响的，是更加可怕的。在小说中，这两个学生以对称和相互比较的方式出现，但他们都不是未来国家建设真正需要的人，从精神文化层面上看，他们就是病态的人。因此，在小说的最后，主人公张老师发出了"救救孩子"的呼声。

《班主任》在当时的发表引起了读者的很大共鸣。刘心武收到读者的来信就超过了 2000 封，可见这篇小说在当时的影响力。《班主任》的成功之处就在于，它刻画了新一代年轻人的精神状态和心灵世界，在一个需要清理历史、轻装上阵的时刻，它为时代向前走提供了反思的契机和标本，以鲜明的文学形象，展示了"文革"的阴影在中学生的行为和思想中的影响，使我们有能力在反思历史的同时，去重新规划未来。因为未来必须要新人，需要精神健全的年轻人去创造。

以《班主任》为代表的"伤痕文学"的诞生，就是在特定历史时期和历史语境里思考和诞生的一个答案。由此，改革开放新时期的文学史就获得了一个新起点，《班主任》的文学史地位的形成，就在于它是位于这一时代转折的交汇点上。

我和刘心武老师认识近 30 年了。1993 年，我受《中华英才》杂志的委派前去采访他，那是我第一次见到他。那时我已经读过他的很多作品，我是带着崇敬的心情，以一个大学毕业刚刚参加工作不久的小记者的身份去见他。

他的家当时在安定门外护城河边的一幢塔楼里。在 1404 室，进门之后，我看到客厅并不大，但屋子里有好几处盆栽植物生机盎然，3 只大花猫在跳上跳下，警觉地观察我。我记得那次采访很成功，因为我对他的作品耳熟能详，所以我们聊得很愉快。在我的印象里面，刘心武老师非常和蔼可亲，知识渊博，视野开阔，观点犀利但又待人宽厚。

那一年我 24 岁，在一家报社工作。我白天写新闻，晚上写小说，精力很充沛，一年里在文学杂志上能发表 20 多篇小说。一年后，也就是 1995 年的某一天，他出其不意地给我打来一个电话，问我："很多文学杂志上那个署名邱华栋的写小说的人，是不是你？"

我告诉他，就是我。他很高兴，告诉我说他接到出版人金丽红的邀请，为华艺出版社主编一套"城市斑马丛书"，希望我把那些小说编辑整理好，可以给我出一本小说集，就放到这套城市小说的丛书里。他还告诉我，这套丛书的作者有朱文、张小波、严力等，都是第一次出版小说集。他还主动说："你的小说集的序言，我来写。"

我很高兴，确实有受宠若惊之感，也非常激动，赶紧整理好一本小说集《城市中的马群》，交给了他和出版社。我中学毕业时出版过一本小说集《别了，十七岁》，可毕竟那是少年写作。这本《城市中的马群》是我真正迈上文坛的一本书。

不仅仅对我，对朱文和张小波来说，这也是他们的第一本小说集。

朱文的那本小说集叫作《弯腰吃草》，带有艺术家小说的那种随性和自我表达。张小波的小说集叫作《每天淹死一个儿童的河》。后来，朱文写了很多小说，有一天忽然不写了，去当电影导演了，拍了一些我至今都没有看过的电影。张小波是毕业于华师大的著名诗人，他在北京一直做图书出版发行，是一家民营图书公司的董事长，这家公司后来叫作凤凰联动图书出版公司，也兼做影视剧投资。他的这本小说集有着卡夫卡的梦魇风格，后来还出了几个不同封面的版本。

刘心武老师非常敏锐，他给我的小说集《城市中的马群》所写的序言题目是：《与当下共时空的小说》，很准确地捕捉到了我的小说的特点，给了我很大的鼓励。我迈上文坛，很大程度就是依靠刘心武老师的"第一推动"。

后来我们见面的机会就多了。我和他还做了几次文学对话，对当时的文学问题、城市建筑和城市文化，都以对话和访谈的方式发表了看法。

过去，我听一些作家说，刘心武的脾气有些怪，很难打交道。可我和他多年的交往，我觉得他的脾气并不古怪。而且，他属于那种一旦接受了你、和你成了好朋友，关系就会很好，很不容易改变的人，很值得信赖与尊重。

他对年轻人的作品很关注，尤其对一些边缘但很优秀的作家很关注。他在《读书》上发表读王朔小说的评论。当时，正是王朔比较有争议的时候。小说家王刚也是一个天马行空、独来独往的人物，他的长篇小说《英格力士》出版后，刘心武老师很喜欢，撰写了书评，还请王刚一起聊天吃饭。后来，我见到王刚，他给我说起来这件事情，也很感念。

王刚是一个新疆出生的汉族作家，他与文坛人士来往不多，因此，当一个前辈作家真诚地欣赏他的作品，并不遗余力地推荐他的作品，王刚很感动。后来，王刚也常常请刘心武老师一聚，他是葡萄酒的鉴赏专家，总是带来很好的葡萄酒请我们喝。

某一天，刘心武老师读到王小波的一些作品，非常喜欢，就想尽办法找到了王小波，请他吃饭聊天，还写了评论他作品的文章。他说，他是在地摊上读到了署名王小波的《黄金时代》，一读就特别喜欢，就想认识王小波。

我也参加了刘心武老师请王小波的聚会，一共有 2 次。每次吃饭，不仅有王小波，他还约了另外 2 个朋友，就在离他家不远的一个小餐馆里。都是刘心武老师做东。谈天说地，大家聊的都是文学。席间，王小波有些话说得非常有意思。大家喝了不少酒，我记得王小波很能喝酒，他轻微地醉了，脸红红的，说了很多有趣的话。深夜，我们散场走出去，我还问王小波，你做自由撰稿人，稿费不够养活自己怎么办？王小波笑了，说，我还有个大货的本儿，我当货车司机肯定没有问题！没有想到不久之后，他就因心脏病发作去世了。在电话里，刘心武老师和我谈起他，叹息着，十分惋惜，静默了很长时间。

新作家又出现了哪些，刘心武老师总是很好奇。后来，我在两家文学杂志担任主编、副主编，他就经常在电话里问我，最近有什么样的新作家出来？写了什么样的作品？特地让我给他介绍活跃的"80后""90后"作家的情况。他对科幻文学在当代的发展也很关注，对新媒体与文学的联姻，特别愿意尝试，比如音频、视频等。

他也给一些年轻的作家提供机会。20世纪90年代的某年某一天，他和法国大使馆文化专员戴鹤白吃饭。戴鹤白先生是一位很有名的汉学家，也是他的作品的翻译者和研究者。他特意带上我和祝勇参加见面，不遗余力地推荐我们俩。我的几种法文版小说在法国翻译出版，都是他牵线搭桥。2004年举办中法文化年的书展上，刘心武出版法文版本的作品有6种，法国报纸《世界报》《解放报》《费加罗报》都对他的作品进行了深入评介。

从我认识他之后，一晃很多年过去了。张小波、我和张颐武等年轻的作家、学者，一般每年或者隔年给刘心武老师张罗一次生日聚会，借着给他过生日的由头，大家聚一聚，每一次聚会的场面都非常热闹，令人难忘。

我们都知道，他经历丰富，曾经当了很多年的中学老师，后来，又担任《人民文学》这份"国刊"的主编，曾因1987年1、

2 期《人民文学》合刊上刊发了马建的小说《亮出你的舌苔或空空荡荡》而遭到停职检查。有一天,张小波问,当时您被停职了,新闻都播送了,这个打击不小,那时是什么心情?他沉吟了片刻,告诉我们,当时他是从新闻联播上看到这条新闻的,一开始心情自然十分郁闷,就和妻子吕晓歌一起出去,在地坛公园里散了很长时间的步,然后就从心理上接受并且释然了。他说,一个人一生总是要受到各种挫折,在这个时候一定要挺住,并且相信自己能够渡过难关。

我印象里,他很喜欢和普通人来往,有很多这样的朋友。收破烂的、修自行车、卖煎饼的、开出租的等,都有他的朋友。实际上,刘心武老师的知识谱系相当博杂,和他聊天说话,你可以得到大量的知识和信息,他也很幽默、达观,老是笑眯眯着听你说话,场面非常有趣热闹。

他是一个很重感情的人。有一天,我忽然接到他一个电话,在电话里,他的声音很沉重:"我们家的咪咪去世了。"我愣了半天才明白过来,原来,是他养的一只 10 多年的漂亮波斯猫去世了。他告诉我这只猫的一些故事,最后很难过地说,他们全家到昌平郊区的一处麦田边,把那只猫掩埋了。对猫如此,何况对待朋友亲人?

2

我上中学的时候读过刘心武老师的一本书《这里有黄金》。是书名吸引了我。后来,我在《当代》杂志上读到了他的长篇小说《钟鼓楼》,借助这本书,对北京老城区的市民市井生活有了很深的了解。他 1942 年出生在重庆，6 岁就随着父母来到了北京，新中国成立之后一直在北京生活。

后来，我有一套华艺出版社出版的 8 卷本《刘心武文集》。2012 年，在他 70 岁生日的前夕，张小波主持的凤凰联动出版了一套 40 卷的《刘心武文存》，收录了他从事文学创作 50 多年来主要的作品，以此来祝贺刘老师的 70 岁。这套文存包括 5 部长篇小说《钟鼓楼》《四牌楼》《栖凤楼》《风过耳》《无尽的长廊》等，还有中篇小说《如意》《木变石戒指》《小墩子》等 20 多部，短篇小说《班主任》等数十篇，以及纪实文学《5·19 长镜头》和 2 部非虚构作品《私人照相簿》《树与林同在》。他写下了 300 多万字的散文随笔，也都以各种集子收录于文存系列，如《人生非梦总难醒》《献给命运的紫罗兰》等，此外，这套文存还收录了他的建筑评论、剧本、小小说等，以及他的系列"红学"解读著作《刘心武揭秘〈红楼梦〉》4 种，可以一览他主要作品的全貌。

我很喜欢他的短篇小说《白牙》。这是刘心武短篇小说的代表作，白描中透露着荒诞，精致简洁到了极点。中篇小说《如意》《小墩子》和《木变石戒指》大都创作于 20 世纪 90 年代，是他的"民俗现实主义"的代表作，被改编成了影视剧，产生了很大影响。

他的长篇小说的扛鼎之作是"三楼"系列：《钟鼓楼》《栖凤楼》《四牌楼》。长篇小说《钟鼓楼》发表于 1984 年，这部小说在当时反响很大，获得了茅盾文学奖、《当代》文学奖、《人民文学》杂志奖和北京市政府奖。

《钟鼓楼》问世 30 多年以来，一直畅销不衰，每年都有再版。这部小说结构巧妙，是橘瓣式的结构，写了一天的事情。通过北京胡同里一家普通市民的婚礼，写到了北京城里几十个人物，从定格描写一天，实际上延伸到了几十年，有大量北京民俗和社会学的信息，可称之为最近40年当代最重要的长篇小说之一。

稍后几年接连出版的长篇小说《四牌楼》和《栖凤楼》，获得了上海市文学大奖，延续了他对北京市井民俗与文化心理积淀的探索和挖掘。这个系列长篇构成了三座令人瞩目的小说山峰。"三楼系列"和1988年获得诺贝尔文学奖的埃及作家马哈福兹的代表作"三街系列"——《宫间街》《思宫街》《甘露街》可以对比研究。

刘心武老师是文体家，除了虚构小说，他还写下了很多非虚构和纪实文学作品。这体现了他关心现实和当下的介入精神。纪实文学《5·19长镜头》发表时引起了轰动。他通过对1985年发生在北京的一次足球骚乱事件的书写，透视了当时国人的文化心理。该文一经发表就引起了巨大的社会反响，人们争相传阅，以为快事。

他的《私人照相簿》是在《收获》杂志开设了两年的专栏，通过对一些普通中国人家藏私照的解读，描绘了在历史沧桑惊变的20世纪里，很多中国的普通家庭的命运。他的长篇非虚构作品《树与林同在》，是关于北京普通人的一曲漫长、温暖而忧伤的命运长歌。他为一个叫任众的北京人写下了一本图文结合的传记，表达了他独特的文学观：书写一个最普通的中国人的命运，就是书写最本真的民族记忆。对个体命运的关怀，对个体生命的悲悯打量，是文学抵抗时代蛮力打击的有力回击。

他还有 300 多万字的散文随笔，表达了他对人生、婚姻、爱情和命运的思考，是一个作家真切的感悟，先是发表在报刊上，后来都结集出版，深受读者喜欢。

从 1977 年发表短篇小说《班主任》，一直到后来的《刘心武揭秘〈红楼梦〉》、长篇小说《飘窗》，他在国内外出版的各种版本，超过了 300 种，像他这样有耐力和活力的长跑运动员般的作家，并不多见。无论在文坛的中心，还是边缘地带，无论在风口浪尖还是身处波谷，他都泰然处之，只是拿作品不断地参与当下的文学进程。要了解新时期 40 年中国当代文学，他是一个绕不过去的人物。

3

对《红楼梦》这部清代小说巨著，刘心武老师一直抱有着非常浓厚的兴趣，甚至是热爱这部伟大小说。这促使他写了多部关于《红楼梦》的研读著作。

他通过中央电视台的百家讲坛，还有在各地举办讲座、演讲，接受访谈等方式，拓展他对《红楼梦》的研究心得，对"红学"提供了一家之言，增进了社会大众对《红楼梦》的兴趣，也给很多作家同行带来了启发。

我知道他对《金瓶梅》的研究兴趣，也不在对《红楼梦》的关注之下。多年来，他持续地研究这部明代奇书，不仅写过关于这部书的评点，还尝试以音频和视频的方式，通过新媒体解读这部书。

《刘心武评点〈金瓶梅〉》先是由漓江出版社出版了一个删

节本，接着在台湾学生书局出版了线装版全本，对删节部分的评语也补上了，成为完璧。线装版使用了我和张青松合作整理点校的底本，我感到十分高兴。

刘心武老师常常和我们谈到他对《金瓶梅》的阅读心得。他认为，《金瓶梅》是一部划时代的文学巨著，它是由文人独立创作完成的。而在此之前的长篇小说都有在民间长期流传的特点，因此，它对古代文学发展的影响是深远的。中国的古典小说名著，是我们可以汲取营养的沃土。很多当代作家都有深厚的古典文学功底。

线装版《刘心武评点全本〈金瓶梅词话〉》制作成本高、流传范围狭窄（线装版只印了几百部）。为了让更多读者能够看到刘心武对《金瓶梅》的研究心得，后来出版了一套精装本以飨读者。这就是 5 卷精装本《刘心武评点全本〈金瓶梅词话〉》的来由。

当代学者对《金瓶梅》的研究成就斐然。魏子云、夏志清、黄霖、王汝梅、梅节、刘辉、卜健、吴敢、田晓菲等数十位，都对《金瓶梅》做了深入研究，出版了专著。但当代小说家对《金瓶梅》的研究著作却很少，我此前读过格非的《雪隐鹭鸶》，这也是一部惊世之作。

小说家看小说、评小说，自然和学者不同。小说家是创造者，他对一部小说的理解能感同身受，既能贴近作者，了解到那些不为人察觉的细节意味着什么，还能发现很多小说的很多幽暗的秘密，这都是不写小说的学者所无法企及的。因此，刘心武评点《金瓶梅》的出版，实在是一个非常好的文本，能够让我们看当代作家是如何跨越数百年，和另外一位至今不知其为谁的作家——"兰陵笑笑生"——的相互理解和默契应答。

刘心武老师解读《红楼梦》还是不过瘾，他又开始解读起了《红楼梦》的梦外梦，出版了一部《〈红楼梦〉八十回后真故事》。

"百家讲坛"的收视率后来有所下降，他们想请了几位更能讲的人出马，于是就请刘心武老师来讲《红楼梦》了。作为一个小说家，刘心武老师在当代文学史上留下了他的脚印。他搞起"红学"研究，不知道为什么，竟然让一些吃"红学"饭的人对他的观点大加挞伐。不知道和"红学"研究形成的历史派别、观点纷争有没有关系。

我觉得一个文化多元的时代里，对《红楼梦》的研究、诠释，甚至是过度诠释，都应秉持一种开放的、宽容的态度才好。

刘心武老师的《〈红楼梦〉八十回后真故事》，在他很多关于《红楼梦》的文章中都有呈现，这本书更加集中表达了他对《红楼梦》80回后的遗失部分，进行了猜测性的补充。从胡适到周汝昌，又从周汝昌到刘心武，这是他们接续研究《红楼梦》的脉络。我读胡适的《跋乾隆甲戌脂砚斋重评石头记》《跋乾隆庚辰本脂砚斋重评石头记钞本》，读周汝昌的《红楼梦新证》，到刘心武的《〈红楼梦〉八十回后真故事》，无论是考证还是"索隐"，这几位研究《红楼梦》的大家，带给我们的都是很大的启发。

"红学"研究蔚为大观，争论异常热烈，早已经是过度阐释了。《红楼梦》我读过五六遍，每次读，感受都不一样。眼看着"红学"这么热闹，我也读了不少"红学"著作。我读了台湾人赵同写的《颠倒红楼》，他言之凿凿地说《红楼梦》是曹雪芹他父亲写的，不是曹雪芹写的。这种猜测也能被他敷衍成一本书。

还有一位欧阳健先生坚持认为，脂砚斋评点本要晚于程甲本和程乙本，脂砚斋评本都是后人伪造的。欧阳健先生也专门写了一本砖一样厚的著作，论述这一观点。

这都是有趣的说法。但阅读一本书，关键还是你对这本书原著的鉴赏能力。还有人把《红楼梦》里的人物和清朝历史人物一个个对标联系起来，写出砖一样厚的书。

但这没有关系，只要大家喜欢《红楼梦》就很好。我读《红楼梦》，只有一次是把通行本 120 回读完了，其余几次都是读到第 80 回就再也读不下去。后续的 40 回，读起来实在是味同嚼蜡。对《红楼梦》后面数十回的探佚，从胡适考证甲戌本的时候就开始了。那个时候，胡适就通过脂本的很多眉批和夹评，发现了一些情节线索，其人物命运是与印刷的《红楼梦》通行本不一样的。由此揭开了对《红楼梦》80 回后真故事进行探佚的序幕。到了当下，就有了刘心武老师的这本《〈红楼梦〉八十回后真故事》。

且不去谈刘心武的一些《红楼梦》探佚结果是否符合曹雪芹的原意。这本书，我觉得最出彩的地方，是年届 70 岁的他动用了自己大半生的经验，对《红楼梦》的气质与格调的总体把握，他对人物最终命运的解读就有了说服力。高鹗的续书在很多地方很呆板、僵硬、腐朽且没有灵气，虽然那个悲剧性的结局符合原著气质，人物命运的安排却并不合理。刘心武则发挥了他小说家的想象力，根据各种手抄本的评语线索，推导出《红楼梦》散佚的部分中，那些令我们牵挂的人物更具悲剧性的结局，让我们看到了和通行本大不相同的一个《红楼梦》。那是一个树倒猢狲散、白茫茫一片大地真干净的大悲剧结局，让我们感受到了曹雪芹内心深处的幻灭、忧伤和难以排遣的失落。

再回到"诠释和过度诠释"的问题上来。这是意大利当代哲学家、小说家翁贝托·埃科的一本演讲对话集的书名。对一本书的诠释和过度诠释，是我们这个时代的风气。我读过不少"红学"著作，明显地感觉到《红楼梦》被过度诠释了。就我个人而言，我喜欢一种残缺美，就像我喜欢维纳斯那缺了胳膊的雕像。《红楼梦》在我心里永远只有80回。

不过，刘心武老师不仅出版了这本探佚《红楼梦》的著作，他后来干脆给《红楼梦》写了续书30回，给我们提供了一个有趣的探佚，试图完璧一个整全的《红楼梦》。他的《刘心武续红楼梦》30回，我在《人民文学》当编辑，刊发了15回，《收获》杂志刊发了15回。对于他这种执拗的、渴望事物完美的精神，我感到钦佩。在阅读他所写的《刘心武续红楼梦》，也加深了我对《红楼梦》的理解。任何的诠释甚至是过度的诠释，都是可以理解的。让我们因此而更加热爱伟大的《红楼梦》吧。

北京电视台热播新版电视剧《红楼梦》引发了热议。我不大喜欢演员的化妆。那明明是戏曲演员的装扮，怎么搞到《红楼梦》的角色上了，这是叶锦添做的设计。我也不喜欢这一版电视剧《红楼梦》里面的旁白，我觉得这使得电视剧在叙事上多了一个视角，少了某种聚焦的力量，是电视剧结构的缺陷。

这也怪不得导演李少红。任何伟大的文学作品，一旦被拍摄成影视作品，和原著都会差很多，都会让人感到不满意。因为伟大作品具有抗拍性。影视的表现力再强，也无法展现出伟大的文学作品的全部魅力。《安娜·卡列尼娜》是这样，《红楼梦》也是这样。每个人心里都有一个安娜·卡列尼娜和林黛玉，都有一个属于自己的哈姆雷特和李尔王。影视作品一旦具象化，那就不会让所有人满意。何况电视剧的制作背后，左右一部戏的力量和利益相关方太多，一部电视剧很难贴近原著。

走近刘心武，了解他对《红楼梦》的系列研读和对《金瓶梅》的解读，是很重要的，这既是刘心武开拓自身创作研究的范围，也是他贡献给我们的智慧成果。

4

我在《青年文学》当主编那几年，也编辑了几本书。因为杂志社隶属于中国青年出版社，我们也有出书的任务，我当时把刘心武老师的散文随笔编了3本书，写了3篇跋。第一篇跋的题目是《真，是单纯和暧昧的》，这是给他的《世道人心》写的代跋。

要从刘心武创作的散文随笔中精心选编出3本主题明确的书，对我来说有一定的难度。一个是刘心武老师的散文随笔的创作时间持续进行，有50年的写作历史。他写下了至少300万字的散文随笔，量比较大，遴选起来不容易。二是他的散文随笔风格多样、内容丰富，并不统一，在题材上非常广泛，很多文章于他是兴之所至，随手拈来，是真正意义上的随笔。但按照出版社的意图，这3本书既要有机联系，又要体现他所创作的某个确定的主题，以这样的标准来挑选他的文章，就有一定的难度了。

好在刘心武老师积极配合我，在编选这3本书的时候，他略做思考，就定下来3本书的主题，分别是和真、善、美有关。

这就让我眼前一亮。的确，这些年他大都围绕着这3个主题来写作的。编选他的散文随笔三卷精华集的思路就清晰了。

　　我记得我们是坐在他家楼下的一家咖啡馆里，确定了编辑思路的。在我们俩的面前，堆积着很多他出版的散文随笔集，其中有不少多年未再版的。再还有他这些年写的一些新作的打印件。首先，要确定的就是《世道人心》的选目。

　　刘心武老师拿出来一盒彩色的水彩笔，他说："真理，是暧昧的。"

　　我看见，这个时候他微微地迟疑了一下，就从水彩笔盒中拿出来一支褐色的彩笔，开始在一本本书、一篇篇打印的文章中，画出关于《世道人心》的篇目来。这个时候，我在一边却多少有些疑惑，难道，真，竟然是暧昧的吗？既然真是暧昧的，那么我们还可以靠近真或者真理吗？看着他拿着褐色的笔，我想，真从来都是不明确的？不是黑或白，红或蓝，而是褐色的幽暗和复杂，混沌和两可？

　　那天，我最终没有问刘心武老师，为什么真是暧昧的，为什么他要给这本《世道人心》选择褐色的笔触。这一定是他这个年龄才能深切体会出的人生况味。

　　后来，我一篇篇阅读他所选的文章时，分明感受到了那种人生中求真路途的困难，和真的暧昧性。真也许总要处于我们追求的过程中，它总是显得不确定，似乎又影影绰绰的确定。而我们在确定可以发现真的时候，谁都不要以为找到了终极的真。

　　真也许始终是相对的，是不能够完全确定的，却又有着一个朦胧的影子促使我们继续去追寻。可即使如此，人生中的真，也仍旧值得我们去"日日求真"。寻求真的过程的艰难和欣悦，就是最值得的体验。

那么善呢？刘心武老师认为，善，是生命中的绿意。在确定《草根情怀》的篇目时，我看见刘心武老师从水彩笔盒子里面拿出来的，是一支绿色的水彩笔。

他笑着说："善，应该用绿色来标明，善是我们生命中的绿意。"然后，他就开始在很多散文随笔集中一篇篇地画了起来。绿色的道道在一些篇目上画过，像一条条绿色的枝条，在这个春天的夜晚延伸。如果恶要用黑色来标识的话，那么善的绿色，也许会使恶的黑色变得淡一些、稀释一些了。

收在《草根情怀》的文字，大都记载了刘心武老师和人交往、相遇的时候，善所带给他内心的感动。这些文章也如同善本身的绿色调，在我们阅读的时候，会带给我们瞬间的生机盎然。刘心武老师认为，在日常生活的庸常中，只有善才可以让我们的生命更美好。

我一篇篇地阅读收在这本书中的篇章，感受到善的力量和生机实际上是隐藏在我们的日常生活和经验中的。这些篇章，大都是记述他在生活里遇到善的细节和瞬间，可他能够让善的绿芽，绽放成璀璨的花朵。

我知道他做过多年的中学老师、出版社和杂志社的编辑，他是一个文化名人，他却愿意结交三教九流、平民草根。

我说一个有趣的事情：有时候请他参加聚会，朋友开着"奔驰""宝马"这样的好车来接他，他只要坐上去，一会儿就觉得不透气，很难受，头晕、恶心，不舒服了，要赶紧下车喘口气。只有坐上他的一个村友"三哥"开的一辆四处漏风的小面包车，他才觉得很舒服，头不晕、眼不花，无论是上山进村，还是在长安街上奔跑，都觉得舒服自在，空气流畅。我记得三哥酒量不错，脸膛黑红黑红的，人也很朴实。他是刘心武老师在郊区"温榆斋"小区里交的朋友，平时就靠开车赚点生活费。我们也笑他，怎么偏偏就不能坐好车呢？有福还不能享。

他也笑而不答。

在和平常百姓交往中去体会善、去发掘善，是这本书收录的文章的核心。善，是我们日常生活中的润滑剂，是我们可以在生活中感受到的温暖。如果我们如果能够时时向善，恶就会减少。

善，如同春天里的柳枝，带给我们以岁月绽放的美好。如果我们在生活中总是能和善相遇，我们的生命就有了生机。

在刘心武老师看来，美，是艳丽多姿的。看着刘心武老师为《寻美感悟》挑选篇目，选择了一根粉红色的水彩笔，开始在一些篇名上画起来的时候，我自己倒笑了。

我有些吃惊，怎么他用粉红色来标识美呢？这倒挺好玩的。

这个时候，我刚好看见一个穿粉红色衣服的少女，脸蛋儿也是粉嫩嫩的，袅袅婷婷地走进了咖啡馆，和在那里等待的男朋友见面。一时间，少女的娇媚和青春气息扑面而来。也许，在刘心武老师的心目中，美，应该就是青春的、躁动的、按捺不住的东西，就是这种粉红色吧。

收在《寻美感悟》中的文章，所涉及的领域很多。刘心武老师的兴趣很广泛，他对建筑、电影、旅行、书籍、音乐、戏曲、饮食文化都有兴趣，他也经常在野外写生，画水彩画。多年前举行的某次拍卖会上，他的一幅风景水彩画拍出了几千元的价格。可见，他一直善于在俗世中去寻找美，把自己的生活变成享受美、体验美的过程。

我们曾经在一家西餐店吃饭。对如何吃西餐，刘心武老师也是头头是道，我喝汤的时候喜欢汤勺朝里舀，直接进嘴，他就笑着指出来，在西方喝汤的习俗是勺子朝外啥。我怎么都改不过来。

他对建筑、美术、歌剧的欣赏水平也很高。他不断在这些领域发现美，寻找美，也记述发现美时的欢欣。而这种欢欣，就是收在这本书里的文字。做一个美的鉴赏家，还需要一双独特的眼睛，更需要有一颗敏感的心。这些文章，都是他发现美和寻找美的心得体会。他用自己的实践，让我们明白了一个道理：要想保持生命的粉红色，就应该不断地去寻找生命的美，这才可以体味到生活丰富的滋味。人应该做一个美的发现者和鉴赏家，才能把自己的人生过得有滋有味。

的确，如果没有对美的发现和欣赏，我们的生命会多么枯燥和无趣。

5

我很佩服刘心武老师长跑运动员般的创造力。他的写作从未停歇，也不见衰减，无论是写小说、非虚构、散文随笔，还是对《红楼梦》研究，他总是能爆出冷门，显出热闹，掀起话题。2014年年初，他拿出了长篇小说新作《飘窗》，写得很时尚，也很当下，让我很钦佩。"飘窗"是一个建筑名词，指的是室内有一个类似阳台但又封闭起来的空间，从那里可以看见外面的风景。

此前，刘心武老师出版的长篇作品有"三楼系列"，《钟鼓楼》《四牌楼》《栖凤楼》，还有长篇小说《风过耳》《无尽的长廊》，长篇非虚构《树与林同在》，以及长篇续书《刘心武续红楼梦》。可以看出，他的作品在题材上跨度很大。

　　"三楼系列"是刘心武的民俗现实主义和地域文化小说,《钟鼓楼》获得了茅盾文学奖,如今每年都能加印几万册,《树与林同在》以非虚构的手法聚焦于一个普通市民的人生命运,写出了树的命运是如何在林的环境中被制约和改变的。贯穿其创作的主线,是社会世相描摹、知识分子批判和对当下社会的人道关怀。这部《飘窗》是他的第八部长篇作品,篇幅不大,是他从"飘窗"往外面看到的世相纷呈的精心之作。

　　这一次,他把目光从北京的胡同、社区,转移到了街面、酒店、会所和室内。

　　从人物描绘上说,他塑造出活生生、很当下、接地气的人物,有名有姓几十个。这些人物以往在刘心武老师的作品中很少出现,都是21世纪以来中国社会中出现的新人物,十分逼真和具体。以出场为序,主要有:庞奇,一个黑白两道通吃的商人麻爷的高级保镖,也是《飘窗》中最主要的贯穿式的人物。糖姐(唐淑仪),一个歌厅妈咪,她的歌厅是这部小说主要人物的活动场景。薇阿、歌厅小姐、准妈咪,与庞奇等多人有纠葛。叶先生,台湾商人,是歌厅的常客。雷二锋,麻爷的保镖。麻爷这个角色,则是难以弄清楚的社会强人。小说中有一个知识分子角色薛去疾,他是退休高级工程师,也是本书最重要的人物,他和庞奇、麻爷等人的纠葛与交集,构成了这部小说主要的情节。

　　小说中,薛去疾的老伴在美国,儿子薛恩先在美国学习,后回国创业,他的妻子梅菲在美国,不愿意回来。由此引发了薛恩在国内创业,导致资不抵债,不得不抵押薛去疾的房子,结果薛去疾又去求麻爷帮忙解决抵押贷款问题,因涉及金钱,知识分子的尊严和斯文扫地。薛去疾平时给麻爷的保镖庞奇谈起文化知识、名著名篇、仁义道德的时候道貌岸然，但是因为金钱却给麻爷磕头，导致庞奇的信念崩溃，最后庞奇愤怒地砍了薛去疾一刀。这个薛去疾的人物形象，就是刘心武对知识分子的自省、批判和嘲讽。

这部小说大有看头的地方，在于塑造出的高低错落各不一样的芸芸众生。他们是：卖水果的顺顺、原来扫大街的顺顺媳妇、从台湾去美国定居的商人林倍谦、报告文学作家夏家骏、麻爷的保镖"东北虎"、两个原少林和尚、三个退伍特种兵、四个"蒙古野狼"，还有收购倒卖旧电器、制作假证件的犯罪嫌疑人，以及文嫂，姓赵，大嗓门的四川妇女，家政小时工，她的丈夫是个油漆工。

此外，还出现了当年的"文革造反派"，现在的落魄者何海山。他是"文革"中的何司令，眼下以新左派的面目借尸还魂。电工小潘是一个同性恋，差点把薛去疾强奸了。主要人物庞奇的家人也有好多，构成了一条副线。庞奇的弟弟是农民；庞奇的叔叔在县城开武馆，教授岳家拳；庞奇过去的未婚妻姿霞，是个农村妇女，也来到了城市里，一度在歌厅当清洁工，歌厅小姐瑞瑞、楼盘门口的保安、某区城管头儿等等人物纷纷登场。小说中还出现了城管头儿的"二奶"钟小姐，女儿钟力力，她是一个取得硕士学位，想着移民外国的女子。她的好朋友冯努努，取得学士学位的园艺师，也是庞奇女友。

冯努努的母亲是一个小学教师，冯努努的父亲是中学教师，已故。此外，还有二碌子是一个打卤面馆老板，倒卖火车票的黄牛多人。还有海芬，她是将军之女，钟力力、冯努努中学同学等等，构成了一个十分紧密的人物关系。小说中还出现了归国的流亡诗人尼罗、学者覃乘行等等，形成了几个层面的人物，互相紧密地咬合在一起。这些人物如同走马灯一样，在一个叫"红泥街"的地方来来往往，构成了红尘万丈的世相，和你中有我、我来你往的关系，也就是刘心武从"飘窗"里看到的一切。

可以看出刘心武对时代变迁的敏感。他不像某些写作资源枯竭的作家那样，只能以耸人听闻的社会新闻作为写作素材，以"国际橱窗"式的方法，符号化简化当下复杂的中国社会现实。刘心武显然能够跨越这个陷阱，将"飘窗"这样一个窥探世界的窗口，限定在一定的视域之内，将活跃的、无比复杂的现实，做了非常具有时代意义的展示。同时，他将作家的同情、悲悯、批判都藏在人物形象的背后，有着一颗博大的关怀之心。

这部小说的地理环境"红泥街"，是一个相对封闭的环境，看似北京某个胡同里巷，却与刘心武的那些地名明确的小说，比如"钟鼓楼""四牌楼"等不一样。红泥街，完全可以放在任何一座大中城市的街道上，而这条街道上的风景都是相似的。刘心武写这部小说，就像是搭建了"红泥街"这样一个外景地，然后在里面尽情演绎他笔下的人物和故事。

小说的叙述和写法上就像是九连环，从头到尾都在不断出现新的人物，添加、纠葛到旧有的人物关系中。这样的写法，在《金瓶梅》《红楼梦》和《儒林外史》中，都有绝佳的表现。刘心武显然对中国传统小说的技法了然于心。小说的场景转换蒙太奇，心理描写的意识流，时空转换的后现代，符号化处理的新结构，都是很娴熟的。

刘心武是《红楼梦》的超级拥趸，这部小说的语调是红楼梦式的，那么的生动、鲜活、动感、具体，让我们看到了文学大家的叙事魅力。《飘窗》这部小说描绘的人物繁多、世相纷杂，是一部小规模的"清明上河图"。

2020 年初，我完成了非虚构作品《北京传》，这是一部从城市空间营建的时间轴线来结构的城市传记。

有朋友好奇我怎么对建筑这么感兴趣。我对城市建筑文化的兴趣，是受到了刘心武老师的影响。早在 20 多年前，我在一家报社当记者和副刊编辑，曾向刘心武老师约稿。我记得那段时间，他写了一系列解读长安街上的建筑的文章，叫作《通读长安街》。这些文章结集为《我眼中的建筑与环境》出版。他还出版过一本有关建筑材料的随笔集《材质之美》。

一个当代小说家对建筑文化这么感兴趣，又很懂行，我很好奇，平时和他交往聊天，也常常聊到城市建筑与规划，这就逐渐影响了我。

刘心武老师有一个观点对我很有启发，那就是，我们平时很注意建筑的外观，但我们应该走进那些建筑物，置身其中，获得身在建筑之内的体验才是最重要的。走进建筑，才能更好地理解建筑，而不是远观，更不是俯瞰。所以，我常常把自己置身于某栋建筑之内，来感受建筑的空间和我的生命体验交汇的感觉。

对一座城市也是如此，要身在城市中，在城市的各个空间中去感受你所在之处，就能感到城市的空间与时间交汇时的丰富意味。

在北京，能和刘心武老师在一个时空中写作，是令人愉快的一件事。2020 年，我听说他又写完了一部长篇小说，作为文坛的长跑运动员，他还在奔跑。

贾平凹

1

2020 年初，《当代》第三期与作家出版社一起推出了贾平凹的第十七部长篇小说《暂坐》，《暂坐》显示了贾平凹旺盛的创作精力。他的一本带有创作回顾和元小说混合特征的著作，姑且也可称之为长篇小说的《豇豆》，同时由作家出版社出版，我们可以从中看到他在创作《废都》时期的心理活动、创作原型人物与作品的关系等情况。

1952 年出生的贾平凹是 20 世纪晚期以来的中国不可忽视的作家。他 1975 年毕业于西北大学中文系，现为中国作家协会副主席、陕西作家协会主席。贾平凹是当代中国最具影响力、创造精神和本土气质的作家，也是具有国际影响的小说家。

贾平凹从 1973 年就开始文学创作，创作十分勤奋，创作量丰厚。到目前为止，持续写作 40 多年，已经创作了 2000 多万字的文学作品。这包括 17 部长篇小说：《商州》《浮躁》《妊娠》《废都》《白夜》《土门》《高老庄》《怀念狼》《病相报告》《秦腔》《高兴》《古炉》《带灯》《老生》《极花》《山本》《暂坐》；中篇小说《二月杏》《五魁》《火纸》《腊月·正月》《天狗》《黑氏》《艺术家韩起祥》等 30 多部，短篇小说《满月儿》《兵娃》等170 多篇。

此外，他还写有大量散文，有游记、随笔、书评、日记、自传等等，在艺术风格上也自成一路，结集为《月迹》《心迹》《爱的踪迹》《走山东》《说话》《坐佛》《敲门》《做个自在人》《走虫》等几十部。他还出版有诗集《空白》以及《平凹文论集》等等，文体交叉纵横，题材广泛，风格突出强劲，保持了旺盛的创作能力，像一个长跑运动员一样，至今未见衰竭，实在是蔚为奇观。

他获得的主要文学奖项有：《废都》获得 1997 年法国费米娜文学奖；《浮躁》获得了 1987 年美国美孚石油公司飞马文学奖；个人获得了 2003 年度法兰西共和国文学和艺术荣誉奖；长篇小说《秦腔》在 2008 年获得了第七届茅盾文学奖以及香港"红楼梦文学奖"、香港"世界华文长篇小说奖"等，为中国文学带来了声誉。

可以说贾平凹是当代中国文学界的一个庞然大物，一块巨石，是很难绕过去的。我的着眼点，还在贾平凹是否受到过拉丁美洲爆炸文学的影响这一点上。作为 1985 年前后出现的广义的"寻根文学"潮流之一员，贾平凹自然会受到拉美小说的影响。在 1985 年 10 月 26 日回答《文学家》的采访，谈到拉美文学时，他说：

　　拉美文学是了不起的文学，它成为人们谈论的热点，那是必然的。我特别喜欢拉美文学，喜欢那个马尔克斯，还有略萨。但说实话，因为许多条件的限制，我读拉美文学作品是极有限的，好多东西弄不来。有的作品是读了，有的作品是听别人介绍的，但都蛮有兴趣。读他们的作品，我常常会想到我们商州。在我的想象中，拉美那块地方有许多和商州相似之处，比如那山呀，河呀，树林子呀，潮湿的空气呀。我首先震惊的是拉美作家在玩熟了欧洲的那些现代派的东西后，又回到他们的拉美，创造了他们伟大的艺术。这给我们多么大的启迪呀！再是，他们创造的那些形式，是那么大胆，包罗万象，无奇不有，什么都可以拿来写小说，这对于我的小家子气，简直是当头一个轰隆隆的响雷！

贾平凹在这段话里面，非常实在地描述了自己初次接触加西亚·马尔克斯和巴尔加斯的作品时所受到的刺激和影响。而且，他还自觉地将拉美小说家的创作实践，和自己的"商州系列"作品联系起来，认为拉美那块地方和他的商州，是那么相似。拉美小说家在形式感和想象力上，都给贾平凹以巨大的影响和震动，使贾平凹更好地发现了自己的创作取向，帮助他整合自己的写作资源。接着，他又说：

可是话说回来，拉美文学毕竟是拉美文学，那里的历史、地理、政治、经济、民族、风俗与我们不同，在向他们学习、借鉴之时，我们更要面对我们的文学。我接触过许多作者，其信息很灵，学习的热情很高，但遗憾的是对很多学问都是赶一种时髦，一会热这样，一会热那样。前几年对于苏联文学热得要命，最近开什么会，在什么场合，又是口必称《百年孤独》，我每见他们夸夸其谈，倒怀疑（他们）是否认认真真读了人家的作品没有？读大师的作品，只能是借鉴而不能仿制。有一个材料介绍，诸葛亮读书是"吸"其大义，毛泽东读书也在"吸"，吸精，吸神，吸髓。这是政治家的读书之法，我辈是臭文人，小小草民，但从大人物的读书方法中也可以得到启迪。

（贾平凹著《求缺卷》第 338—339 页，中国文联出版公司 1995 年 3 月版）

在这一段话里面，贾平凹将借鉴和模仿做了很好的区分，他的远见卓识和清醒的头脑，使他对拉美文学的小说成就，并没有采取顶礼膜拜的态度，而是重在吸收。这是贾平凹在面对外来文学影响的时候的一个根本的态度。

与此同时，贾平凹还有一个最重要的面向，就是从中国传统小说，尤其是明清小说那里，找到了适合当代小说创作的形式，以及语言的气韵，并将之运用于自己的创作，这是非常重要的。贾平凹的创作渊源非常的复杂，远接老庄禅道、笔记小说、志怪闲谈等古代中国文学和哲学，中续《金瓶梅》《红楼梦》以降的明清世情小说，近承沈从文、周作人、孙犁等人的"乡土清流"和闲散小品的文学风格，这是贾平凹之所以受到了更为广大的读者群的喜爱的原因。

另外，除了刚才提到的几位拉美小说大家，贾平凹还受到了20 世纪以来的东西方很多现代派作家的影响，诸如海明威、福克纳、卡夫卡、川端康成等人。贾平凹都谈到过他们的创作。而贾平凹的文学创作的最高成就，还是体现在他的长篇小说的创作上。1984 年之前，是他的创作的准备和学艺阶段。尽管发表和出版了一些小说集，获得了全国性的中短篇小说奖，但其文学的符号价值，还是在 1984 年之后创造的。

1984 年，他创作了第一部长篇小说《商州》，这部小说也可以归入广义的"寻根文学"的创作成果里。因为贾平凹这部作品发表在"寻根文学"的说法之前，他也并没有明确表达自己和"寻根文学"有关系，但是，他的创作在那个时期，却有意识地在发掘自己的文学的根，而他的根，就在陕西的商州那片区域。这不仅是地理的商州，而且还是文化的、民俗的、人类学的、想象的以及贾平凹个人的商州。

在贾平凹的长篇小说的序列当中，《商州》的篇幅不算大，不到 20 万字，却是他一个非常重要的出发点。

这部小说分为 8 个单元 24 节，以写景状物、描述地理民俗与塑造了一系列的商州本土乡民人物，连缀起来，像是一幅幅的民俗画卷连接起来，让我们看到了一片土地上的人的个体的魅力，和整体的风貌。写完这部小说作品，贾平凹还不过瘾，又写了 15 万字长篇散文《商州三录》，分为"初录""又录"和"再录"，《商州三录》是以三部中篇的形式分别发表的，文体介乎非虚构作品和小说之间，在 1988 年百花文艺出版社出版单行本的时候，注明为散文。但在贾平凹后来出版的文集系列的时候，又放在了中篇小说卷里。可见这部作品在文体上是跨越的。这两部文体跨越的关于商州的书写，让我们看到了贾平凹聚焦于商州这个地域深挖的能力。

2

1987 年，贾平凹在《收获》杂志发表了长篇小说《浮躁》，次年由作家出版社出版了单行本。这部小说是他在 20 世纪 80 年代里创作的代表作，也是当代文学史上出现的一部杰作。这依旧是关于商州的书，但是，和《商州》以及《商州三录》相比，在这部小说中，小说的元素大为增加，民俗和地理学意义上的元素减少了。贾平凹在这部小说的序言之一中开宗明义地说：

> 这仍然是一本关于商州的书，但我要特别声明：在这里所写到的商州，它已经不是地图上所标志的那一块行政区域划分的商州了，它是我虚构的商州，是我作为一个载体的商州，是我心中的商州。而我之所以还要沿用这两个字，那是我太爱我的故乡的缘故罢了。

正如小说的题目"浮躁"所显示的那样，小说十分敏感地捕捉到了一种在20世纪80年代后期，在改革开放进行到一定阶段的时候，在中国乡村所弥漫的浮躁的气氛。小说围绕着一条"州河"写起来，塑造了一群在这条河边生活的商州人，是如何在经济大潮来临的时候，面临传统生活和观念的解体，以及新的道德和社会问题的困惑。

小说的语言半文半白，读起来非常有滋味，就像是喝了一杯酽酽的茶。这部小说让读者看到了一个小说大师的气象，贾平凹能够以显微镜和放大镜的方式，描绘一块土地上的全体与个体，是非常了不起的。

1989年，贾平凹出版了一部篇幅较短的长篇小说《妊娠》。这部作品由《美好的伬人》《龙卷风》《故里》《马角》《瘟家沟》5个部分构成，小说没有明确所描绘的山地和村庄是不是商州，但依然是对商州地区的地域文化挖掘。小说的每个部分可以独立成篇，但连缀起来，写的却是人、家庭和生活的那种类似妊娠时期的痛苦与欢欣交集的感受。这在贾平凹的小说中并不多见。而这部小说的题目"妊娠"，也契合了20世纪80年代末期那种寻求突围和新生的社会气氛。

进入到 20 世纪 90 年代后，贾平凹开始从对地域文化、文学的根和乡土经验的书写和关注，转移到了对知识分子精神状态和社会文化层面的思索。甚而，他还进一步地转入到对个体生命价值的观照。1993 年，在中国社会再度进入到商业化和市场经济的氛围里之时，他出版了引起轩然大波的长篇小说《废都》，这部小说当年就成了畅销书，据说，到如今印刷量超过了 1000 万册，贾平凹也因此成为一个持续多年的畅销书作家。此后，他的每一本书，都受到了读者的巨大关注，影响很大。

这部小说的叙事风格十分细碎紧密，显然受《金瓶梅》等明清小说的影响很大，而小说主人公之间的男女关系也很缭乱，似乎也是在向《金瓶梅》遥远地致敬。小说详细描述了主人公庄之蝶——是西京（暗指西安）一位著名作家——与几个女人之间的关系，小说中性描写的地方，模仿过去出版物中以方框来代替删节处的文字的方式呈现。小说中，对庄之蝶这样的知识分子在经济社会和商业大潮中，找不到自己的安魂之处的状态，以至于他十分的颓废和消沉，沉溺于性欲望的探险而不能自拔的状态，描绘得淋漓尽致。对于庄之蝶这样一个自况式的人物，贾平凹给予了巨大的同情、批判、嘲讽和怜悯。

贾平凹是一个相当敏感的作家，他对知识分子的精神境况，以及他们在商业社会里的价值失落，进行了无情的呈现。而当时文学批评界对这部小说的批判是十分严厉的，以至于贾平凹在作家协会的安排下，专门到经济发达的江浙地区体验了一段时间的生活。20 年之后的今天，社会本身的先进和开放，已使这部作品成为一个标杆——当代文学的经典，一定是由作者、读者、评论者、大众传媒和市场共同互动和作用的结果，这部小说也成为贾平凹20世纪90年代小说创作的代表作品。

对《废都》的批评，让贾平凹产生了巨大的压力。他继续用写作来回答各方的反应。1995年出版的长篇小说《白夜》，背景依旧是城市，主人公夜郎是一个贯穿式的人物，他的身份是某个戏曲剧团的人。由他串联起城市里的各色人等，他们在白昼和黑夜里的交集。小说让人惊艳的，还有地方戏曲目连戏的穿插，成为这部小说非常有力的旁注。

从《白夜》中，我依然可以看到贾平凹在向传统的小说样式致敬、向民间戏曲戏剧学习、向人性的复杂幽暗探求的努力。

贾平凹的第六部长篇小说《土门》出版于1996年。这部小说的叙述人是"我"，这在贾平凹的小说里比较罕见。西安有一片街区叫作土门。小说讲述的是"我"从农村进城之后，在土门这样一个三教九流汇聚之地谋生的故事。在后记中，他写：

> 在夏天里写《土门》，我自然是常出没于土门街市。或者坐出租车去，坐五站，正好十元。……土门街市上百业具全，我在那里看绸布，看茶纸，看菜馆，看国药，看酱醋、香烛、水果、铜器、服饰、青菜、漆作裱画命题缝纫灯笼雨伞镶牙修脚。

可见，人间的烟火气，是这部小说最重要的表达。贾平凹一般喜欢第三人称的叙事，第一人称"我"的使用，使这部小说带有了主观的和有限的视角，除了这一点，这部小说无论是题材还是表现的生活内容和深度，并没有更多的突破。

1998年，他的第七部《高老庄》出版，让读者再次看到了贾平凹的叙事魅力。小说的开头是："子路决定了回高老庄，高老庄北五里的稷甲岭发生了崖崩。稷甲岭常常崖崩，但这一次情形十分严重……"这样的开门见山式的叙述，很容易让人联想起拉丁美洲小说的那种对小说内部时间的处理。

高老庄是一个很古怪的村庄，也是大学教授高子路的老家。高老庄古怪的地方在于这里的人长得十分矮小，也非常保守、虚伪、自私、下流。小说讲述了高子路带着妻子西夏回到高老庄祭奠父亲三周年的故事。

在高老庄，高子路、西夏、高子路的前妻菊娃、小工厂主王文龙、老同学蔡老黑、苏红等等，接连发生了一些纠扯故事。在这部小说中，贾平凹继续将他的文学理念贯穿到底：描写人的生老病死和吃喝拉撒。这样的日常生活无比扎实生动，小说的一些情节和细节上还有些神神鬼鬼——在这部小说中，我发现了很多拉美魔幻现实主义的魔幻情节的影响，比如，小说中几次出现了飞碟，还有高子路那个未卜先知的残疾儿子小石头，等等，有点生硬，但也是贾平凹对佛道禅和民间文化的汲取。在小说结尾处，西夏毅然要留在高老庄，而丈夫高子路只得独自回城，这种反向的选择，将知识分子的那种精神孱弱表现了出来。

《高老庄》的语言依然黏稠、密集，细碎、自然，生动。但就《高老庄》所达到的艺术水准来看，依然处于《废都》之下，和《白夜》和《土门》等相当，没有大的突破。但贾平凹在2000年出版的长篇小说《怀念狼》和《病相报告》中，则出现了两个方面的突破。《怀念狼》则将读者又带回到了商州，那个贾平凹写了又写的地方。这一次，贾平凹借助当地狼灾的重现，主人公前往商州，对仅存的15只狼进行调查和拍照，结果接连遇到了很多诡异的经历。小说呼唤的是人的狼性的恢复。但孱弱的当代人，哪里还有狼性呢？小说的发问是相当沉重的。

《病相报告》最值得称道的，是小说的叙述者有近10个人，多角度的叙事带来的，是对一些历史事件和人物的扑朔迷离的印象。这些用第一人称的方式来讲述他们的故事的人，都是历史中的过客，他们围绕着主要人物胡方70多年的生命，展开了自己的故事。小说的篇幅不大，但小说的历史含量不小。小说中的人物命运从20世纪30年代的延安，一直延续到了20世纪80年代；他们人性中的卑微和残忍，病态和猥琐，都在历史的鞭挞下显形。但不知为何，这部长篇小说没有引起足够的重视。

3

2005年，贾平凹出版了他的第十部长篇小说《秦腔》，45万字的篇幅，写的是贾平凹的老家的事情。在后记里，贾平凹说：

> 我决心以这本书为故乡竖起一块碑子。当我雄心勃勃地在2003年的春天动笔之前，我祭奠了棣花街上近十年、二十年来的亡人，也为棣花街上未亡的人把一杯酒洒在地上，从此我书房里当庭摆放的那个巨大的汉罐里，日日燃香，香烟袅袅，如一根线端端冲上屋顶。我的写作充满了矛盾和痛苦，我不知道该赞歌现实还是诅咒人生，是为父老乡亲庆幸还是为他们悲哀……

(贾平凹著《秦腔·后记》，作家出版社2005年4月版)

就像书名那样，这部小说与陕西秦腔有关，与贾平凹的心所系念的故乡有关，与人生的起起伏伏、生生灭灭有关。小说的主人公"我"和白雪的情感经历贯穿其间，乡村里秦腔剧团的兴衰，与当代乡村几十年的变革相联系，小说是对加速消失的民间乡土文化唱的一曲挽歌，小说的叙述紧密、繁复，在天地人神之间，命运和大势决定了人生的走向。悲悯的情怀和芸芸众生的喜怒哀乐，都在小说中弥漫。《秦腔》是贾平凹的一部杰作，他依靠这部作品获得了很多荣誉。

贾平凹的第十一部长篇小说《高兴》，则聚焦于一个来到省城打工、不慎卷入刑事案件的刘高兴身上，把当代城市的边缘人——农民工的生存状态呈现了出来。这是贾平凹的一次非常成功拓展自己写作资源的努力。慈悲和怜悯，伤痛和深情，在小说主人公的内心里闪耀，城市底层人群的艰难生存和挣扎的景象，寄托了贾平凹的无限关爱。有趣的是，后来《高兴》被改编成了一部歌舞片，在一种喧闹中弱化但以黑色幽默和喜剧化了农民工刘高兴在城市里的悲剧命运。

贾平凹的创作到了后期越发沉雄有力，绵密厚重。2011年，他出版了长篇小说《古炉》。这是贾平凹迄今篇幅最长的小说，有67万字。这一次，贾平凹将视线定格在陕西一个叫作"古炉"的村子里，小说的叙述事件发生在1965年到1967年之间，那个时间刚好是"文革"发生的时期。古炉是一个烧造瓷器的古老的村落，民风朴实，安静祥和。但是，当"文革"的政治风暴来临的时候，这个封闭偏狭的村子，也掀起了一场风暴，人性中的丑恶、黑暗、猜忌和争斗全部涌现，古老的村子陷入了风暴的漩涡当中，人人都变成了另外的人，中国底层社会在撕裂中分崩离析。

贾平凹写这本书有着清醒的认识，他说：

> 在我的意思里，古炉就是中国的内涵在里头。中国这个英语词，以前在外国人眼里叫作瓷，与其说写这个古炉的村

子，实际上想的是中国的事情，写中国的事情，因为瓷暗示的就是中国。而且把那个山叫作中山，也都是从中国这个角度整体出发进行思考的。写的是古炉，其实眼光想的都是整个中国的情况。

（贾平凹著《古炉》封底，人民文学出版社 2011 年 1 月版）

这部小说是贾平凹小说创作的一座高峰，也是他集大成之作。此前，他很少有这样高的视线，将自己笔下的村子化身为中国的象征。

贾平凹透露了他的雄心。小说的叙述风格以实写虚，反过来也以虚写实，人物、场景、故事、细节、对话、器物等等，都有一种西方油画的那种厚重感，有亮度，有灰度，也有对比度。贾平凹的小说受到了中国绘画和书法艺术的影响很大，讲究意境、氤氲和气氛，而这部小说则明显地受到了西方现代派绘画风格的影响，带有后期印象主义风格的凝重、光线和强调。小说中，也有很多魔幻、神秘和玄妙的情节，对此，有记者发问：

《古炉》中有些神秘的东西，比如狗尿苔能闻见村人的灾祸和死亡的气味，蚕婆用剪纸艺术复活飞禽走兽的灵魂和生命，有人说您是借鉴拉美魔幻现实主义，是这样的吗？

贾平凹说：

拉美的魔幻现实主义，（我觉得）生硬得很，拉美人的思维还不如中国人灵活柔和呢。《窦娥冤》里六月飘雪，《梁祝》里梁山伯祝英台死后变做蝴蝶，你看中国人的想象力丰富得很、（魔幻得很）。先锋文艺思潮最早传到中国的是美术，我吸收西方美术理论特别多，对思维的开拓很有帮助，也符合我的思想。原来批判我小资、唯美，在西方文学里不是那些理念。我当时就想，不能生搬硬套，要怎么变通过来，至少在形式上不要让人看出来是模仿。20世纪80年代里我反复阐述过我的观点，坚决反对翻译体，要中学为体，西学为用，要学习西方的境界，而不是皮毛。

（《中华读书报》2013年5月29日第18版的访谈：《贾平凹：我曾经做好准备不发表》，舒晋瑜采访。）

从这段话看来，贾平凹是一如既往地坚持着中学为体、西学为用的方法，创造性地吸收这外来的文学影响。

4

在创作上，年过60岁的贾平凹没有显现任何颓势，而是迎来了他创作的黄金期。2013年1月，他出版了第十三部长篇小说《带灯》。这部小说有36万字，小说的故事背景发生在当下，叙述一位叫作"萤"的女大学生，来到位于秦岭地区的樱镇镇政府，负责综合治理办公室维稳工作。她浑身充满了文艺青年的气息，因不满"腐草化萤"的说法，把自己的名字改为"带灯"，意思是像萤火虫那样，在黑暗中发光发亮。

小说分为3个部分：山野、星空、幽灵，讲述了带灯作为一个有理想的基层乡村女干部，在农村社会排解矛盾却最终因为一次群众斗殴事件而被免职的故事。这是贾平凹继续走向宽阔地带的写作，小说也非常具有形式感，三大部分里每个小节都有一个题目，在叙事上既做到了提示，也是一种类似呼吸的语调，让读者阅读起来很舒服。可见，贾平凹是每部小说都要赋予其新鲜的表达方式的。

　　以上是对贾平凹 10 多部长篇小说的回顾。贾平凹的创作极其丰厚，其代表作品自然以长篇小说为主。但是，他的《天狗》《黑氏》《五魁》《远山野情》《西北口》《古堡》《美穴地》《白朗》《佛关》《观我》等 30 多部中篇小说，《倒流河》等 170 多篇短篇小说，都是值得详细分析，但限于篇幅，无法进行了。

　　此外，贾平凹的散文创作也非常丰厚，构成了他小说创作之外的一大收获。他的散文自成一体，题材五花八门，内容五彩缤纷，大致可以分为纪实小品、人物特写、人生随感、世情画像、风物记述、心灵描摹、艺术评论、序言跋文等等，可见其路子之宽阔，性情之宽阔丰富细腻。贾平凹的散文写作形成了一种风格，他继承了明清散文小品的性灵，一直到现当代的文人散文，接续了传统中国文章的传统，并有所突破。

　　贾平凹作为当代的大作家，能够兼收并蓄，将各种混杂的影响都呈现于笔端，开了一代新风。他语言丰富细腻，题材广泛，能够关心当下社会的变化，对世道人心尤其关注，具有浓厚的人道情怀。他能将古代汉语的朴拙简约之美发扬光大，将中国美术和书法艺术的元素，运用到小说创作中，对西方的现代派文学和美术都耳熟能详，是能够将中西方文化的影响融汇于一炉的小说大师。

　　20 世纪晚期到 21 世纪初的这些年里，贾平凹的作品深刻表现了中国现代化进程中艰苦而悲壮的社会转型，他生动而翔实地刻画了一系列人物，带给了我们文学的真实和生动的形象。他的写作，能够深入到国人的心灵世界，以宽阔的写作，将一个丰富的中文的文学空间，带给了全世界，阅读他的作品，很容易就接近了中国人——古炉村子里的人物——的心灵世界。

　　2020 年，希望读者去关注他最新长篇小说《暂坐》和《豇豆》。

韩
少
功

1

　　韩少功是当代文坛中少有的具有思想深度的作家。他能够和思想界、学术界对话，又是一个在文体和形式感上表现突出的杰出小说家。从 20 世纪 80 年代中期高举"寻根文学"的大旗以来，在 30 多年的时间里，他一直是当代文学的一个贯穿式的人物，写作从不懈怠，紧跟时代的步伐，以文学的方式不断地回应。

　　韩少功的创作产量在当代作家中不算很高，到目前为止，创作的总字数在四五百万字。他的主要作品有：长篇小说或散文、非虚构作品 6 部——《马桥词典》《暗示》《山南水北》《日夜书》《革命后记》《修改过程》，中篇小说《爸爸爸》《女女女》《火宅》《报告政府》等 10 多部，短篇小说《归去来》《蓝盖子》《故人》《第四十三页》《怒目金刚》等 50 多篇，这些构成了他的小说世界。而他的思想敏锐，涉及当下文化问题的散文随笔，也有 100 多万字。

韩少功还翻译了米兰·昆德拉的《生命中不能承受之轻》（与他的姐姐韩刚合译），以及葡萄牙作家、诗人的随笔集《惶然录》。

韩少功，1953 年生于湖南长沙，1968 年初中毕业后，到汨罗县乡下插队。1974 年调入了县文化馆工作，开始发表作品。这一阶段是他的起步阶段，他与人合写过传记《任弼时》，1976 年之前，还发表了带有当时痕迹的短篇小说《红炉上山》《一条胖鲤鱼》《稻草问题》《对台戏》等，都是应景之作。

从 1977 年开始到 1984 年年底，他接连在重要的文学刊物诸如《人民文学》等杂志上发表了《吴四老倌》《飞过蓝天》《月兰》《夜宿青江铺》《西望茅草地》等 20 多篇中短篇小说。这些作品，与当时流行的"伤痕文学""反思文学""改革文学""知青文学"有联系，也有所区别。《西望茅草地》获得了 1980 年的"全国优秀短篇小说奖"，《飞过蓝天》写的是知青和他的鸽子的故事，获得了 1981 年的"全国优秀短篇小说奖"。韩少功脱颖而出了。

韩少功创作生涯的第二个阶段开始于 1985 年。在韩少功看来，当时的"伤痕文学""反思文学""改革文学""知青文学"，都是在文学的外围打转转，他注意到，社会问题的根源在于文化的根。1984 年 12 月，一批青年作家和评论家聚集在杭州开了一个文学研讨会，会上韩少功和李杭育等作家都发了言，这次会议促成了"寻根文学"的诞生。

1985 年的 1 月，他写下了非常重要的一篇文章《文学的根》，发表在《作家》杂志 1985 年第 4 期上，由此引发了"寻根文学"思潮的兴起。

　　韩少功在文章中说："文学有'根'，文学之'根'应深植于民族传说文化的土壤里，根不深，则叶难茂……中国还是中国，尤其是在文学艺术方面，在民族的深层精神和文化特质方面，我们有民族的自我。我们的责任是释放现代观念的热能，来重铸和镀亮这种自我。"他还接连发表中篇小说《爸爸爸》《女女女》等，成为这个文学潮流的领军人物。

　　接着，阿城、郑万隆、李杭育等纷纷发表文章，从自身的创作出发，阐释对文学和文化寻根的意图。阿城推出了自己的"三王系列"——《棋王》《树王》《孩子王》，李杭育推出了"葛川江系列小说"之《最后一个渔佬儿》，郑万隆是东北人，他发表了《我的光》《地穴》《火迹地》等一系列关于大兴安岭地域文化的作品，并于1986年出版了小说集《生命的图腾》，韩少功在1986年，也将自己的这一段时间的作品结集为《诱惑》出版。

　　这些作家的理论勇气和创作实践都很突出，形成了强劲的"寻根文学"潮流。

　　韩少功的中篇小说《爸爸爸》的出现先声夺人，小说采用的是象征、寓言和荒诞手法，描写了湖南深山里的一个村寨鸡头寨的变迁。小说中出现了一个智力障碍者丙崽，他只会说两句话"爸爸爸"和"日妈妈"。这样一个语言混乱、智力残缺的人物，竟然被鸡头寨全体村民尊称为"丙相公""丙大爷""丙仙"，来顶礼膜拜。这显示了封闭、狭隘、僵化、迷信的村寨中愚昧和愚蠢的一面。

　　小说的最后，鸡头寨与鸡尾寨发生了血腥的战斗，男人基本都死了，而丙崽却活了下来，还在喊着："爸爸。"这个多少与福克纳的《喧哗与骚动》中班吉类似的智力障碍者，象征了愚蠢、非理性、顽固、丑陋、肮脏的一种生命存在。

《爸爸爸》令人震撼地展示了一种僵硬、停滞和落后的乡村文化。这种文化也可以理解为我们民族的那种封闭落后的文化，表达了韩少功对某些传统文化的深刻批判，《爸爸爸》表现了对传统文化的严厉批评和否定态度。中篇小说《女女女》和短篇小说《归去来》，都有着某种楚国文化的巫气。

韩少功对楚国的古代巫文化非常熟悉，对屈原的《离骚》也耳熟能详，小说中，我们可以体察到韩少功强烈的忧患意识，和他对民族文化的根性的腐败、停滞、僵化的忧虑。在阿城、郑万隆、李杭育等作家笔下的"寻根小说"，都是那种传统写实的表达，但《爸爸爸》用的却是寓言、象征、魔幻的手法，我认为这与他同期受到的现代派小说家，尤其是拉美文学的影响有关系。

学者王樽曾采访他，并提问："有些人批评你们的'寻根'本身就是模仿，受到拉美魔幻现实主义的影响。还有人说《爸爸爸》运用了'魔幻现实主义'手法，你觉得恰当吗？"

韩少功答：

> 我从不否定这种影响的存在，也许，就像拉美魔幻现实主义也受到詹姆斯·乔伊斯、威廉·福克纳、贝克特的影响，博尔赫斯还深受中国古典文化的影响——只是有些评论家好像不愿往这方面说。一九八四年底的杭州会议的时候，拉美作家加西亚·马尔克斯有获诺贝尔文学奖的消息见报，但他的作品没有中译本，没有任何中国作家读过他的作品。在杭州会议上，据我的记忆，与会者谈论更多的是海明威、萨特、尤奈斯库什么的。

（韩少功著《韩少功系列》之《小题大做》第 183 页，人民文学出版社 2008 年 5 月版）

根据韩少功的回忆，这个时候他还没有接触到拉美小说，只是从新闻上了解到拉美魔幻现实主义的点滴情况。而卡夫卡和福克纳，是对他现阶段影响最大的小说家。

"寻根文学"潮流是超越了"伤痕文学""反思文学""改革文学""知青文学"的社会性外部的特点，而直指文学的本质，是一种文化意识的反应。"寻根文学"对传统文化饱含深情，又对传统文化充满了质疑和批判，可以说是实现了文学从政治、社会性的表达，转向了文学本身和文化的深层。因此，"寻根文学"潮流影响深远，后来，有很多作家都将自己的注意力集中在自己的脚下那片土地，书写这属于自己的根和故乡。

"寻根文学"对传统文化的批判，应和了当时激进地对黄土文明和文化的批判，对蓝色海洋文明的向往，把传统文化中有生命的东西，也当作糟粕批判，因此，"寻根文学"从潮流上看，是短命的。这也是为什么后来阿城、郑万隆、李杭育在小说创作上难以为继的原因。

韩少功则不断前行，他虽然是早期"寻根文学"的发起人，但他始终有一种自我怀疑的精神。他早就认识到"寻根文学"是一种阶段性的文学思潮，有早产的倾向，需要继续深化这个理念。他接下来进入到第三个写作阶段，就是将"寻根文学"提升为一种具有深度和宽度的地域文化小说，获得了创作上的新的生机。

1988 年，韩少功来到海南，创办并主编《海南纪实》杂志，这本杂志短时期发行量巨大。1990 年后，韩少功先后担任了海南省作家协会的副主席、主席。1996 年，又参与策划改造了文学和文化类杂志《天涯》，出任杂志社社长，将这本杂志办的风生水起。而这时，他也进入到自己写作的第三个阶段。这个阶段，是以长篇小说《马桥词典》为代表的韩少功的地域文化小说创作时期。

2

　　长篇小说《马桥词典》出版于 1995 年，小说完全按照词典的样式撰写，描绘的是一个叫"马桥"的乡村的人物、语言、环境和故事。小说是以一个个独立的词条构成的，每个词条的后面，都有一篇解释的文字笔记。

　　《马桥辞典》以词典的方式出现，在 1995 年实在是新鲜的和吸引眼球的，人们惊呼，小说还可以这样写？是的，小说完全可以这样写。

　　我在这里列举若干词条来欣赏：

　　《同锅》《放锅》写的是锅这个十分重要的生活器物在马桥村社会中的重要地位和特殊的风俗含义。《发歌》则写的是马桥人各式各样的唱歌情景。《枫鬼》写了马桥村子的中央，有历经沧桑的两棵枫树的故事。《九袋》写的是最高级别的乞丐富农戴世清，让人想起来金庸笔下的丐帮"九袋长老"。《乡气》写的是从外乡流落到马桥的希大杆子在马桥的命运。《觉觉佬》写的是民间歌手万玉的人生故事。这些涉及器物、风俗和人物的词条，其实都是很好的短篇小说，但组合起来，就是一部《马桥词典》这样的长篇小说。

　　韩少功在小说中，以每个词条来表现乡人的命运、地方民俗、社会制度结构、人群的记忆生成、古老的湘楚文化等等，表达得淋漓尽致。这是一部由一篇篇人物故事、方言研究、民俗调查、制度考证构成的奇特的词典小说，出版之后赞誉有加。

　　当时曾围绕着《马桥词典》是否"照搬"《哈扎尔词典》，展开了一场笔墨官司，最后竟然打到了法院，这是很遗憾的事情。

　　塞尔维亚作家帕维奇的长篇小说《哈扎尔辞典》分为3个部分，以"红书""黄书"和"绿书"的结构，将基督教、犹太教和伊斯兰教文献中，有关哈扎尔王国消失的故事和原因，做了扑朔迷离的解释，写出了一部关于哈扎尔民族和国家的悲剧兴衰。

　　《马桥词典》问世后，获得了持续的影响，荣获南方华语传媒大奖和2011年美国第二届纽曼华语文学奖。从某种程度上说，这部小说招致的争议也使它获得了更广泛的关注。一部经典作品的产生，必定是与作者、读者、时代和批评者互动的产物。《马桥词典》经典化的过程，正是这样的互动过程中形成的。

　　从短篇小说《月兰》到中篇小说《爸爸爸》，再到长篇小说《马桥词典》，韩少功对文学表达形式进行不懈追求与突破。他将文化寻根继续深化，到了语言符号学、文化人类学和地域文化学的地步，不断地获得新的发展。韩少功说：

　　　　马尔克斯写《百年孤独》也不光是玩所谓现代主义，玩"魔幻现实主义"，其经验资源来自拉丁美洲在百年殖民主义加新自由主义下的悲苦历史，包括来自充满焦虑和伤痛的拉美中产阶级。马尔克斯和他的同行由此有了大关怀、大感觉、大手段。

（韩少功著《韩少功系列》之《小题大做》第 75 页，人民文学出版社 2008 年 5 月版）

2000 年，他辞去《天涯》主编、社长以及海南省作协主席等职务，回到了湖南老家，在山里盖了房子，过起了隐居生活，静心写作。

韩少功认为中国乡村是现代文明和传统文明撞击和融合的交错部位，在两种文明的夹缝里，左看农村，右看城市，可以有更多的比较。这是韩少功很自觉的选择，自愿地沉潜在底层社会、感受自然，为自己的下一步创作积累经验。

韩少功依旧是小说、随笔左右开弓。他的中短篇小说创作向现实性靠近了，摆脱了寓言与象征、乡土和农村，写作手法上也吸取了中国古典小说的白描手法。

韩少功一向执着于小说表达形式的探索，他从 20 世纪西方现代派文学和中国明清小说那里吸取了双重养分，后在中短篇小说的写作上呈现出来。他说：

我很久以来就赞成并且实行这样一种做法：想得清楚的事写成随笔，想不清楚的事就写成小说。小说内容如果是说得清楚的话，最好直截了当，完全用不着绕弯子啰啰唆唆地费劲。因此，对于我写小说十分重要的东西，恰恰是我写思想性随笔时十分不重要的东西。我力图用小说对自己的随笔做出对抗和补偿。

（韩少功著《完美的假定》第 85 页，作家出版社 1996 年版）

进入 21 世纪，韩少功的小说创作题材发生了变化，大部分以城市为背景，叙述上还吸取了侦破小说和悬疑小说的元素。比如短篇小说《谋杀》，就是一篇侦破小说。张女士跟同事去墓地送葬，竟不知死者是何人。她随后发现自己一次次撞见一个光头男人。在旅店睡觉，梦中想象光头男人强奸她，她用水果刀刺伤了他的左肩。第二天，在大街上她看到那个光头男人忽然被汽车相撞，左肩上的伤口鲜血涌流。光头男人究竟是谁、为什么要跟踪她？他的肩膀上的伤是她造成的吗？她为什么这么恐惧和害怕？小说中的悬疑气氛、谜语和死亡气息，都是一种氛围。

短篇小说《801室故事》也是一篇悬疑故事，小说由两份文件构成：801室的装修方案和801室的侦查报告。至于无头女尸是怎么回事，要读者自己去拼接了。这个阶段的代表作是中篇小说《报告政府》，讲述了看守所里的人犯的故事。

3

2002年9月，他出版了第二部长篇小说《暗示》，再一次引起人们的关注。这部作品，实际上是韩少功打通文史哲的一种尝试，与传统意义上的长篇小说大相径庭。小说分为4个部分：《隐秘的信息》《具象在人生中》《具象在社会中》《言与象的互在》，每个部分之下，各有20多篇类似思想随笔和短篇小说的文字存在，构成了一部奇特的作品。看来，韩少功喜欢以片段的方式结构小说，他似乎对完整性没有什么兴趣。他是否受到了维特根斯坦的语言哲学的影响，和海德格尔的存在主义哲学的影响，有待进一步研究。

对于这部作品创作的缘起，韩少功在前言中说：

《马桥词典》是一本关于词语的书，需要剖示这些词语的生活内蕴，写着写着就成了小说。而眼下是一本关于具象的书，需要提取这些具象的意义成分，建构这些具象的读解框架，写着写着就有点像理论了——虽然我无意于理论，只是要编录一些体会的碎片。

（韩少功著《暗示·前言》，第 1 页，人民文学出版社 2008 年版）

阅读《暗示》的感觉，是一种碎片式样的对具象的哲学探讨和随笔书写，故事也很细碎地藏在那些概念、词语和句子的背后。韩少功这次是走得太远了。他为什么走这么远？是不是受到了拉美实验派小说家的影响呢？

采访者王樽问他："看您的《暗示》，让我想到博尔赫斯在《沙之书》中所描绘的一种书的可能，随便从什么地方翻开阅读，总能找到新的看点。您是否也在追求这样一种似乎总也读不完的效果？"

韩少功答：

博尔赫斯对我很有启发，他的很多作品都有这种开放结构，自循环结构，让终点同时成为起点，让很多地方都有电脑上"点击进入"的可能空间。但我以前说过，启发也常常是害人的，因为有人做在先，你要避开他或者超过他，总是很困难，得费很多力气。所以我曾经同朋友们开玩笑，说糟糕的作家害人，优秀的作家更害人。因为你看到特别好的作品以后，常常会觉得没法写了，用不着写了。

（韩少功著《韩少功系列》之《小题大做》第 138 页，人民文学出版社 2008 年 5 月版）

《暗示》往思想理论随笔方向走得远了一点。韩少功是一个很善于调整写作方向的作家。当有些读者觉得《暗示》过于晦涩复杂、哲学化、难以接受，几年之后的 2006 年，韩少功推出了一本类似于《马桥词典》的笔记体非虚构散文《山南水北》，引发了读者阅读的巨大兴趣。这是韩少功"乡居"10 多年所写下的"放马归南山"之作，与大自然的亲和，与乡亲的近距离的接触，与自我的对话，都在一种类似《桃花源记》那样质朴、明快、飘逸、诚实的文风中，得到了体现。

《山南水北》的创作，韩少功动用了自身的生命经验，以他的湖南乡下生活为主线，串联起众多的人物、事件、民俗和风景，主题涉及了自然、农民、乡土、制度等等，通过一种片段式样的书写，结构了他自己的"桃花源"。

《山南水北》里收录了 99 篇笔记体短篇，没有凑足 100 篇，我认为是因为韩少功觉得满则缺。整部作品在格物、致知、记事、写人、抒情、写景、说理各个方面都有涉及，在表现手法上，笔记体的一大优点，就是短小精悍，散点透视和白描手法，使作品简练耐看，朴素自然。韩少功的叙事语言一向很有特点，是那种带有地方方言的书面语，有力、精确、简洁，由此创作出一部返璞归真的杰作。

韩少功在 2013 年出版长篇小说新作《日夜书》，这是他继《马桥词典》《暗示》《山南水北》之后出版的第四部长篇作品。这部小说一改韩少功的前三部长篇作品的词典、词条和片段式写作方式，而是以整体和线性时间叙事方式，讲述了几个与作者同一年龄段的下乡知青，从知青年代一直到改革开放年代的当下环境中的命运变化。小说塑造了一系列人物，就是韩少功当年插队时的朋友，是他记忆犹新的人物。

除了这些命运变换的人物故事，我觉得，这部小说还有一个主题，就是时间。正如书名为"日夜书"所暗示的那样，在日日夜夜的流逝中，一代人在老去，而他们的生命故事则变成了永远的记忆，被这本书所定格。韩少功凭借此书，再次让我们看到了他的文学长跑的能力，而他一直是一个能够争夺冠军的选手。

2014 年，他在《钟山》杂志第二期，发表了 14 万字的长篇思想随笔《革命后记》，对"革命"一词在中国发生的影响，和当下对这个词汇和革命本身的历史、行动，都进行了深刻解读。

从文体上说，这部作品可以算是他的第五部长篇作品，再度显示出他想把文学、史学和哲学打通所做努力。在这个方向上，博尔赫斯一直是一个最好的范例。但韩少功与博尔赫斯不同的地方在于，博尔赫斯最终通向了玄学，通向了不可知或者不可指认的迷宫，他自己也知道到处都是反射的镜子的陷阱，而韩少功的写作，都是带有历史反思和介入当下性质的积极态度，从不坠入虚无。这一点，是韩少功在当代文学中获得了持续的影响和价值的最重要的一点。

2019 年，他出版了长篇小说《修改过程》，在小说的形式上又有新的创造性表达。

莫言

1

　　时间的车轮行进到了 20 世纪 70 年代末，邓小平引领的中国改革开放不仅使中国经济蓬勃发展，中国的文学和艺术也爆发了生机。从 1978 年到 21 世纪第 2 个十年结束这 40 年的时间里，涌现出很多优秀作家。这个阶段是新时期文学的"黄金期"。这个"黄金期"还在继续发展深化，使汉语文学正在成为和世界文学积极对话的文学。

　　什么是"世界文学"？已过世的汉学家马悦然说过："世界文学就是能够被翻译的文学。"在 1978 年以来的当代文学发展中，小说家们不懈努力，使汉语文学成为"世界文学"。他们耐心地学习欧美、拉美作家的写作经验，创造性地将他们的写作手法运用到笔下，书写中国人的历史和心灵，这种你中有我、互相影响的关系式随处可见的。

　　2012 年 10 月，中国作家莫言获得了诺贝尔文学奖。10 月 11 日星期四，北京时间的傍晚 7 点钟，瑞典学院的常任秘书宣布了本年度诺贝尔文学奖的得主是莫言。他对拥挤在门外的记者们宣读了简短的授奖理由：

> 莫言将幻想与现实、历史视角与社会视角结合在一起，他创作的世界令人联想起福克纳和马尔克斯作品的融合，以幻觉现实主义融合了民俗传奇、历史与当代性，并寻找到一个出发点。

在此之前，中国有多位作家被问及是否愿意被提名为诺贝尔文学奖候选人。在 1927 年，多次在中国新疆地区探险考察的瑞典学院院士、探险家斯文·赫定，专门委托刘半农打探鲁迅是否愿意被提名为诺贝尔文学奖的候选人，后被鲁迅拒绝了。这个消息是当年的 9 月 17 日在北京大学教师魏建功的婚礼上，由刘半农告诉台静农，委托他向鲁迅转达的。台静农转达了这个消息。鲁迅在给台静农的信件中说：

静农兄：

> 九月十七日来信收到了，请你转致半农先生，我感谢他的好意，为我，为中国。但我很抱歉，我不愿意如此。诺贝尔赏金，梁启超自然不配，我也不配。要拿这钱，还欠努力。世界上比我好的作家何限，他们得不到。你看我译的那本《小约翰》，我那里做得出来，然而这作者就没有得到。或者我所便宜的，是我是中国人，靠着"中国"两个字罢。那么，与陈焕章在美国做《孔门理财学》而得博士无异了，自己也觉得好笑。我觉得中国实在还没有可得诺贝尔赏金的人，瑞典最好是不要理我们，谁也不给。倘因为黄色脸皮人，格外优待从宽，反足以长中国人的虚荣心，以为真可与别国大作家比肩了，结果将很坏……

九月二十五日

［鲁迅著《鲁迅书信集》（上卷）第 162 页，人民文学出版社 1976 年版］

1938 年，在对中国十分关注的斯文·赫定的强有力的提名下，美国作家赛珍珠因"由于她对中国农民生活的丰富而真实的史诗般描写，以及她杰出的传记作品"为理由，获得了当年的诺贝尔文学奖。也就是说，瑞典学院以这样的方式，引导人们将月光投向战乱不已的中国这个古老的文明国家的文学，尽管这是美国人写的关于中国的文学。（朱又可著《别扭的声音》第 20—21 页，东方出版社 2014 年 1 月版）

赛珍珠的获奖，后来美国有些作家、批评家认为她水准不够。实际上，她的作品非常宏富，出版了各类作品 85 种，关于中国的长篇小说《大地》三部曲气魄宏大，结构复杂，人物众多，在 1930 年代是最好的女性小说家。（《诺贝尔文学奖全集》上册第 442 页，宋兆霖主编，北京燕山出版社 2012 年 11 月版）

此后，还有胡适、林语堂、张爱玲、老舍等多人被广泛提名，但从未进入决选名单。1988 年，据说已经进入决选名单的沈从文因为已去世，与这一年的诺贝尔文学奖擦身而过，当年的诺贝尔文学奖颁给了埃及著名作家马哈福兹。诺贝尔文学奖的评委埃斯普马克、马悦然等人，谈到这个情况认为，假如那一年沈从文还活着，诺贝尔文学奖就一定会颁发给他。

　　沈从文当年就进入过最后的名单，非常接近获奖，如果不是当年去世，沈从文肯定会得奖。

（朱又可著《别扭的声音》第 12 页，东方出版社 2014 年 1 月版）

拉丁美洲文学是欧洲现代主义文学的延伸，20 世纪 60 年代前后形成了"文学爆炸",拉丁美洲文学使用的语言是西班牙语、葡萄牙语和其他欧洲语言。

拉丁美洲小说家尽管使用的是西班牙语或葡萄牙语写作,但是他们的社会现实和历史,都和中国有着相似处,都是在19世纪之后受到了欧洲殖民主义的戕害,都有着民族独立的诉求,有着落后的社会政治经济局面,又迫切地希望能够获得发展,同时,在发展过程中,又遭遇了很多难以想象的问题。

在这个方面和中国百年来寻求民族独立、国家强盛的求索道路是一致的。拉丁美洲小说家在中国作家看来是那么亲切。拉美作家技巧十分娴熟,甚至到了令人眼花缭乱的地步,魔幻现实主义、心理现实主义、神奇的现实主义、幻想派、结构现实主义等等提法,都给中国作家提供了很多灵感。在拉丁美洲文学和欧美文学的联合滋养下,我们的当代文学创造出了中国气派的作品来。

2个月之后的2012年12月11日的凌晨,莫言在瑞典斯德哥尔摩音乐厅,领取了当年的诺贝尔文学奖。

当代文学一直不断地生长着,时刻随着中国社会的变化在变化。近40年,不仅仅是中国社会发生了巨大的变革,文学,尤其是小说本身也发生了巨大的变革。在我看来,中国的GDP(国内生产总值)总量跃居世界第二,我们的小说家也以时空压缩的方式,将西方近百年的现代主义、后现代主义等等各个文学思潮和流派,学习、模仿、借鉴,激发出汉语文学的创造性,形成了文学复兴的局面。

从莫言的作品中,我们看到世界文学在他的作品里的回响。

莫言,原名管谟业,1955年2月出生在山东高密县的农村,家庭人丁兴旺。和当时的大多数中国农村家庭一样处于贫困之中，饥饿感是莫言小时候最强烈的印象。小学五年级，莫言就因为家庭贫困而辍学，回家务农。18 岁的时候，他到高密县棉花加工厂当工人，21 岁那一年应征入伍，离开了家乡。在部队里，从战士、班长、教员、干事、创作员，一路到了副师级创作员，最早写作的短篇小说，因为他自己不满意，都烧毁了原稿。

1984 年到 1986 年，莫言在解放军艺术学院上学，1991 年，他毕业于北京师范大学和鲁迅文学院联合举办的作家班，获得了文学硕士学位。1997 年，莫言转业到最高人民检察院所属的《检察日报》工作，后又调到了中国艺术研究院，从事专业的写作和研究，并兼任山东大学中文系教授等职。以上是莫言简单的履历。这些外部的履历在他的写作中被打上了鲜明的烙印。

莫言于 1981 年正式发表文学作品。他最早刊发的是短篇小说《春夜雨霏霏》，发表在河北保定市办的文学杂志《莲池》上。他早期的几篇小说《丑兵》《因为孩子》《售棉大路》和《民间音乐》都发表在这家杂志上。这给了莫言巨大的鼓励，从此，他走上了文学之路。

中国 20 世纪小说家中，从沈从文到孙犁、汪曾祺、贾平凹，有着清晰可见的地域文化小说的"清流派"。莫言的《民间音乐》，其中所弥漫着的空灵和氤氲的感觉，打动了老作家孙犁，获得了他的褒奖，他专门撰写了评论文章给予鼓励。

1984 年，莫言就怀揣着孙犁的评论和那几篇小说，在著名作家徐怀中的推举下，以优异成绩考入解放军艺术学院这个军队最高文学艺术学府，进行深造，改变了自己的命运。在解放军艺术学院，莫言开始系统地阅读外国文学。在那个时期，他深受加西亚·马尔克斯、威廉·福克纳以及阿斯塔菲耶夫和劳伦斯的小说的影响，逐渐地明确自己的写作方向。

1984年初冬，他写出了震动文坛的中篇小说《透明的红萝卜》，该小说发表在《中国作家》1985年第二期上。评论家冯牧随之主持召开了这篇小说的研讨会，在莅临研讨会的一些评论家的一片赞扬之下，莫言由此一鸣惊人。关于他那个时期受到的拉美文学的影响，莫言说：

> 1985年，我读到了马尔克斯的《百年孤独》，我很震惊，就像马尔克斯在20世纪50年代第一次读到了卡夫卡的作品感觉一样，原来小说还可以这样写！但我除了佩服之外，也有些不服气，我觉得我的生活有更丰富的东西，如果我早些知道小说还可以这样写法，说不定我早就写出了一部《百年孤独》了。就是在这种情况下，中国一大批青年作家模仿西方文学，学习马尔克斯、福克纳、海明威、卡夫卡的东西，但是也很快意识到这样是不行的，这仅仅是也只能是模仿，是二流的，大家都想尽快写出有中国气派的小说，这样才能走向世界。虽然这是一个艰难的过程。

（莫言著《小说的气味》第28页，春风文艺出版社2003年8月版）

2

《透明的红萝卜》原来叫《金色的胡萝卜》，由当时的解放军艺术学院文学系主任徐怀中改成了《透明的红萝卜》，立即使小说饱含了一种别样的空灵和灵动感。

　　小说来自莫言自己做的一个梦，他梦见了在一块开阔的胡萝卜地里，从一间草棚里走出来一个身穿红色衣服的、身材丰满的姑娘，手里拿着一把鱼叉，鱼叉上叉着一根胡萝卜，迎着初升的金色太阳，向他走来。莫言醒来之后，久久地为这个梦中的形象和意象所激动。他用了两周的时间，就修改完成了这部小说。小说描绘的是他的童年经验。主人公叫黑孩，黑孩幼年丧母，他在一个特定的年代里经历了外部世界的震撼性影响，但对那些外部影响都是通过黑孩自己的感觉来书写的，以个人化的印象和感觉，细腻空灵地描绘了灾难和贫乏的年代，带出少年内心的荒芜和惶惑。

　　小说的故事讲述得并不完整，采取了片段式的叙述，需要读者自己去拼贴。最终，读者读完这部小说，留在内心的是一种关于童年回忆的氤氲和恍惚。莫言发挥了他所擅长的感觉的方式，将世界万物放在一个孩子的内心映像中，以感觉的笔触写出，老铁匠、小石匠、红衣姑娘和透明的胡萝卜之间的关系，在黑孩的内心纠结成复杂的、关于世界的最初印象。《透明的红萝卜》在当时汉语小说语境里的出现，改变了当时小说所承载的现实、历史和文化清算与批判的老面目，以内省和感觉的语言方式，将小说由"伤痕文学""反思文学""改革文学""知青文学"等外部符号化写作，引领到更加注重内心和艺术品质的道路上。

　　阎连科对莫言受到的拉美小说影响，是这么说的：

　　　　早在20世纪80年代中期，莫言誉满天下的《透明的红萝卜》和《红高粱》如同让大家感受文学爆炸那样，感受到了一种往日文学中没有的文学元素，他的那片"高密"土地让人感到神奇、有力而不可捉摸，其中所充蕴的不可磨灭的生命的活力，给当时的中国文学带来的不是惊喜，而是不知发生了什么的震撼。而带来震撼的原爆力，自然是莫言的创作，但给莫言带来启悟的，正是拉美文学，正是马尔克斯的《百年孤独》及他创作的一系列作品。在之后的许多年里，无论是莫言的创作，还是拉美文学，一直对中国文学保持着旺盛的影响。直到今天，我们从任何一位优秀的当代作家中，无论是正当年轻力壮的中年作家，还是风头强劲的青年作家，都可以听到对马尔克斯和他的《百年孤独》的尊重和崇敬，这种情况就像我们大家对《红楼梦》和曹雪芹的崇敬一样。

（阎连科著《我的现实，我的主义》第268—269页，中国人民大学出版社2011年3月版）

1984年冬天，莫言写了中篇小说《红高粱》。这部由张艺谋改编成同名电影而享誉世界的小说，创作动因很简单：在军艺召开的一次关于战争文学的研讨会上，有老作家充满了忧虑地说，年轻一代没有经历过战争，因此，很难写好战争年代。

莫言初生牛犊不怕虎，他站起来发言：

　　　　我们可以通过别的方式来弥补这个缺陷。没有听过放枪、放炮但我听过放鞭炮；没有见过杀人但我见过杀猪甚至亲手杀过鸡；没有亲手跟日本鬼子拼过刺刀但我在电影上见过。因为小说家的创作不是要复制历史，那是历史学家的任务。小说家写战争——人类历史进程中这一愚昧现象，他所要表现的是战争对人的灵魂扭曲或者人性在战争中的变异。从这个意义上说，即便没有经历过战争的人，也可以写战争。

莫言的发言被在场的人怀疑并且暗地里嗤之以鼻。不久，他就捧出来了小说《红高粱》，引起了震动。小说的叙述方式独特，以"我爷爷、我奶奶"的叙述方式，将第一人称和第三人称结合起来，创造出贴近历史情景、复活历史想象的场景。小说讲述了中国抗日战争时期，在山东发生的民众抗击日本侵略者的故事，同时，还讲述了在那个年代里浪漫、严酷和激情的爱情故事，对战争时期做了全新角度的阐释，小说本身也有着巨大的张力。被张艺谋改编成电影之后，该电影接连在国际电影节上获得大奖，小说也获得了第四届全国中篇小说奖。

莫言一鼓作气，接连发表《红高粱家族》系列中的《高粱酒》《高粱殡》《狗道》《奇死》《野种》《野人》等 7 部中篇小说。在《红高粱家族》的题记中，莫言写道：

> 谨以此书召唤那些游荡在我的故乡无边无际的高粱地里的英魂和冤魂。我是你们的不肖子孙，我愿扒出我的被酱油腌透了的心，切碎，放在三个碗里，摆在高粱地里。伏惟尚飨！尚飨！

在 1985 年随后的几年间，对于莫言来说，是一个井喷时期，短短三四年的时间里，他就在国内有影响的《收获》《人民文学》等杂志接连发表了《欢乐》《筑路》《爆炸》《金发婴儿》《红蝗》《大风》《白狗秋千架》等 10 多篇脍炙人口、想象力奇崛的中短篇小说；出版了 3 部长篇小说《红高粱家族》（解放军出版社 1987 年 4 月版）、《天堂蒜薹之歌》（《十月》杂志 1988 年第 2 期，作家出版社同年 4 月版）和《十三步》（作家出版社同年 12 月版）。

《红高粱家族》在第一版是由 7 个相互关联、但内部结构松散的中篇构成，在后来的定版中，后面 2 个中篇《野种》和《野人》不见了，也许是因为，后者在叙述时间上已经延伸到了新中国成立后，和《红高粱家族》前5部的内部叙述时间主要集中在抗日战争时期不一致，因此，后来在编定文集的时候，莫言将《野种》和《野人》作为单独的中篇小说来处理了。这一阶段，莫言在学习消化拉美文学的影响上，做出了努力。他后来说：

> 20世纪80年代开放后，这些东西（作者注：指包括拉美文学在内的外国文学翻译作品）铺天盖地地压了过来。大家拼命阅读，耳目一新，感觉到小说表现的天地一下子宽广了许多。许多作家在阅读当中被激活了许多的灵感……在这种冲动下写出来的东西，肯定会带有借鉴甚至是模仿的痕迹。像我早期的中篇《金发婴儿》《球状闪电》，就带有明显的魔幻现实主义色彩，因为我那时已经看过马尔克斯的一部短篇小说集，里面也有《巨翅老人》等具备魔幻特征的小说。这个过程也是非常正常的甚至是十分必要的。如果没有这个近乎痴迷地向西方学习的阶段，中国作家也就不会有今天的冷静和成熟。我们在三五年间把人家三十年间的东西全都接受了过来，就像中医学历所谓的"恶补"一样，正面的作用是巨大的，副作用也是巨大的。

（莫言著《莫言：对话新录》第72—73页，文化艺术出版社2010年2月版）

可见，莫言对加西亚·马尔克斯对自己的影响的正面作用和负面作用，看得都很清楚。后来在关于他受到拉美文学和其他外国文学的影响的作用的时候，莫言说：

> ……许多批评家认为我受到了拉美爆炸文学的影响，尤其是受了马尔克斯那本《百年孤独》的影响，对此我一直供认不讳。我确实是受到了他的影响，但那本《百年孤独》我

至今还没看完。想当年，我看了这本书的 18 页，就被创作的激情冲动，扔下书本，拿起笔来写作。我觉得——好像也有许多作家、评论家说过——一个作家对另一个作家的影响，是一个作家作品里的某种独特的气质对另一个作家内心深处某种潜在气质的激活，或者说是唤醒……我之所以读了《百年孤独》就按捺不住内心激动，拍案而起，就因为他小说里所表现的东西与他的表现方法跟我内心里积累日久的东西太相似了。他的作品里那种东西，犹如一束强烈的光线，把我内心深处那片朦胧地带照亮了。当然也可以说，他的小说精神，彻底地摧毁了我旧有的小说观念，仿佛是使一艘在狭窄的山溪里划行的小船，进入了浩浩荡荡的江河。

我匆匆拿起笔来，过去总是为找不到可写的东西而发愁，现在是要写的东西纷至沓来。我曾经写文章，描绘过那时的创作心态。我说每当我写一篇小说时，许多要写的小说就像狗一样在我身后狂叫。先写我吧，先写我吧！那些小说说。这一时期，我在学校（作者注：解放军艺术学院文学系），白天上课，晚上跑到教室里去写，早晨还要一大早起来参加学校的早操。军艺是部队院校，军事化管理。就是在这样的环境里，两年的时间内，我写出了《透明的红萝卜》《爆炸》《球状闪电》《金发婴儿》《筑路》《红高粱家族》等小说，共 80 多万字。也就是在这时候，我意识到一个严重问题，就是必须从马尔克斯、福克纳这些西方作家的阴影里挣脱出来，不能满足于对他们的模仿。即使我这些作品里真正能看出被西方作家影响的只是其中一小部分，大部分还是被评论家和读者认为是地道的中国小说，但我自己知道，这种影响是多么巨大和可怕。马尔克斯唤醒的是我心中固有的那部分与他的气质相合的东西，但一个作家的影响力犹如一种渗透力极强的颜料，会把握内心里那些原本与他不同质的东西，也染上他的颜色。所以，我在1986年第三期上发表了一篇文章，题目是《两座灼热的高炉》。我的意思是说，马尔克斯和福克纳是两座灼热的高炉，而我是冰块，如果离他们太近，就会被融化，被蒸发。

（莫言著《莫言：讲演新篇》第331—332页，文化艺术出版社2010年2月版）

那段时间，他的长篇小说《天堂蒜薹之歌》，是突如其来地出现在莫言的写作中的。小说取材于山东某县一个真实发生的事件：县政府因为号召农民大种蒜薹，最终导致蒜薹丰收而无法被收购，愤怒的农民群起抗议，并冲击了县政府，将丰收之后的蒜薹都丢进县政府机关大院里。出身农民家庭的莫言听到这个消息，自然是义愤难平，他在很短的时间里就完成了这部小说。在小说初版的题记中，他引用了斯大林的一句话："小说家总是想远离政治，小说却自己逼近了政治。小说家总是关心'人的命运'，却忘了关心自己的命运。这就是他们的悲剧所在。"这句话莫言后来招认说这是他杜撰的，但他认为斯大林虽然没有确切地说过类似的话，但是他内心里肯定是这么认为的。莫言以关心当下现实的无畏和激愤，写出了这部带有明显批判现实色彩的小说。

在小说的结构上，使用了类似结构现实主义的手法，莫言采用了民间艺人盲人张扣的演唱词来"串场"，将虚构的这起蒜薹事件里的参与者高羊和高马兄弟的故事，穿插在其中，演绎了一出现代农村的生活悲剧。小说的叙述语调有着一种明快、迅疾的节奏，在小说的结尾，将报纸关于这起事件的新闻报道作为对小说人物命运的呼应而结束，体现出莫言作为一个当代作家应有的正义、良心和关心社会现实的责任感。

长篇小说《十三步》是一部带有结构实验性的小说。它从一位中学老师方富贵在讲课的时候猝死，由此，引发了一个小知识分子的死在社会上牵引出的各种反响，将20世纪80年代后期特殊的中国文化和人的基本生态呈现了出来。莫言在写这部小说的时候，似乎进入一种忘我和无我的境地，他自由地使用人称的转换和场景的转换，人物内心的独白和社会群体的喧哗，多个声音一起喧响。在小说中，第二人称的运用驾轻就熟，将活人的世界和死人的感受全部汇合在一起，对知识分子的悲剧性打量和对中国社会现实的批判，带给我们关于人生的悲剧性思考。

1993年，莫言出版了他的第四部长篇小说《酒国》。小说在刚出版的时候，并未引起注意，但在后来，这部小说越来越显示出它的重要性。在我看来，《酒国》文体庞杂，是一部非常明显地结合了侦探小说、批判现实主义小说、结构现实主义小说和魔幻现实主义小说四种风格的作品，还带有后现代小说和元小说的艺术特点，因为它既是一部小说，又是一部关于小说的小说——中间夹杂了大量作者和一个文学青年李一斗关于文学创作的通信和李一斗自己的文章。同时，又将莫言那奇崛的想象和对中国社会现实的关注与批判注入其中。

小说借用了侦探小说的外壳，描述检察院侦察员丁钩儿前往一家煤矿调查一桩吃婴事件，并且在权力、美酒和女人之间周旋的故事。在结构上，莫言尝试了多条线索共同推进，构成了互文性，既虚构了一个小说，又以探讨小说的写法的方式，最终解构了小说，使小说具有了庞杂的、多重的结构、主题和意义。小说还探讨了中国国民性，探讨了中国人喜欢喝酒的原因，因此，它在多年之后依旧是最值得研究的莫言的小说之一。

《酒国》在 2001 年获得了法国儒尔·巴泰庸外国文学奖。

1993 年，他出版了长篇小说《食草家族》，在小说的题记中，莫言说：

> 这本书是我于 1987—1989 年陆续完成的。书中表达了我渴望通过吃草净化灵魂的强烈愿望，表达了我对大自然的敬畏与膜拜，表达了我对蹼膜的恐惧，表达了我对性爱与暴力的看法，表达了我对传说和神话的理解，当然也表达了我的爱与恨，当然也袒露了我的灵魂，丑的和美的，光明的和阴晦的，浮在水面的冰和潜在水下的冰，梦境与现实。

《食草家族》在结构上是由几个中短篇小说构成，但它们都有着同一的语调、主题和语感。《食草家族》显然和神话、梦境有着直接的关系，它远离了历史和现实的层面，而是进入一个地域、一个种群生活的神话原型和传说里去了。《食草家族》由 6个章节构成：《红蝗》《玫瑰玫瑰香气扑鼻》《生蹼的祖先》《复仇记》《二姑随后就到》《马驹横穿沼泽》。其中，从篇幅上看，《马驹横穿沼泽》是一个短篇，其他 5 个是中篇。阅读这部小说集，我们似乎进入一片洪荒的世界中，在那个世界里，人们还在吃草，刚刚从水世界里进化到岸上，为了脚趾间是否还残存着进化未完成的脚蹼而感到恐惧。

那是一个原始的、地域文化的、神话和民俗的、巫术横行的世界。在这个世界里，我们所熟悉的 20 世纪的中国历史的一些片段被镶嵌进去，具体的历史时间段是模糊的，却又是可以感觉到的。人性的、历史的、梦境的、现实的、神话的、民俗的、爱情的、暴力的、权力的和慈爱的，都在一个平面上，以 6 个侧面的方式展开来，而人类学、民俗学、神话学和弗洛伊德精神分析理论，都是进入这部小说的门径，随你解读。莫言在小说结构上十分用心，他说：

　　……关于小说的结构，尤其是关于长篇小说的结构，我觉得也是在 20 世纪 80 年代备受重视，20 世纪 90 年代又被渐渐忽略的重要的小说技巧问题。在 20 世纪 80 年代我们接受西方文学影响熏陶的时候，秘鲁作家巴尔加斯·略萨，号称结构现实主义，他的长篇小说让我们第一次认识到小说的结构的问题。像（他的）《世界末日之战》《绿房子》等，这些小说，它们都有一个不一样的结构。也就是说，他是在这方面花了大力气的，在这方面费尽了心思，殚精竭虑地在小说结构上做出努力。当然有些小说结构看起来简单，比如《胡莉娅姨妈与作家》，单章讲一个故事，双章讲另一个故事，这些结构技巧学起来容易，有些人会认为是雕虫小技。但他有些小说的结构已经完全与内容水乳交融，完美地结合在一起，没有这样的结构，就没有这部小说。反过来呢，没有小说故事，也就不会产生这样奇妙的艺术上的佳构。巴尔加斯·略萨让我们注意到了小说结构上的问题。

（莫言著《莫言：讲演新篇》第 183—184 页，文化艺术出版社 2010 年 2 月版）

3

1994 年，在莫言的生活中发生了一件大事：他 72 岁的母亲去世了。母亲去世一年之后，他开始写他最具雄心的长篇小说《丰乳肥臀》，这部 60 万字的巨著在《大家》杂志上连载，并且获得了该杂志的 10 万元文学大奖。作家出版社于同年 12 月出版了单行本。

《丰乳肥臀》这个书名就是"母亲大地"的意思。它是献给中国母亲的颂歌，是一部饱含了浪漫色彩和历史伤痛的小说，它篇幅巨大，主题宏阔。莫言想借助这部小说表达他对母亲和大地，对饱经沧桑、饱受蹂躏的 20 世纪中国人民的景仰。小说塑造了上官鲁氏这个母亲形象，她活到了 95 岁，经历了 20 世纪各种政治、战争和自然灾害的磨难，艰难地生育了 8 个女儿和 1 个儿子，晚年信仰基督教。小说的核心人物是她的第 9 个孩子上官金童，他一出生，就迷恋母亲的乳房，后来得了现代生理学所说的"恋乳癖"，只要离开女人的乳房，他就没法生活，从而成为小说中一个核心象征。

小说中，母亲养育孩子的历史，同时也是中国历史在个体生命的身上打下深刻烙印的历史。小说中，在中国大地上较量和驰骋的各种力量，共产党人、国民党人、游击队成员、土匪、日本侵略军、地主、传教士等等纷纷登场，在小说中以各种关系纠葛和缠斗着，演绎着历史和生命的激情与荒谬。莫言通过这部小说，将 20 世纪尤其是后半叶的中国大地上的风云变幻，以种种人物命运的纠葛呈现了出来。在小说中，男人如同落叶一样在历史中飘零，而母亲则如大树一样顽强生活，并且不断地生儿育女。

小说有着宏大的内部结构和追求，我想，应该是印证和达到了哈金所说的"伟大的中国小说"的水准。莫言自己说：

> 《丰乳肥臀》集中地表达了我对历史、乡土、生命等古老问题的看法。毫无疑问，《丰乳肥臀》是我文学殿堂里一块最重的基石，一旦抽掉这块基石，整座殿堂就会倒塌。

值得一提的是，《丰乳肥臀》在当时被攻击还是影响了莫言的写作，在 1995 年、1996 年、1997 年三年中，他只写了一出话剧《霸王别姬》。

1997 年底，莫言由部队转业到检察日报社工作，稍后，于次年开始，又接连发表了《牛》《师傅越来越幽默》《三十年前的一场长跑比赛》《野骡子》《拇指铐》《蝗虫奇谈》《司令的女人》等 10 多篇中短篇小说，出版了散文集《会唱歌的墙》。1999 年，他出版了长篇小说《红树林》。

《红树林》是一部当代题材的作品，这和莫言转业到《检察日报》并负责影视剧本的工作有关。我认为，这是莫言的长篇小说中水准最低的一部，这可能跟迁就了影视剧有关系。一开始，我甚至怀疑这就是一部电视剧的剧本，但是，阅读之后，根据结构、语言、形式和语调来判断，这还是一部小说。《红树林》讲述了南部省份的一桩案件，可以说，是一部带有社会犯罪小说和侦破小说的外形，其内里还是有着强烈批判现实精神的作品。主题先行和作者对题材本身的陌生——它离开了莫言所熟悉的山东高密东北乡这个他所缔造的文学故乡和国度，写起了在海南生产珍珠的姑娘，写起了濒临灭绝遭到了大面积破坏的红树林，和由此导致的刑事案件，有点别扭。

当莫言离开了对故乡的叙述和打量，显得气脉不足，《红树林》是比较一般的作品，不过，由于高超的叙述技巧和语言风格，不失莫言的水准。

2001年，莫言出版了长篇小说《檀香刑》，这是莫言最重要的长篇小说。在多年的写作经验积累后，莫言打算跃过更高的台阶。《檀香刑》不仅是一部历史小说，又是一部当代小说。打着历史小说的幌子，却颠覆了历史小说，同时又从本土文化历史资源中获取了创造性灵感和源泉。按照莫言自己的说法，他要在这部小说的结构和叙述上"大踏步撤退"——在结构上，它分为"凤头部""猪肚部"和"豹尾部"，带有将中国传统小说结构化为自我结构的方式，章节的安排和古代章回小说有呼应关系，又抵达了现代小说的终点。表面上看，它从传统的中国小说甚至是民间文学当中吸取了相当的营养成分，有很多民间小说的外形，也有民间说唱文学的影子。

这部小说对声音的强调是现代小说的特点，这本书着重写了内心的声音、火车的声音、地方戏猫腔的声音，这些声音带着历史的全部信息，声调高低、音质各异的声音，不断地把小说的叙述推向了真正的高潮。它的大部分叙述，由小说主人公的内心独白构成——在小说的第一部分和第三部分，是主人公自己来叙述故事的来龙去脉。

在叙述人的讲述当中，小说的内部时间也不是线性的，而是交叉重叠的，从过去来到了未来，又从未来回到了现在和过去，从而把一个发生在1900年清朝即将结束统治的历史事件描绘得异常鲜艳和复杂、激越和斑驳、生动和宏阔。对小说内部时间的探询、对小说内部空间的探索，是20世纪以来现代小说所着力突破的地方，莫言在写这部小说的时候，对此显然已经了然于心。

　　小说中，对中国历史和传统文化的批判非常激烈和彻底。对比如凌迟和檀香刑这样的中国古人所发明的酷刑的逼真描绘，是小说最触目惊心的地方。阅读这样的章节，是需要读者有强健的神经的。对酷刑的真切描绘，是莫言的小说叙事走向狂欢化的高潮叙述的最后铺垫。而狂欢化的叙事，在莫言过去的出色的小说当中，像在《红高粱》《欢乐》《食草家族》以及《天堂蒜薹之歌》里，都有着那样一种狂欢的叙述语调和氛围。

　　在《檀香刑》当中，莫言再次找到了这种狂欢化的叙述的调子，通过把小说人物逐渐推向行刑台进行凌迟，从而让一出无比悲壮的历史活剧在一阵紧似一阵的语言的激流里，冲向了大结局的大悲大喜的高潮乐章——在小说的结尾，几个主人公全部在行刑场所出现，这一幕就像是历史上最伟大的戏剧场景汇总那样，所有紧紧纠缠的人物关系，都一次了断了，在一个舞台上全部有所交代，在最终的、死亡和欢欣的狂欢之后的平静与死寂，小说也就结束了。

　　从这部小说中，我看到了影响莫言的各种元素：传统说部、民间说唱、意识流、莎士比亚戏剧、魔幻现实主义小说、地方史志等等。评论家李敬泽谈到这部小说的时候说：

　　　　莫言已成"正典"。他巨大的胃口、充沛的体能，他的欢乐和残忍，他的宽阔、绚烂，乃至他的古怪，20多年来一直是现代汉语文学的重要景观……《檀香刑》是一部伟大的作品，从小说的第二句开始一直到小说的最后一句，莫言一退十万八千里，他以惊人的规模、惊人的革命彻底性把小说带回了他的故乡高密，带回中国人的耳边和嘴边，带回我们古典和乡土的伟大传统的地平线。《檀香刑》是 21 世纪第一部重要的中国小说，它的出现体现着历史的对称之美，莫言也不再是一个小说家，他成了说书人。

（李敬泽著《目光的政治》第 120—125 页，中国文联出版社 2003 年 5 月版）

李敬泽给予《檀香刑》这样高的评价，是因为它将像一个标杆，是我们从传统文学文化资源中获得再生性力量的一个开端，"它写出的是我们的历史，但它也在形成文化和文学的未来的历史"。

4

2003 年，莫言出版了他的第九部长篇小说《四十一炮》。这部小说系由莫言过去的一个中篇小说《野骡子》发展而来。当地人喜欢把吹牛撒谎的人叫"炮孩子"，小说以第一人称叙述，讲述主人公罗小通这个"炮孩子"在一座庙宇中，向一个和尚讲述他过去的童年遭遇。他的讲述真真假假，谎言和夸张、真实和掩饰都有。罗小通的身体长大了，但是精神状态却留在了童年状态里，这种样子刚好和德国作家君特·格拉斯的小说《铁皮鼓》里面的侏儒奥斯卡相反，身体处于儿童的状态、精神却已经是成人。

莫言显然受到了启发，并且反其道而行之，将罗小通这么一个对成人世界感到恐惧的少年的讲述滔滔不绝地铺陈而出，把一个作家对少年时代的留恋，对童年时光的回忆，以及对眼下这个世界被权力不断地破坏环境和人心的现实，都做了变形的展现。

小说中，总是有着一种难言的悲戚和义愤，在小说的最后，似乎是在想象中，罗小通向他厌恶的各种人开了 41 炮，射出了 41 发炮弹，把他厌恶的一切炸得粉碎。于是，一幅在讲述中完成的少年记忆的复原图，就构成了现在的小说《四十一炮》。这部小说为莫言摘取了 2004 年度的"华语文学传媒大奖·年度杰出成就奖"。

2006 年，莫言出版了他的第十部长篇小说《生死疲劳》，有着某种再度超越自我的架势。

《生死疲劳》使莫言再度回到对多变、复杂、荒诞和鬼魅的中国现当代史的讲述当中。莫言总是能为自己的小说找到恰当的形式，如果他没有找到让他兴奋的形式，即使小说已经开工了，他也会兴味索然，停工不干。

《生死疲劳》套用了佛教里的六道轮回的故事，新中国成立后，被枪毙的地主西门闹，在随后的岁月里不断地转生为驴、牛、猪、狗、猴和大头婴儿蓝千岁。在转生的过程中，中国当代农村历史的风云变幻戏剧性地在它（他）的眼睛里重现。小说分为 5 个部分，分别是"驴折腾""牛犟劲""猪撒欢""狗精神"和"结局与开端"，形式上采取了中国古代章回体小说的形式，每一个章节都有对称的章回回目出现，除了第五章。在小说的结尾处，叙述似乎回到了起点，小说的最后一句话和小说的开头完全一样，从而形成了一个叙述的圆环。《生死疲劳》在叙述方面依旧保持着一种狂欢的语调，把地主西门闹和农民蓝解放一家的故事讲述得充满了令人叹嘘的狂笑和悲喜。人生的生死悲伤、欢乐与苦难的互相转换，如同慈悲的大河滔滔，缓慢地流在我们的脑海中。

莫言是有野心的，他通过《生死疲劳》完成了对中国半个世纪土地问题和农民命运的一个重新地讲述，并创造出了中国人经验中的史诗篇章。尽管有人说这部小说显得过于粗粝，但我觉得，在莫言的小说中，《生死疲劳》是一部上乘之作，是可以和拉什迪的杰作《午夜的孩子》相媲美的作品，是21世纪一部很重要的汉语小说。这部小说获得了《十月》优秀作品奖（2007）、香港"世界华文长篇小说奖·红楼梦奖"（2008）等奖项。关于这部小说，莫言说：

> 今年初（指2006年），我出版了长篇小说《生死疲劳》。其思想资源是佛教的六道轮回。这也是我对拉美魔幻现实主义小说的正面交锋。动用的是中国小说技巧，使用的是中国思想资源。至于这部小说的章回体，这是一个雕虫小技，不值得特别注意。《生死疲劳》中所涉及的"土地改革""过左"政策问题，与"章回体"一样，是这部小说不值得太过注意的细节，我真正要写的还是蓝脸、洪泰岳这样一些有个性的人，我所重点思考的问题是：农民和土地的关系。这部书是一首赞歌，也是一首挽歌。写完了《生死疲劳》，我才可以斗胆说："我写出了一部比较纯粹的中国小说。"

（莫言著《莫言：讲演新篇》第335—336页，文化艺术出版社2010年2月版）

2009年12月，莫言又出版了长篇小说《蛙》，小说的结构精巧，在小说中还包藏着一个话剧剧本，形成了文本回响的结构。

小说讲述了主人公姑姑的故事，这个姑姑是一个乡村医生，主要负责计划生育，小说是书信体，以作者向一个日本作家杉谷义人写信的方式结构了全书，是一部上乘之作。

仔细阅读莫言的长篇小说，从《檀香刑》《红高粱家族》到

《丰乳肥臀》再到《生死疲劳》，这4部长篇小说从时间背景上有着连续性，即从1900年一直到2000年这100年。这4部小说可以看成是一部巨大的小说，它所使用的文学技法，包括了中国特色的魔幻现实主义小说、民间说唱文学、中国古代章回小说等混杂元素，共同构成了一幅人物众多、命运跌宕、波澜壮阔的画卷。其他6部长篇小说中，《天堂蒜薹之歌》《酒国》《红树林》，是对当代中国社会的强烈关切，在手法上将结构主义小说、批判现实主义小说和荒诞小说的特点结合起来的作品。而《十三步》《食草家族》和《四十一炮》，则分别从叙述人称、神话原型和意识流与声音的多层次展示来进行的文学实验之作，对地域文化和神话、对知识分子精神困境、对童年记忆的深刻还原等，都做了多方面的探索。

　　此时的莫言，已经从大踏步地后退中，也就是从中国传统小说艺术那里获得了新的经验，并结合了来自外部的经验，创造出一种新的文学。他说：

　　　　有些对20世纪80年代以来的文学评价很低的朋友们的一个重要理由就是，这个时期的文学，由于受到了西方文学的影响，而缺少原创性。我认为，文学是否有原创性，与作家是否受到西方文学影响并不有直接关系……鲁迅他们这一代作家，大都是懂得外语且明显地受过外国作家影响的。鲁迅的早期小说，有几篇分明地可以看出他借鉴的外国小说，但我们似乎不能以此为理由来否定鲁迅小说的原创性……因此，我们不必惧怕外国文学的影响，也没有必要把受到了外国文学影响当成一件不光彩的事情。当然，认识到这一点，对我本人来说，也有一个过程。20世纪80年代后期，我也

是很忌讳别人说我自己是受到了外国作家影响的，我当时在
《世界文学》（1986 年第三期）上发表过一篇文章，提出要
逃离马尔克斯和福克纳这两座灼热的高炉，我说他们是灼热
的高炉，而我自己是冰块，靠得太近，自己就会被融化蒸
发。近年来，我的想法有了变化，我觉得没有必要这样焦
虑。马尔克斯是人，福克纳也是人。马尔克斯和福克纳之所
以成为名家，自然是因为他们写出了具有鲜明个性的、具有
原创性的作品。但他们之所以能写出这样的作品，与他们广
泛地、大胆地向同行学习、借鉴是分不开的。马尔克斯多次
讲过卡夫卡和福克纳对他的影响，他奉福克纳为自己的导
师。他在巴黎的阁楼上读到卡夫卡的《变形记》拍案而起的
故事，早已被各国的作家所熟知。可见，受不受外国作家影
响，似乎不应该成为判定一个作家水平高低的标准，甚至可
以说，在当今的情况下，如果要写出有个性、有原创性的作
品，必须尽可能多地阅读外国作家的作品，必须尽可能详尽
地掌握和了解世界文学的动态……

（莫言著《莫言：讲演新篇》第 325 页，文化艺术出版社
2010 年 2 月版）

莫言的小说总是有着巨大的雄心。他的小说有着大象一样的
体量，他的讲述总是如同大河一样泥沙俱下，滚滚而来，精致和
婉约、拘谨和小心绝不是莫言的美学风格。他的小说反而逐渐地
形成了一种中国新小说的气派。他的小说是从故乡出发，又超越
了"故乡"，表述了 20 世纪中国人复杂的经历，并传达出中国精
神的小说。

莫言关于文学的理论，有 2 篇文章值得特别关注，一篇是

《捍卫长篇小说的尊严》，在这篇文章里，莫言谈到了长篇小说的长度、难度和密度是长篇小说保持自己尊严的标志，这个观点得到了很多作家的热烈响应。还有一篇文章，是他的演讲词《试论当代文学创作中的九大关系》，分别从文学和阶级、文学和政治、文学和生活、文学的思想性、文学和作家的人格、文学与继承和创新、文学与大众、文学的民族性和世界性、文学创作和文学批评之间的关系，系统地阐述了他对于上述问题的看法，生动而妙趣横生。

自《檀香刑》出版时，莫言就宣称，他要"大踏步地撤退"，撤退到从中国本土、古代和民间中去寻找小说再生样式的状态里，因此引发了热烈的讨论。我想，敏感而才华横溢的莫言这么做，绝对是意识到了当代汉语小说的问题，那就是，无论是语言还是形式，无论是主题还是内容，都因受到了过多西方小说的影响而显得欧化了。

要写出"中国气派"的小说，写出"伟大的中国小说"，必须从自己的文化资源里、从故乡民间文化中寻找再生性资源。这谈何容易，但莫言做到了。在他晚近的小说中，在某种中国小说的形式外壳中，都洋溢着一种现代精神的小说新酒香。可以说，莫言从欧洲、美洲和亚洲作家那里，借鉴了很多小说的技法、形式和美学观点，创造性地写出了独特的、有着鲜明的自我烙印的作品。他强有力地把世界的目光转移到了亚洲，转移到了中国，使一片神奇的、苦难的、光芒四射的大陆——中国大陆，以一种文学的新形象，在世界文学的版图上浮现出来。

陈忠实

　　我在《人民文学》杂志社当编辑的时候，有几次和陈忠实老师有近距离接触。杂志社常常要组织作家采风，邀请过他几次。有一次在秭归县采风，我在山东胶东方言浓厚的李存葆和陕西腔很重的陈忠实两位先生之间当起了翻译，他们互相听不懂对方在说什么。这场面就非常有趣了。

　　还有一次是在扬州，晚餐的时候陈忠实老师给大家唱了一段秦腔助兴，大家很尽兴。我至今还保留着一张他站在桌边，眼睛发亮唱秦腔的照片。

　　又过了几年，再邀请他，他却说："华栋，我身体不好，不能坐飞机长途奔走，要是在北京的活动我就去，别的地方，太偏僻我就不去了。"我那个时候才知道他已经重病在身了。没多久，他就去世了。我很难过。

　　谈到陈忠实的时候，我们会发现一个有趣的现象：要数出最好的中国小说家，一般人们会说出莫言、贾平凹、铁凝、余华、韩少功、张炜、刘震云、迟子建、阿来等等一大串名字，陈忠实往往都不在前 10 名，但要挑一两部 40 年来最好的长篇小说，《白鹿原》又在其列。

这说明，单靠一部《白鹿原》，陈忠实就奠定了他在当代文学史中的地位。他先前的很多作品没有名气，《白鹿原》是他出版的唯一一部长篇小说，却成为顶尖之作。有的小说家，作品均衡、写作能力强大，一直持续写作，代表作也有好几部，这是另外一种类型。

陈忠实就靠这一部长篇小说，成为最好的小说家之一。

陈忠实 1942 年出生于西安灞桥区。他很早就喜欢文学，初中和高中时期开始练习写作，做过几年的中小学老师，他没有考上大学，到基层的文化单位工作，一边自学和写作。

1979 年，他的短篇小说《信任》获得了全国优秀短篇小说奖。他早期作品都是关于陕西乡村题材的。1982 年，他进入陕西作家协会，从事专业创作。此后，他写下的不少中短篇小说，但没有引起较大的重视。这一时期，涌现了伤痕文学、改革文学、寻根文学、先锋实验文学、城市文学等等诸多的潮流，陈忠实和这些潮流都没有关系。陕西作家有一个特点，就是他们能沉住气，脚踏实地，不跟着潮流走，而是认真地思考文学的本原是什么。

陈忠实思考的，是如何写出一本"死后能当枕头的书"。这句话的意思很明确，就是写出一部厚重的史诗型的作品。这样的追求，和刚才我列举的诸多文学思潮关系不大，那些思潮，还在解决文学的社会功用问题、文化问题，以及表现形式和语言问题等等，还没有人想史诗的事情。陈忠实想了，他也在这么默默地做。此前，他发表了短篇小说《信任》《第一刀》《轱辘子客》

《李十三推磨》等30多篇短篇小说，《初夏》《康家小院》《四妹子》《蓝袍先生》等10多部中篇小说，积累了一些写作经验。然后，在20世纪80年代后期，他开始写作长篇小说《白鹿原》。

1993年6月，这部小说由人民文学出版社出版，到了年底，这本书就突破了20万册的发行量，引起了广泛的瞩目。

我还记得《白鹿原》出版的时候，陈忠实在北京王府井新华书店签名售书，我刚好在书店里买书。那是我第一次看见他，我惊异于这个人脸上那刀刻一样的纹路，上前买了一本签名本。恰巧，《白鹿原》第一版的封面上，也有那么一个满脸刀刻般皱纹的老人。这部集家庭史与民族史、现代史与社会史于一体的小说，有着厚重的历史感、史诗般的时间跨度和人物关系、悲剧性的人物命运和复杂的人物形象，深沉、优美、博大的语言，成为20世纪晚期中国当代文学中的杰作。《白鹿原》获得了1998年第四届茅盾文学奖。

多年以来，《白鹿原》先后被改编成秦腔、连环画、雕塑、话剧、舞剧、电影等多种艺术形式，不断地扩大着影响，每年都能再版印刷几十万册，这部小说可能是当代发行量最大的长篇小说之一。

《白鹿原》是一部描绘关中渭河平原1949年之前50年的历史变迁的民族史诗。陈忠实给我们展现了历史的斑斓多彩和丰富复杂。小说围绕着白鹿原上，白家和鹿家两大家族之间的恩恩怨怨来展开，并且刻画出朱先生这么一个私塾先生来代表维系中国传统文化的儒学家代表，以在白鹿原上消失的一只白鹿，来象征这块土地上深藏的灵气、大气、鬼气和生生不息的生殖力。小说中，白嘉轩六娶六丧，第七个老婆才生下了儿子。于是，鹿子霖作为白家的竞争对手，为争夺白鹿原的影响力和控制权而争斗不已。小说就此展开了只有《三国演义》《水浒传》这样的伟大传统经典才有的叙事技巧，讲述了主人公们巧取风水地、恶施美人计、亲翁杀媳、兄弟相煎、情人反目……到了大革命来临，日寇入侵，然后是三年国共内战，白鹿原上翻云覆雨，白鹿原外王旗变幻，一时之间家仇国恨交错缠结，冤冤相报代代不息……于是，古老的土地在新生的阵痛中战栗，新中国成立了，但是白鹿原的骚动从来没有停止。

陈忠实是如何创作出这么一部当代史诗性的小说呢？对此，他写了一部《寻找属于自己的句子》，讲述自己和这部小说之间的故事。他也谈到一些自己受到拉丁美洲文学的影响：

> 大约在这一时段（作者注：指 1986 年），我在《世界文学》（作者注：是 1986 年某期）上读到魔幻现实主义的开山之作《王国》（又译《这个世界的王国》），这部不太长的长篇小说我读得迷迷糊糊，却对介绍作者卡彭铁尔创作道路的文章如获至宝。《百年孤独》和马尔克斯正风行于中国文坛，我在此前已读过《百年孤独》，却不大清楚魔幻现实主义兴起和形成影响的渊源来路。卡彭铁尔艺术探索和追求的传奇性经历，使我震惊，更使我得到启示和教益。拉美地区当时尚无真正意义上的文学，许多年轻作家所能学习和仿效的也是欧洲文学，尤其是刚刚兴起的现代派文艺，卡彭铁尔专程到法国定居下来，学习现代派文学，开始自己的创作。几年之后，虽然创作了一些现代派小说，却几乎无声无响，引不起任何人的注意。他失望至极时决定回国，离开法国时留下一句失望而又决绝的话：在现代派的旗帜下容不下我。

我读到这里，不禁"噢哟"了一声。我当时还在认真阅读多种流派的作品。我尽管不想成为完全的现代派，却总想着可以借鉴某些乃至一两点艺术手法。卡彭铁尔的宣言让我明白一点，现代派文学不可能适合所有作家。更富于启示意义的是，卡彭铁尔之后的非凡举动，他回到故国古巴之后，当即去了海地。选择海地的唯一理由，那是在拉美地区唯一保存着纯粹黑人移民的国家。他要"寻根"，寻拉美移民历史的根。这个仍然保持着纯粹非洲移民子孙的海地，他一蹲一深入就是几年，随之写出了一部《这个世界的王国》。这是第一部令欧美文坛惊讶的拉丁美洲的长篇小说，令人惊讶到瞠目结舌，竟然找不到一个合适的词汇来给这种小说命名，即欧美现有的文学流派的称谓都把《这个世界的王国》框不进去。后来终于有理论家给它想出"神奇现实主义"的称谓。《这个世界的王国》在拉美地区文坛引发的震撼自不待言，被公认为是该地区现代文学的开山之作奠基之作，一批和卡彭铁尔一样徘徊在欧洲现代派光环下的拉美作家，纷纷把眼睛转向自己生存的土地。许多年后，在拉美成长起一批影响欧美并波及世界的作家群体，世界文坛也找到一个更恰当的概括他们艺术共性的名字——魔幻现实主义，取代了神奇现实主义……我在卡彭铁尔富于开创意义的行程面前震惊了，首先是对拥有生活的那种自信的局限被彻底打碎，我必须立即了解我生活着的土地的昨天……

（陈忠实著《寻找属于自己的句子》第10—11页，上海文艺出版社 2009 年 8 月版）

这就是拉丁美洲文学对陈忠实的启发性的影响，也是我在描述他受到拉美文学影响的时候，找到了最有力的证据。

从这段话中可以看出，陈忠实对魔幻现实主义的那种处理手法的欣赏。他寻找到了属于自己的路径。他开始做更详细准备：

> ……我先后选择了 10 多部长篇作为范本阅读。我记得有《百年孤独》，是郑万隆（作者注：小说家、影视编剧，时任《十月》杂志副主编）寄给我的《十月》杂志上刊发的文本，读得我一头雾水，反复琢磨那个结构，仍是理不清头绪，倒是忍不住不断赞叹伟大的马尔克斯，把一个网状的迷幻小说送给读者，让人多费一番脑子。我便告诫自己，我的（小说）人物多，情节也颇复杂，必须条分缕析，让读者阅读起来不黏不混，清清白白。

（陈忠实著《寻找属于自己的句子》第 39 页，上海文艺出版社 2009 年 8 月版）

从这一段话，又可以看出陈忠实并不打算追求魔幻现实主义里面的魔幻色彩，而是着眼于加西亚·马尔克斯的魔幻现实主义的现实主义的部分，以及马尔克斯对历史的批判、对时代的分析以及对时间的感受。他要追求的路子，是现实主义底色的、史诗气派的、厚重的有时间跨度的作品风格。为此，他后来又有了更为详尽思考：

> 我想到阅读《百年孤独》的情景。我是在《十月》上读到这部名著的。这部小说和作家加西亚·马尔克斯风靡中国，一直持续到今天，新时期以来任何一位获得诺贝尔文学奖的作家和作品，都无法与其相比在中国文坛的影响。我随后看到中国个别照猫画虎式的某些模仿，庆幸我在当初阅读时的感受和判断，尚未发昏到从表面上去模仿，我感受到马

尔克斯的《百年孤独》是一部从生活体验进入生命体验的东西，这是任谁都无法模仿的，模仿的结果只会是表层的形式的东西，比如人和动物的互变。就我的理解，人变甲虫或人变什么东西是拉美民间土壤里诞生的魔幻传说，中国民间似乎倒不常见。马尔克斯对拉美百年命运的生命体验，只有在拉丁美洲的历史和现实中才可能发生并获得，把他的某些体验移到中国无疑是牛头不对马嘴的，也是愚蠢的。

（陈忠实著《寻找属于自己的句子》第45—46页，上海文艺出版社2009年8月版）

不过，陈忠实并不是没有使用魔幻的情节。在中国乡村，灵怪故事、鬼故事、迷信、命相、八卦、风水，这类东西一直源远流长，陈忠实在写《白鹿原》的时候，不可能不使用到这些材料，他说：

在《白鹿原》的构思里，有几处写到闹鬼情节，却不是为了制造神秘魔幻，而是出于人物自身的特殊境遇下的心理异常。鹿三杀死小娥后就发生了行为举止失措的变化，这仅仅出于鹿三这个人独具的文化心理结构，按他的道德信奉和善恶观，无法容忍小娥的存在；然而出于同样的文化心理结构，杀人毕竟不是拔除一根和庄稼争水肥的野草，在一时义举之后就陷入矛盾和压迫，顺理成章就演绎出小娥鬼魂附体的鬼事来……

（陈忠实著《寻找属于自己的句子》第45—46页，上海文艺出版社2009年8月版）

写作绝对不是无源之水、无本之木，陈忠实阅读拉美小说后，在他内心里唤起的一定是他自己的经验。那些经验是民间的，是记忆的，是活生生的，这些记忆一旦被激活，就成了写作小说的绝佳素材：

> 我少年和青年时期，不下十回亲自看见乡人用桃树条抽打附着鬼魂的人身上的簸箕，连围观的我都一阵阵头皮发紧发凉。有评论家说我在《白鹿原》书中的这些情节是"魔幻"，我清楚是写实，白鹿原上关于鬼的传说，早在"魔幻"这种现实主义传入之前几千年就有了，以写鬼成为经典的蒲松龄，没有人把它当作"魔幻"，更不必列举传统戏剧里不少的鬼了；我写的几个涉及鬼事的情节，也应不属于"魔幻"，是中国传统的鬼事而已……真是难忘的 1985 年，我在文学艺术的各种流派新潮的涌动里，接纳并试验了我以为可以信赖的学说，打开了自己；我在见识各种新论的时候，吸收了不少自以为有用的东西，丰富了自己；我也在纷繁的见识中进行了选择，开始重新确立自己，争取实现对生活的独自发现和独立表述，即寻找属于自己的句子。

（陈忠实著《寻找属于自己的句子》第 45—46 页，上海文艺出版社 2009 年 8 月版）

一些研究者也有些疑问，为什么在 1993 年，《白鹿原》能够突然成为阅读的热点？而这个时候，伤痕文学、改革文学、寻根文学、城市文学、先锋文学、新写实小说的小浪潮一浪接着一浪的，都没有陈忠实的身影，但是这《白鹿原》出来，却掀起了新的一波文学的浪潮。这个浪潮，就叫作"陕军东征"。

1993 年前后，贾平凹的《废都》、高建群的《最后一个匈奴》等多个陕西作家推出了自己的长篇力作，将寻根文学和地域文化小说、新写实小说的优点结合起来，创造出新的、北方气派的作品。《白鹿原》也成为这股文学浪潮中耀眼的一部作品。

"陕军东征"文学现象的出现，也是当代文学与市场结合新范例。这几位陕西作家的作品，都行销几十万册，《白鹿原》《废都》更成为持续不断的畅销书，成为 20 世纪晚期中国小说的经典作品。

《白鹿原》这部小说是中国气派、中国形式的小说。陈忠实又从拉美文学爆炸的那些小说大师那里，获得了有益的启发，他也详细分析过：

> 我由此受到的启发，是更专注我生活的这块土地，这块比拉美文明史要久远得多的土地的昨天和今天，企望能发生自己独自的生活体验，尚无把握能否进入生命体验的自由境地。在形式上，我也清醒地谢词了"魔幻"，仍然定位自己为不加"魔幻"的现实主义。这道理很简单，我所感知到这块土地的昨天和今天，似乎没有人变甲虫的传闻却盛传鬼神。我如果再在中国仿制出人变狗或变虾鱼的细节来，即使硬撑着顶住别人的讥讽，独处时也会为这种低能而羞愧的。我确信中国民间的鬼神传闻在本质上不同于魔幻，不单是一句批判意义上的迷信，尽管其发生和传播的一条原因在于科学的缺失，然而仍蕴涵这不尽的文化，也应是中国某些人"文化心理结构"的一根构件，即使是小小的不起眼的一件。我自幼接受的第一件恐惧事象不是狼而是鬼。天黑之后我不敢去茅房，四周似乎都是鬼的影子。即使我已经做了乡村教师，还是在路过有孤坟的一段村路时由不得起鸡皮疙瘩。我在未识字前的最丰富生动的想象力，就集中体现在对鬼的千姿百态的描绘上。我对神却是一片迷糊，从来没有想象出一

　　幅神的图像来。

　　（陈忠实著《寻找属于自己的句子》第 45—46 页，上海文艺出版社 2009 年 8 月版）

　　陈忠实寻找到了属于他的句子。他还寻找到了属于他的写作资源：地域文化、历史、现实、人物、民俗、传说、语言、方言、声音、感觉等等，创造出当代文学史无法忽视的《白鹿原》。这是陈忠实顽强努力的结果。

　　21 世纪以来，陈忠实主要写些散文随笔，鲜见有小说发表。他还想写一部有关 20 世纪后半叶的长篇小说，最终未能完成。有一部《白鹿原》，已经足够了。

王安忆

1

王安忆的创作时间超过了 40 年，作品量大质高，非常丰厚。她是 20 世纪晚期以来的重要小说家。她的创作涉及各种文学思潮，她总能突破批评家贴在她身上的标签。她的小说涉及"反思文学""知青文学""寻根文学""新写实小说""都市文学""女性文学""地域文化小说""新历史小说"等等，能持续地获得了关注。

王安忆 1954 年出生于南京，1 岁多由父母把她带到了上海，从此她就与上海这座远东大都市结下了缘分。她母亲是著名的作家茹志鹃，父亲也是一名作家。王安忆 1969 年初中毕业之后，到安徽五河县头铺公社大刘庄大队插队。这段生活后来成为她早期的长篇小说《69 届初中生》的素材。

1976 年，22 岁的王安忆，发表了一篇很不起眼的散文处女作《向前进》。1978 年，她回到了上海，担任《儿童时代》杂志的编辑。1981 年，她出版了第一部小说集《雨，沙沙沙》。1987
年，她进入上海作家协会从事专业创作，现为复旦大学教授。

王安忆的主要作品有长篇小说 10 多部：《69 届初中生》
（1986）、《黄河故道人》（1986）、《流水三十章》（1990）、《米
尼》（1992）、《纪实与虚构》（1994）、《长恨歌》（1995）、《一
个故事的三种讲法》（1997）、《富萍》（2000）、《上种红菱下种
藕》（2002）、《桃之夭夭》（2004）、《遍地枭雄》（2005）、《启
蒙时代》（2007）、《天香》（2011）、《匿名》（2016）、《考工记》
（2018）等。

这其中的《一个故事的三种讲法》是由《69 届初中生》删
节修改而成的儿童小说。她的一些篇幅较长的中篇，有时也被一
些出版机构列为长篇小说来出版，比如《月色撩人》《妹头》
《我爱比尔》，以及将三部中篇小说集结以《三恋》为名出版，等
等，是需要甄别的。在她的长篇小说中最具阶段性标志和代表性
的，是《流水三十章》《纪实与虚构》《长恨歌》和《天香》。王
安忆的中篇小说是她用力很勤、体现出她的创作高水准的作品，
包括《小鲍庄》《小城之恋》《荒山之恋》《锦绣谷之恋》《岗上
的世纪》《叔叔的故事》《逐鹿中街》《伤心太平洋》《乌托邦诗
篇》《我爱比尔》《妹头》《新加坡人》《香港的情与爱》《众声
喧哗》等。

在短篇小说的写作上，王安忆也是持续进行，从 1978 年到
2019 年她创作短篇小说有 150 篇左右。这些短篇小说润物细无
声，使她成为驾驭小说各类题材娴熟的大师。

王安忆是一个多面手，她"太能写了"，创作出版有散文集
《母女漫游美利坚》（与茹志鹃合著，1986 年由上海文艺出版社

出版)、《旅德的故事》、《蒲公英》、《独语》、《走近世纪初》、《乘火车旅行》、《重建象牙塔》、《王安忆散文》、《窗外与窗里》、《漂泊的语言》、《街灯底下》等 10 多部。

王安忆后来在复旦大学任教,担任中文系的教授,专门讲授写作课程。她的文学理论和评论著作,也出版了不少:《故事与讲故事》、《心灵世界》、《小说家的十三堂课》、《我读我看》、《王安忆说》、《华丽家族:阿加莎·克里斯蒂的世界》、《王安忆读书笔记》、《王安忆导修报告》、《对话〈启蒙时代〉》(合著)、《谈话录》(合著)等。

在讲课时,王安忆讲到了拉丁美洲作家的作品,尤其是对加西亚·马尔克斯的《百年孤独》,进行了详细地分析。这本名为《心灵世界》的讲稿中,第九章为《马尔克斯的〈百年孤独〉》,这篇分析《百年孤独》的讲稿有 15000 字。她说:

……《百年孤独》不是在造房子,它是在拆房子,但绝不是像所谓"后现代"那样一下推倒算数,不讲任何道理,它拆房子很有道理,有秩序,有逻辑,一块砖一块砖拆给你看。当它拆下来以后你才看到这房子的遗迹。用一句话来描述一下《百年孤独》,我想这是不是一个生命的运动的景象?但这运动是以自我消亡为结局。因此,马尔克斯在拆房子,拆的同时建立了一座房子,但这是一所虚空的房子,以小说的形式而存在。现在,关于《百年孤独》的一句话定义也基本上出来了:一个生命的运动景象,这景象以自我消亡为结局。这就是马尔克斯的心灵世界。这比托尔斯泰的、罗曼·罗兰的、雨果的心灵世界要低沉得多。《百年孤独》有着极大的概括力,它含有一种可应用于各种情景之下的内涵,它的"魔幻"性质担负着给这个独立的心灵世界命名的意义。

（王安忆著《心灵世界》第 258—260 页，复旦大学出版社1997 年 12 月版）

用盖房子和拆房子的比喻，来形容加西亚·马尔克斯的《百年孤独》的写作内部的动机和隐形结构，由此可见王安忆的机智和灵敏。她从根本上看出马尔克斯写作的秘密："一个生命的运动景象，这景象以自我消亡为结局。"对此，她继续深化了她的发现：

> ……对于《百年孤独》，人们已成定论的总是这么一句话：从小镇马孔多的建立、发展直到毁灭的百年历程中，活灵活现地反映了拉丁美洲的兴衰历史。可我想告诉大家的是，我绝对不否定这种说法，但是它还可以应用到很多种情况上。比如，从宏观上讲，可以是整个人类、整个世界，甚至是整个宇宙的运动；从微观上讲，也可以是一个微生物、一个细胞的生和灭的过程。如果我们承认这一点，就承认它的独立存在价值了……我甚至可以说，即便拉丁美洲消失了，可它还在。它已经完全可以脱离拉丁美洲的现实而存在。

（王安忆著《心灵世界》第 259—261 页，复旦大学出版社1997 年 12 月版）

这是王安忆对《百年孤独》的评价：

> 即便拉丁美洲消失了，可它还在。它已经完全可以脱离拉丁美洲的现实而存在。

世界上还有比达成这样的效果的小说更为伟大的作品了吗？在她看来，《百年孤独》达到了。而加西亚·马尔克斯又是怎么达到的呢？她又说：

　　我们可能对拉丁美洲的历史不怎么了解，但我们可以了解《百年孤独》。它（运用）的手法很简单，其实就是个提炼和概括。这个过程可称得上是科学的，非常具有操作性，这也是我所讲的现代小说的一个特征。现代小说非常具有操作性，是一个科学性的过程，它把现实整理、归纳，抽象出来，然后找到最具有表现力的情节再组成一个世界。

　　在这段话里，她很明晰地指出了《百年孤独》具有高度概括性，以及其理性经验所造就的抽象到具象这么一个过程，盛赞了加西亚·马尔克斯的概括能力。但她话锋一转，又说：

　　这些工作完全由创作者的理性做成，因此，现代小说的最大特征就是理性主义。它和古典小说不同的地方就是情感的力量不那么强，但它有理性的力量。从这点上说，现代小说本质上是不独立的，这也是我感到失望的地方，使我感到现代主义走进了死胡同，我们应该勇敢地掉过头，去寻找新的出路。

　　（王安忆著《心灵世界》第 258—261 页，复旦大学出版社1997 年 12 月版）

　　在这里，王安忆明确地表达了对现代主义小说的失望，表达出应该勇敢地去另外寻找新路的想法。如何寻找一条新路？这条新路在哪里？也许是反身到安全的现实主义写法中，也许是一条融合了现代主义写法的中庸与调和之路。纵观王安忆的作品，她从来都不将小说的形式放在第一位，她关心的，都是笔下那些有温度、有感情、有生活细节的人物的生活。

　　这一定程度上是她的优势，但又是她的局限。她的小说大都以大城市，尤其是上海的弄堂里的小人物为主人公，她挖掘的，都是这些人物生活中隐秘而波澜不惊的生活经历。王安忆有一种达观、一种宽厚的爱，她对笔下的人物都赋予了同情，善于呈现人物的情绪和心理变化。在柴米油盐的后面，都是人性的幽微地带，王安忆察觉是细腻和惊心动魄的。同时，她将女性的态度隐藏到一种相对中性的叙事背后，使小说呈现出坚实可靠的质地。

2

王安忆的作品题材非常广泛，大部分都是关于上海的历史记忆和现实生活的。我们耐心地阅读她的六七百万字的小说，会发现在王安忆的笔下，上海是真正的主角，一直在被王安忆所书写着，她不断地扩大着描绘上海这座城市的肌理、记忆、气氛和人情世故的全景图。这是解读王安忆作品最重要的一点：王安忆是一个非常上海的作家。她在与这座城市缠绵，给我们呈现了一面关于上海的巨大光谱。

再来谈论她的小说语言，那就是带有某种上海方言的书面语，是她惯常使用的。我们先来看看她的长篇小说代表作《长恨歌》开头：

　　站一个制高点看上海，上海的弄堂是壮观的景象。它是这城市背景一样的东西。街道和楼房凸现在它之上，是一些点和线，而它则是中国画中称为皴法的那类笔触，是将空白填满的。当天黑下来，灯亮起来的时分，这些点和线都是有光的，在那光后面，大片大片的暗，便是上海的弄堂了。那暗看上去几乎是波涛汹涌，几乎要将那几点几线的光推着走似的。它是有体积的，而点和线却是浮在面上的，是为划分这个体积而存在的，是文章里标点一样的东西，断行断句的……

这样的开头，让我想起来了吴冠中那由点和线构成的、中西合璧的绘画作品的风格来。王安忆就是以如此丰盈的笔法，将我们带入她的上海——也是她笔下人物的那个风姿绰约的上海，进入上海的记忆里，去靠近一个个人物。在《长恨歌》中，一个叫王琦瑶的女人，她那长达40多年的爱情故事，被王安忆的细腻而绚烂的笔，写得繁花似锦、哀婉动人、跌宕起伏，又步步惊心。

《长恨歌》从20世纪40年代开始叙述，讲述当时的女中学生王琦瑶被选为"上海小姐"，从此，她开始了自己坎坷的命运。她曾做过某要人的情人，由一个青涩的姑娘变成了一个熟女。上海解放后，王琦瑶和弄堂中的市民一样成了普通人。生活表面上波澜不惊，可王琦瑶的内心则春潮涌动。她先后几个男人发生了的复杂关系，这些关系都与上海有关，与那个年代的外部历史变换有关。

进入改革开放的20世纪80年代，50岁的迟暮美人王琦瑶跟一位与女儿年龄一样的男孩产生了情爱，却因为金钱的原因，被女儿同学的男朋友杀死，成为上海无数个体生命传奇的一个脚注。《长恨歌》作为王安忆的代表作，是王安忆在写作手法、题材和创作指向几个方向的完美结合；是她对上海这个国际大都市的历史和现实的最佳想象和人性的追问。

王安忆的早期长篇小说《69届初中生》和《黄河故道人》都涉及知青文学题材，前者讲述了"雯雯"——实际上就是王安忆的化身，从初中生去插队然后到成长为一个母亲的历程。后者是王安忆取材于她插队的安徽农村的生活，在黄河故道之上，那些乡人的生存景象。这两部长篇小说的写作风格也是标准的现实主义的，叙述的内部事件也是顺序的，也是按照物理时间来讲述的。

1990年，她出版了长篇小说《流水三十章》。该小说可以说从另外一个角度，又将"雯雯"的故事讲了一遍，也是女性成长题材的作品，作为她早期作品的一个总结。

这个阶段的王安忆，在长篇小说写作上，比较喜欢写与自身紧贴的题材。1992年，她出版的篇幅不大的长篇小说《米尼》，塑造了一个叫米尼的插队女知青，讲述她的成长、爱情和最后回到上海的艰难过程，也是她早期作品聚焦于知青题材和女性成长题材的一部。

就以上4部长篇小说，我认为《流水三十章》几乎可以作为代表。等于王安忆把一个题材，一个类似的人物，用不同的生活场景和细节，写了四遍。

1993年6月，在她出版《长恨歌》的前两年，王安忆出版了一部我认为可能受到了巴尔加斯·略萨开创的"结构现实主义小说"影响的长篇小说《纪实与虚构》。这部小说是王安忆在这一阶段的代表性作品，从这部小说开始，王安忆更多地将目光投射到外部的环境中，去发现和塑造上海的新故事。

《纪实与虚构》有34万字，以交叉叙述的方式，单数章节讲述了主人公在上海的生活与周边人的关系，双数章节则以虚构的方式追溯到了1000多年以前，主人公母系家族的血统，那在大漠之上生活的柔然部落。这样的结构和小说大尺度的时间叙述，是王安忆作品中比较少见的。在现实和历史之间，在纪实和虚构之间，这部小说找到了完美的平衡，使想象力汪洋恣肆，也是现实生活绵密细致，的确是王安忆的一部杰出作品。

《长恨歌》也为王安忆带来了很多荣誉，1996 年获选台湾《中国时报》开卷好书奖十大好书，1998 年获得了第四届上海文学艺术奖，1999 年进入了《亚洲周刊》二十世纪中文小说 100强，2000 年《长恨歌》获得了第五届茅盾文学奖。

3

进入 21 世纪，王安忆接连出版了长篇小说《富萍》《上种红菱下种藕》《桃之夭夭》《遍地枭雄》《启蒙时代》《天香》《匿名》《考工记》等。

《富萍》像《米尼》一样，讲述了一个叫"富萍"的女子的故事。《上种红菱下种藕》创作于 2001 年，描绘了江南水乡一个叫秧宝宝的女子成长的岁月。而她生活的小镇和江南，则在迅速而不知不觉发生着巨大的变化。

《遍地枭雄》讲述了一个抢劫犯的逃亡故事。从《富萍》《上种红菱下种藕》到《桃之夭夭》《遍地枭雄》，王安忆一直在拓展自己的写作空间，但这几部长篇小说似乎在力度和宽度上，都没有达到预期。上述几部小说中，《启蒙时代》和《天香》写得最好，是她进入创作的新一阶段的代表作。

2007 年，出版的长篇小说《启蒙时代》代表着王安忆的新的转向。

为写《启蒙时代》，王安忆再度去打量过去的岁月。这是一部描写与当下的陷身于物质世界无法自拔的一代人不一样的，充满了理想主义色彩的一代人心灵成长的小说。小说的背景设在 20 世纪 60 年代 "文革" 时期。"文革" 的发生，将各自不同背景的青年人聚拢在一个地方。这些人有着青年人特有的热情、奔放、活泼、敏感、躁动和迷茫，在荒诞岁月里执着地寻找着自己的价值。

应该说，王安忆以这部小说，重塑了 "老三届" 的精神成长史，是王安忆自《69 届初中生》《黄河故道人》《流水三十章》之后，再度打量那段岁月的作品。王安忆提醒了我们，在历史那风沙弥漫的地方，走过来的人外表不堪而内心是多么的坚强。那是一段我们不能忘记的历史——启蒙时代。

王安忆的长篇小说《天香》是她 57 岁的时候出版的作品。这部小说，使我们重新看到了王安忆结构历史、想象历史的能力。她将她最擅长的细腻敏感、注重社会物质生活史的手法，运用到对江南刺绣之一种——上海顾绣的历史——的发掘打量和叙述中，给我们带来了顾绣的物质记忆和与之相关的顾绣家族的女人们与男人们的精神与情感的肖像。小说是从晚明写到了清初，是一部标准的历史小说，王安忆能够将这样的历史小说，写得有温度、细节、声音和触感，实在是她的集大成的作品。

　　……哥伦比亚作家，马尔克斯的《百年孤独》，如今读起来，往日的兴奋感消失了，代之而起的是一股透心的痛楚。孤独，能不能生存？近亲交配，甚至不育，生命渐渐萎缩，走向灭亡。可是，倘若打破孤独，所有的外来因素，一旦进入封闭的命运，全称为打击和瓦解的力量，下场是，毁灭。处于世界后发展时期，处境就是这样两难。终于，《百年孤独》被瑞典文学院发现，将诺贝尔文学奖赠给了他。马尔克斯带着一支庞大的热烈的队伍，去到斯德哥尔摩领奖。这支队伍包括得奖者的亲朋好友，以及一个民间歌舞队。他载歌载舞地走上了颁奖台。就这样，一个孤独的民族登上了国际舞台，全世界都知道了拉丁美洲。当然，它是与"文学大爆炸"这个词连在一起的，统称为"拉美文学大爆炸"，它还充满了观赏性，它的现实主义，被冠之以"魔幻"这一个词。于是，事情就起变化了。它的生活，生态，命运，遭际，人，离开了现实的土壤，变成了一桩审美的对象。真实的拉丁美洲消失在审美、猎奇、观赏的活动后面。

（王安忆著《王安忆说》第 314 页，湖南文艺出版社 2003 年 9 月版）

王安忆的 36 部中篇小说虽然相当丰富，题材广泛，叙述技巧复杂，但限于篇幅，不是我分析的重点，但也必须提及。《小鲍庄》占据着特殊的地位。这部中篇小说几乎被论及"寻根文学"的所有文章提及。这部中篇小说显然深受加西亚·马尔克斯的魔幻现实主义小说风格的影响。1985 年，作家陈村在给王安忆的通信中，就详细谈到了这一点。陈村说：

……应当感谢加西亚·马尔克斯，感谢《百年孤独》的译者和出版者。这部书打消了我们在文化上隐隐显现的自卑。你喜欢这部书，甚至一反常态地几次在文章中流露出美慕与景仰。它给你启迪……回过头来看你的《小鲍庄》，你是得气了。既得之于《百年孤独》的启迪，更得之于中国的土气。

（《上海文学》1985 年第 9 期陈村与王安忆的通信）

此后的《荒山之恋》《小城之恋》《锦绣谷之恋》这"三

恋"，以小说中相对畸形变态的性描写，来呈现时代本身的荒诞畸形。《叔叔的故事》讲述的是她眼睛里的"右派"那一代人的精神状态，传神至极。《逐鹿中街》描述了女人的命运的悲催，和丧失自我价值的困惑。

《岗上的世纪》汇总男女主人公在路边干沟里"野合"的情景，震动当时的读者。今天看来，不过是王安忆女性主义视角的一种态度。而她在 21 世纪的 10 多年中创作的中短篇小说，如《伤心太平洋》《乌托邦诗篇》《我爱比尔》《忧伤的年代》《隐居的时代》《月色撩人》《众声喧哗》等，有着与她的长篇小说在题材上、叙述艺术上并驾齐驱的节奏与特点，甚至某种程度还超过了她的几部一般性的长篇的艺术水准，这也从侧面让我们看到了王安忆在写作方式上其实还可以再节省点力气，把素材集中使用在长篇小说上，会更好。

王安忆的作品的丰富、细腻、犀利、繁杂、宽广和宏富，需要读者耐心阅读，慢慢消化。对于一个还在路上奔跑的大作家，我们依旧期待着她拿出更新更好的作品。王安忆在 2019 年出版的长篇小说《考工记》，依旧是一部精雕细刻、令人惊艳的杰作。

张炜

1

张炜从 1975 年 19 岁就开始写作以来，迄今已经出版和发表了 1800 万字的文学作品，包括《古船》、《九月寓言》、《柏慧》、《外省书》、《你在高原》（10 部）、《独药师》等 20 多部长篇小说，《蘑菇七种》《秋天的思索》《秋天的愤怒》《秋天的思索》《童眸》《请挽救艺术家》《你好！本林同志》《黄沙》《海边的风》《金米》《护秋之夜》《葡萄园》《声音》《一潭清水》等 140 多篇中短篇小说。获得了 1982 年和 1984 年的全国短篇小说奖，还有 400 多万字的散文随笔。此外，他出版有诗集 3 部、文论和儿童文学作品 10 多部。创作体量如此巨大的作家，并不多见。

张炜是山东人，1956 年出生于胶东半岛上的龙口市，毕业于山东师范大学烟台师范学院中文系。张炜的经历丰富，曾经在地方志办公室工作，搜集了大量的胶东半岛的地方史志。后来，张炜调入山东作协从事专业写作，也不断地到处游历、讲学，并在龙口市创办了万松浦书院。

张炜早期的中短篇小说作品带有抒情性和浪漫色彩。他写两性之间的爱情纯美生动，写大自然则充满了精灵古怪。《秋天的思索》和《秋天的愤怒》则转入对转型期农村现实变化的揭示与批判。

张炜的写作与"寻根文学"的兴起也有关系。1986 年第 5 期的《当代》杂志，发表了他的长篇小说《古船》，从此一鸣惊人。次年的 8 月，出版了单行本，而这部小说是他从 1983 年就开始写作，完成之后又修改了两年。今天来看《古船》，我们仍旧惊讶于张炜勃发的天才般的创造力。这样一部史诗小说，是一个年仅 30 岁的人拿出来的。

《古船》的书名"古船"，带有浓厚的象征色彩，象征着一条有历史的、痕迹斑斑的古船，能否再继续远航。小说描绘了胶东半岛的洼狸镇上，隋家、赵家和李家，三家人之间错综复杂的关系。在 1949 年之后，这个小镇上经历了"三反""五反""土改""大跃进"和人民公社、"反右""文革"、改革开放各个历史时期，而这三家人、上百个有名有姓的人物，都在"古船"中活跃着，奔走着，纠缠着，他们的命运沉浮，生生死死，带有一定文化深重的批判意识，和某种面对历史赎罪的悲悯情怀。

《古船》出版之后，受到了热烈地讨论和追捧，被认为是一部杰作，但一直没有获得最高奖项茅盾文学奖。2011 年，55 岁的张炜凭借十卷本的长篇小说巨著《你在高原》摘取了这个奖项。

张炜是一个有雄心、诗心和童心的作家。我整理自己书柜的时候，数了数我藏有的张炜先生的单行本，已经有 150 多种。这包括 20 年前山东友谊出版社他最早的 5 本文集、作家出版社出版的 6 卷文集，山东文艺出版社出版的 12 册的文集，人民文学出版社、作家出版社新版的 20 卷文集等等。还有各种各样的单行本著作，突出的印象就是，张炜作为一个勤奋的大作家，创作量大，质量也非常高。他是一个有雄心的作家。

《你在高原》的规模，从 200 年的世界文学考察，其巨大的体量、丰沛原创的精神性空间，形式感，中国精神和中国叙事，地域文化和天马行空的想象，诗性的语言和活泼的生命体验，都是一个标杆。这部书是一部大书，也是一个奇迹。这是有难度的写作。

张炜老师的雄心，在当代作家里是有目共睹的。他也激励了很多年轻作家向有难度的写作勇敢进发。在鲁院，我们一年办十几个作家培训班，每年有七八百学员接受作家培训。在课堂上，教师、作家和学员也经常谈到张炜老师的作品，以他为榜样。作为一个作家，他是怎样对自己的写作不断提出要求，他是如何拥有超越自我的雄心和勇气的。在这方面，张炜老师一直是年轻作家的榜样。

山东教育出版社推出了精装 16 卷的《张炜文存》，特别漂亮，用纸也特别出色，开本很大，拿在手里又可以稍微弯曲，效果极好。张炜老师的雄心，对我们很多当代作家而言，是极大的一种感召，一种精神性的引领。他走在前面，靠作品说话。

我觉得，张炜老师还有一颗诗心。他作为杰出小说家，却一直保有一颗激情跳跃的、深沉浪漫的、低回高拔的诗人之心。鲁院曾办过一个诗人培训班，有 50 多个青年诗人在鲁院学习。在一个小型研讨会上，我听到有一个诗人还专门谈到当代小说家的诗，他就谈到张炜老师这些年写的诗，把他的诗分析得很详细、很具体。这引起了大家的讨论兴趣，那就是，小说家和诗人身份的关系如何？为什么伟大的小说家比如雨果、哈代、福克纳以及詹姆斯·乔伊斯、普鲁斯特都是诗人？小说家有一颗诗人的心，这是一般人很少关注到的文学现象。

张炜老师可以说一直是一个诗人。最关键的是他有一颗鲜亮的诗心。很长时间以来，很多人都关注他的小说创作，而对他诗歌的写作以及张炜老师葆有的诗人之心，这一点大家理解的还不够。

我记得，张炜老师在我曾担任主编的《青年文学》杂志上发表过长诗，在新近出版的 16 卷本《张炜文存》中，也有一本诗歌集《归旅记》。我是很早就注意到张炜老师的诗歌和诗心的。一个小说家，如果能保有一颗诗心，他会非常敏感、柔软，像炼金术士一样对待美好的母语，他会走得更远，对语言特别地敏锐，同时，让他的小说具有一种音乐的气息，充满了一种诗性的创造。所以，张炜老师的诗心，也是很多作家应该去学习的。

第三个"心"，就是张炜老师的童心。很多作家成年之后，就没有童心了，都是中老年人的成熟到烂熟、聪明练达到市侩，没有了童心的本真。张炜多少年都葆有着一颗活泼的童心。好多年以前，我记得市面上有一套书，是当代小说家写的儿童文学作品集（叫作《金犀牛丛书》），我记得有毕淑敏、刘恒、迟子建等作家，里面也收录了张炜老师的一本，是不是叫《芦青河告诉我》？似乎是。一个作家能够葆有童心，是特别重要的。

张炜能把童心保持得这么好，源于他天生的童心。他现在年届六十，但在我看来，他可能有时候是 16 岁的状态，他还像一个少年，对世界充满好奇。这些年，他写下了不少老少咸宜的儿童文学作品，像《半岛哈里哈气》《寻找鱼王》《兔子作家》等。这一系列作品，我觉得是一个大作家的童心的底色，一个非常重要的、天然去雕饰的本真底色。因为，如果你保有一颗童心，你对这个世界充满了好奇，充满了一种想探险的欲望，也就能写出很多新鲜的作品。

我曾参加了他的儿童小说《狮子崖》的研讨会。山东教育出版社出版了这本书。

这本《狮子崖》也是有这样一个特点。《狮子崖》是张炜老师早年失而复得的作品，写于他十七八岁。小说的故事清亮、明确，在我看来很简单，狮子崖就是一个象征物，小说的主人公林林由老卢引到狮子崖去，展开了对未知世界各种各样的认知和探险。

小说里的各种海生物、动物、植物扑面而来，当然还有一个特殊年代的氛围，有阶级斗争等，被表述成了小说的一个背景。我觉得，这本书是特定年代的一部成长小说，是一个十七八岁少年写出来的、对这个世界最初的认知。它里面还有童心的弥漫，让我们看到了张炜老师的博大、深邃和天真，看到了一个未来的大树即将枝繁叶茂的早期轮廓。

在讲课的时候，我就常常要举张炜老师的例子，那就是，不要那么年轻就表现得那么苍老，一个作家保持童心太重要了。有童心的话，世界总是澄明的。这让我不断想起伟大作家博尔赫斯说过的一句话。他说："伟大的文学最终都将趋向于儿童文学。"

好长时间我不理解这句话，为什么伟大的文学最终都将趋向于儿童文学呢？当我看到张炜老师的这些书，我慢慢理解了。因为伟大的文学，一定是趋向于童心的、本真的、澄明的、面向未来的，这样一种原初的状态。

因此，拿到《狮子崖》这本书，觉得有很多想法。另外，张炜老师还有其他几心，我在这里就不仔细说了。比如他的圣心，我在读他的散文的时候，就时常感受到。因为张炜老师的散文也有几百万字，极其开阔，他有一颗圣人之心，那是教化之心，那是博大的关怀之心，对终生的怜悯和爱之心，对文化的信仰之心。

他还有一颗匠心，他是一个卓越的匠人。因为写作是一个手艺活儿。我们都是手艺人，他的作品展现匠人之心。这个手艺精湛不精湛，一看就知道他匠心独具。比如，一部作品，是从哪个角度切入，怎么切分时间、空间，怎么用语态语感的。张炜老师还有苦心，苦心写作，一个字一个字地写，哪个字不是苦心写出来的？几十年如一日，苦心造就了张炜这样一座文学的高峰大厦。

2

张炜的长篇小说《独药师》也在《人民文学》杂志 2016 年刊出，显示了一个持续长跑的作家不断寻找着写作的难度，总是能保持着完美的第一方阵的身形。研究张炜需要找到自己的入口，这一入口不要太大。我曾撰文详细考察了张炜作品与拉美作家的比较。

拉美作家都与拉美大地有关，与地域文化有关。尤其是 19 世纪末期到 20 世纪的初期，拉丁美洲文学从土著文学那里吸收了很多经验，创造出一种"大地文学"——讲述人和土地的关系的文学，以巴西作家若热·亚马多、危地马拉作家阿斯图里亚斯为主。在这个方面，张炜显然是一个可以相比的作家，甚至要更为宏阔和现代。

张炜也属于最早一批受到了拉美魔幻现实主义小说影响的中国作家，他在多个场合都毫不讳言地受到的诸如加西亚·马尔克斯、阿斯图里亚斯等人的影响。其中，可以说加西亚·马尔克斯的《百年孤独》在他写作完成《古船》的过程中，产生了很大的影响。1987 年，他在某大学里的一次演讲中，就谈到了几位拉美小说大家：

> ……现在谈得同样多的是马尔克斯。我读了他的中文译介的所有作品。我非常喜欢他。他是一个少见的创造力极强的现代作家。他可以比得上海明威和威廉·福克纳。他在独特性方面至少不差于他们。还有拉美的其他作家，如博尔赫斯、阿斯图里亚斯。这两位也是举世公认的伟大作家。但是另一个名声极大的巴尔加斯·略萨，我还没有特别喜欢起来。他的《绿房子》好些。巴西的若热·亚马多被称为是"百万书翁"，在国内就知名度而言可以与巴西球王贝利相提并论，写过著名的《加布里埃拉》。但他的东西或许写得太多太杂，有的就比较粗疏。

(张炜著《融入野地》第 122 页，作家出版社 1996 年 2 月版)

在他谈到的这几个拉美小说家中，虽然只有寥寥数语，但是已经很准确地捕捉到了这几位作家的精神气质。比如，加西亚·马尔克斯的魔幻手法，博尔赫斯的幻想风格，阿斯图里亚斯的本土写作资源和荒诞手法，这些都对他产生了影响。而只有尖刻批判立场的、结构上非常花哨的巴尔加斯·略萨就构不成对内倾的张炜的影响。对若热·亚马多，张炜甚至提出了批评，这也很准确，因为若热·亚马多是一个社会写实派的小说家，相对通俗一些。由此可见张炜对拉美小说家的耳熟能详。后来，他再次谈到了加西亚·马尔克斯，这次是以短评的方式谈到的：

> 在短时间内风靡了中国。他的确是迷人的，新时期十年的影响超过了所有外国作家。他那个世界的独特性令人梦牵魂绕。他最让人着迷的作品除了一些中短篇，就是《百年孤独》和《霍乱时期的爱情》。后一部书是获得诺贝尔奖之后的创作，这就让人感到奇怪：他在那个大奖之后仍然能够沉下心来写出一部真正的杰作。这种现象几乎是罕见的。
>
> 一个作家的所有好作品、真正有魔力的作品往往都是在刻苦奋斗中、在压抑的气氛中写出来的。一旦缺少了这种环境，一个人就失去了力量。而在马尔克斯那儿，这个神话被打破了。这是他特别令人钦佩的地方之一。他的作品太迷人，太有趣。他感动人的，并非某种人格的力量，是他的心灵。他是伟大的匠人，但不是伟大的诗人。始终站在他前方那座山巅上的，大概是托尔斯泰一族。他是非常非常奇怪的生命。这种人在一个民族里绝不会出现太多的。他古怪的程度完全比得上美国的索尔·贝娄，虽然他们之间差异甚大。

（张炜著《融入野地》第 385 页，作家出版社 1996 年 2 月版）

而同一时期对他产生较大影响的，也还有危地马拉小说家、1967 年诺贝尔文学奖获得者阿斯图里亚斯。他是这么说的：

> 我读过的《总统先生》和其他一些中短篇，都没有特别惊讶的感觉。但《玉米人》一书却能彻底征服读者。书的前

三分之一写得特别好，从《查洛·戈多伊上校》一章完成之后，就松弛了。前三分之一有难以抵御的磁力，牢牢地将人吸住。

由此可见，张炜在阅读阿斯图里亚斯的小说的时候，是带着写作者的心态进入，并且能够从写作心理学入手，找到了《玉米人》的内在节奏的。这就是张炜的过人之处。他接着说：

> 我们一般这样认为：一部书有一半写松了，失了心力，那么整部书都不会是优秀的。可是到了《玉米人》这儿就不适用了。因为这是一部奇书，因为它的前三分之一写得太好了，简直有如神助。我们可以想象那片奇异的土地以及它孕育出的一种文化。尽管这一切都是陌生的，可是由于作家把这些传递得准确逼真，我们把握起来有时真是得心应手。在我所读过的众多的拉美的小说中，《玉米人》前三分之一的篇幅给予的，已经超过了其他拉美作品的总和。我觉得阿斯图里亚斯是正宗的拉美作家。他有点像东方作家，只以神遇而不以目视，伸手一抓全是事物的精髓，完全靠土地气脉的推动来行文走笔。当他稍稍偏离了这种感觉时，就只有依靠一开始形成的那种推力的惯性了——于是我们就看到了松弛的、维持下来的三分之二。这当然是可惜的。这本书的翻译者使用了不少胶东方言。于是胶东人在阅读中更容易找到切口来还原意象。

（张炜著《融入野地》第386页，作家出版社1996年2月版）

有意思的是，张炜居然从刘习良的译本中，读到了"不少胶东方言"，也不知道刘习良先生是不是山东人。而阿斯图里亚斯的《玉米人》等作品自然对1986年前后的张炜的创作构成了影响。与阿斯图里亚斯同期被翻译成汉语的，还有博尔赫斯，不知道张炜是怎么看待这个幻想派和玄学小说家的？张炜说：

> （博尔赫斯）是教导小说家的人，而不能用来指导诗人。他是一本大书，但不是一个足踏大地的行吟者。他热衷于迷宫，在穿行中获得了极大的乐趣。他是依靠读书、修养和知识获得成功的一个范例。他总是出色地操作，并在其间掩藏了小小的激动。
>
> 他常常使一些匠人望而生畏。他关心人的状况，也关心人的灵魂，但比起他的操作和实验来说，那种兴趣毕竟小多了。他的作品让人想起庄重的深棕色，甚至是稍有恐怖感的黑色。一种檀木香的气味从中散发出来，使人在迷茫中滋生奇特的尊重，小心翼翼地走入其间。读他的作品很磨性子，很累。娱悦只在长长的苦涩之后，像饮一种老茶。

（张炜著《融入野地》第 387 页，作家出版社 1996 年 2 月版）

张炜对博尔赫斯的评价是极其准确的，他"是教导小说家的人"，换句话说，是小说家中的小说家——这也是公认的对博尔赫斯的评价。

本文限于篇幅，只对他的 19 部长篇小说做一个分析。张炜的 19 部长篇小说，刚好分为 2 个部分，一个部分是单部成书并带有独立性的，每部小说都有自己的取向的，这个系列按照创作和发表、出版的时间，分别是：《古船》《九月寓言》《柏慧》《瀛洲思绪录》《外省书》《远河远山》《能不忆蜀葵》《丑行或浪漫》《刺猬歌》等。

长篇小说《九月寓言》也是张炜的一部代表作。这部作品中弥漫着张炜所发现的、游荡于大地上的那种精灵鬼怪的气氛，那种野地里的荒芜和喃喃自语的亲切感。在这部小说中，人物是超现实和象征性颇为浓厚的，主人公肥是一个乡村女性，她就如同大地的精灵一样，在夜晚和九月里奔跑，并营造出一个萤火虫满天的一个个夜晚和野草疯长的白昼。这部小说还带有诗性，可以称之为带有德国浪漫派色彩的、朝向大自然的一种象征主义小说。评论家张新颖为此作的出现，而称呼张炜为"大地守夜人"，实在是恰如其分。

《九月寓言》中塑造的乡村知识分子，持有着一种精神理想，并从民间立场在思考传统文化的现代再生。小说的后记《融入野地》，是非常值得重视的一篇文章，宣示了张炜写作的理念。《九月寓言》获得了上海第二届中长篇小说大奖一等奖。

《柏慧》分为3个部分，第一部分"柏慧"以柏慧的角度来叙述她所看到的人生。第二部分"老胡师"是小说另外一位主人公老胡师的讲述。最后第三部分"柏慧"回到了柏慧的讲述，构成了小说叙述的一个完整的圆环。小说中，朝向土地道德和大自然、葡萄园的气息非常浓烈，是张炜在20世纪90年代里带有浪漫气质的象征与大自然书写阶段的一部好作品。

《瀛洲思绪录》只有10万字，是一部小长篇，一般人不大注意这部作品。这部作品其实是张炜多次出发的一个起始点，就是对秦始皇派徐福前往仙岛求长生不老药的传说的再叙述。小说以第一人称"我"——徐福自己来讲述，是当时出现的新历史小说中被忽视的一部作品。

《外省书》则以女主人公史珂串联起一系列人物，讲述了当代生活中的婚姻家庭和道德解体过程中的痛苦。

《远河远山》写的是一个残疾老年人对自己少年时代的回忆。

《能不忆蜀葵》讲述了楷明与好朋友、画家淳于阳立之间的关系，在当代商业社会里发生的关系错位和道德拷问。

《丑行或浪漫》塑造了蜜蜡这个女性角色，将一种胶东方言的美与蜜蜡淳朴的底层生活结合起来，改写了乡村叙事的滞重和符号化。可以说蜜蜡是张炜塑造的一系列乡村女子中相当突出的一个形象。

《刺猬歌》则继续带有象征色彩，以刺猬这个人间灵物为象征，来呈现商业化时代里，人在欲望中裹挟的复杂境遇。这部作品是张炜除了《你在高原》系列之外的一部很重要的小说，依旧带有土地道德拷问和诗性的呈现。《刺猬歌》和前述几部作品一样，带有着浓厚的地域文化气息，弥漫着一种新鲜的海风气息。它的地理背景就在海滨城镇，人物和故事都带有胶东半岛那浓郁的海洋气息。而张炜出生的地方龙口，就在大海边上，这里是古代的东夷国。从小就面对浩瀚的大海，沐浴海风的无尽吹拂，张炜笔下自然会生出很多虚无缥缈的幻想与浪漫来。

3

张炜长篇小说的重头作品，就是他的巨著《你在高原》。《你在高原》属于系列长篇构成的巨型长篇，有 450 万字之多。《你在高原》名下的 10 部长篇小说，大都以单部作品出版过，包含了《家族》、《橡树路》、《海客谈瀛洲》、《鹿眼》、《忆阿雅》（这部作品曾以《怀念与追忆》为名出版过）、《我的田园》、《人的杂志》、《曙光与暮色》、《荒原纪事》、《无边的游荡》。这 10 部既可单独成立，彼此之间也有着紧密联系。

如此规模的长篇小说，文学史上屈指可数。普鲁斯特的《追忆逝水年华》有 250 万字，目前，只有索尔仁尼琴的历史小说《红轮》的长度超过了它，索尔仁尼琴的《红轮》有四五十册，1500 万字左右。不过，索尔仁尼琴是一种"历史叙事"的写法，在历史小说和纪实之间的一种文体，与张炜的这种精神性的、诗性的纯文学的写法完全不一样。

《你在高原》无疑是张炜创作的文学高峰。他花了 20 多年的时间，不断地书写着这样一部大书，一部无尽之书，一部关于土地、自然和行走的书。450 万字、10 卷本的《你在高原》的获奖，也增加了茅盾文学奖本身的影响力。在授奖词里是有这么一段评价的：

> 《你在高原》是长长的行走之书，在广袤大地上，在现实与历史之间，诚挚凝视中国人的生活和命运，不懈求索理想的"高原"。张炜沉静、坚韧的写作，以巨大的规模和整体性视野展现人与世界的关系，在长达十部的篇幅中，他保持着饱满的诗情和充沛的叙事力量，为理想主义者绘制了气象万千的精神图谱。《你在高原》恢宏壮阔的浪漫品格，对生命意义的探寻和追问，有力地彰显了文学对人生崇高境界的信念和向往。

这一段授奖词，非常准确地概括了张炜这部巨著的精神内涵。《你在高原》是张炜在胶东半岛划定了一片区域，他走遍了那里的山山水水。村镇河流、人群动物、日月星辰，都在他眼前和心里呼应着。这 10 部书，就像一个个长短高低的乐音，带给了我们语言之美，这个美还结合了想象和人物形象的文学之美。张炜说，《你在高原》"像是在写一封长信，它没有地址，没有规定的里程，只有遥远的投递、叩问和寻找"。的确，从这部作品的最后一部《无边的游荡》的书名可以看出，小说里的精魂还在游荡着，并没有找到家园。

我特别重视张炜在这部由 10 部小说构成的作品的结构。《你在高原》的 10 部书，基本上是并行的 10 部书，时间上彼此交叉，人物各有侧重，在几十年的叙述时间里，构成了一个涉及地域、人文、想象、自然和情感的丰富世界。张炜对巴尔加斯·略萨的结构小说技法十分欣赏。张炜谈到了巴尔加斯·略萨的小说：

> 他在中国当代的命运有点像米兰·昆德拉，属于最幸运的几位外国作家之一。同样幸运的还有加西亚·马尔克斯。巴尔加斯·略萨最好的书是《绿房子》和《胡莉娅姨妈与作家》。他自己最喜欢《世界末日之战》，可能因为它写得最用力。作家写这本书的心情不一般，稍稍严整一些、庄重一些，像一切创作大作品的作家一样。不过，《世界末日之战》还不算典型的大作品，尽管它也有那样的色调、规模和主题。巴尔加斯·略萨是不正经的，若正经就影响了才华的发挥。前两部书就是他人格和才华、艺术趣味诸因素结合得最好的作品了，综合看效果好得多。一个作家在漫长的写作生涯中，难得表现出略萨那样的放松感和随意性，而且始终保持一种（结构）技术上的实验兴趣。虽然有些实验并非高难度，但探索的热情一直鼓胀着。这种热情同时也在激发他巨大的创造力。

张炜对《绿房子》和《胡利娅姨妈与作家》的结构分析，十分到位。他对《世界末日之战》的评价也不高，因为那部作品在结构上没有什么想法，只是历史事件本身对于秘鲁来说具有重要性而已。接着，张炜重点谈到了巴尔加斯·略萨的小说结构问题：

> 《绿房子》像作者的其他作品一样，结构上颇费心思。但它们给人和谐一致的感觉，并不芜杂。《胡莉娅姨妈和作家》也是这样。如果作者在写作、在全篇的实现过程中心弦稍一松懈在机巧的结构也不会带来好的效果。真正的艺术品总是生命激情的一次释放，当然会排斥一切技巧性的东西——除非是激情的火焰将其他阻碍全部熔化。我印象中他的其他几部书没有这两部好。有时候，巴尔加斯·略萨给人太随意、太松弛的感觉，还多少有些草率——我是指作为一个作家在写作时并没有特别的、深深的感动。

（张炜著《融入野地》第 375 页，《域外作家小记》，作家出版社 1996 年 2 月版）

《你在高原》的结构严整，叙事语调高度统一，带有着诗性和温暖的一种语调。当然，也有疾风骤雨，也有喃喃细语，也有黑暗无边的大地般的沉默。这部作品毫无疑问是 20 世纪晚期以来，中国作家写出来的最重要的小说之一了。

张炜是一个大地守夜人。在他的守护下，自然作为存在物和象征物附着于大地上，然后万物在他笔下次第苏醒。就像在《融入野地》的结尾一样，是他作品的最好脚注：

> 就因为那个瞬间的吸引，我出发了。我的希求简明而又模糊：寻找野地。我首先踏上故地，并在那里迈出了一步。我试图抚摸它的边缘，望穿雾幔；我舍弃所有奔向它，为了融入其间。跋涉、追赶、寻问——野地到底是什么？它在何方？野地是否也包括了我浑然苍茫的感觉世界？

我无法停止寻求……

（张炜著《融入野地》第19页，作家出版社1996年2月版）

4

拿到张炜的20卷散文随笔年编《万松浦记》，我的眼前首先闪现的，就是想象中万松浦那一万棵以上的松树葱葱郁郁，苍劲苍茫的姿态。这400多万字所形成和支撑的，就是那个树木葱茏的文学森林。

万松浦是张炜建立的一个现代书院，一个读书、讲学、交游和写作的地方，它位居于山东半岛靠近渤海湾南部的海边上。这些年来，很多当代文人学者游走于万松浦，写下了关于此一时代的思考文字。而书院的创立者张炜，将万松浦当作了自己静思与写作的净地，作为自己一次次出发和抵达的地方。

一个人用笔能够走多远？我们来读读张炜的这20卷散文随笔就知道了。这是他30年的行走、沉思、书写和凝结的文学露珠之海。打开一本本书，那扑面而来的，就是潮水一样的律动的气息，思想的，生命的，语言的，激情的，想象的，现实的，合着大自然的生生不息，带给了我们惊涛拍岸的文学享受。

他的10卷本长篇小说《你在高原》是一首长长的画卷，长长的口传史诗，长长的书面记载的心路历程，长长的经过了作者的心象处理过的世界的印象。那是全息的小说，长河小说，橘瓣式小说，是世界的一个个截面构成的棱镜。这棱镜所折射的就是这个万花筒的和正在消逝也永远不会再来的世界。人民文学出版社出版了《古船》《九月寓言》《刺猬歌》《丑行与浪漫》等另外

10 部长篇小说。如果加上这《万松浦记》20 卷，那么这些本作品，构成了张炜文学作品的主干。

除去长篇小说，散文写作一直是张炜最着力、也是成就最高的创作文体，并且贯穿了他自己的 30 年创作和当代文学 30 年的发展。现在来检视眼前这 20 卷的《万松浦记》，的确是让人欣喜、兴奋、叹服和仰止的。

他是沉思者，有着德国浪漫派作家对人和大地关系的全面的打量，有着赫尔曼·黑塞的深度和诗意，有着陶渊明和杜甫结合起来的能出能人的现实关怀。我觉得，他的长篇小说《古船》和《九月寓言》，以及他的散文《融入野地》是进入他的文学世界的门径，也是他创作出来的文学奇峰。他是奔跑者，以奔跑的速度在时间和时代里穿行，并且留下了他饱满的背影，同时也让跟在后面的人跑得气喘吁吁。

20 卷的张炜散文随笔年编，每一册的书名，都带有了诗意的提示，如《失去的朋友》《心事浩茫》《梭罗木屋》《昨日里程》《楚辞笔记》《芳心似火》《纵情言说的野心》《爱的浪迹》《品咂时光的声音》《诉说往事》，时间和记忆的刻度，成了这些书的路标。几乎每一册都有着相对独立的品质，在特定的某个时间里生成，也对应了那个时期社会和文化的相关问题，张炜做了他丰富的回答。20 卷散文随笔，囊括了他的一些主客问答、读书笔记、文化研究、文学随谈、演讲演说、游记回忆、思想随笔、内心思绪等等，是对散文本身的极大的文体扩展和全面的边界探寻。

我一卷卷地翻阅下来，读过了多个不眠之夜。我一是感叹张炜那饱满的情思、文思、哲思在字里行间的生动呈现，二是看到了一个真诚地以文学为业、以语言为器去寻找道的背影。

　　张炜因此绝尘而去，空留一地花瓣，这花瓣，就是这 20 卷的 6000 多个页码的散叶，在时光里散发着香气。

　　张炜不断在野地里漫行，在悬崖上挖井，在时间里守夜，期待着万物苏醒。

扎西达娃

1

　　扎西达娃 1959 年出生于四川的甘孜藏族自治州巴塘县，少年时期在重庆生活，后来随父母前往西藏，1974 年 15 岁的时候就开始担任西藏藏剧团的舞台美术设计，并开始练习写作，先为剧团编写剧本，后来开始写小说。1979 年他 20 岁的时候发表了处女作。他引起反响的小说，是在 1985 年发表的中篇小说《西藏，隐秘岁月》和短篇小说《西藏，系在皮绳结上的魂》。

　　1985 年对于中国文学艺术界来说都是一个很重要的年份。在这一年，中国文学界发生了向内转和对文学的根进行追问的变化，出现了寻根文学热潮。艺术界则出现了著名的"85 美术新潮"，一大批深受西方现代派艺术思潮影响的中国艺术家涌现，并以举办各类展览的方式引起了广泛的瞩目和争议。

　　在这样一个背景下，来考察扎西达娃的小说，就很容易理解了。扎西达娃是 20 世纪 80 年代十分著名的本土"魔幻现实主义"小说家。他扎根于西藏大地，所写的故事，都是来自独特而又神秘的西藏地域。

客居拉萨多年的小说家马原，对西藏小说家在那些年的情况非常熟悉，他说：

> 西藏作家群包括了益西单增、魏志远、吴雨初等。扎西达娃也是大家熟悉了的，另外还有色波、刘伟、金志国、余学先和李启达，他们都在拉萨，是在西藏用汉文写小说的人群。扎西达娃在接受上海电台采访时说：一九八五年内地是马尔克斯热，魔幻（现实主义）热，而在他们那里魔幻和马尔克斯早就不新鲜了。这话不是自吹，几年以来胡安·鲁尔福、博尔赫斯、巴尔加斯·略萨、马尔克斯这些人和他们的小说就是西藏作家茶余饭后的谈资，他们熟悉那些小说就像熟悉自己的儿子。甚或因为他们太熟，不管他们有意无意总在他们的创作里露一点模仿，譬如李启达的《巴戈的传说》、色波的《幻鸣》，这两篇东西总会让人联想到《佩德罗·巴拉莫》，要知道《幻鸣》还是一九八三年之前写的。与此同时，扎西达娃写了《没有星光的夜》，也可以看到博尔赫斯的影响。
>
> 一九八五年是他们第一次集体性实力展示。一月里，扎西达娃的重要短篇小说《西藏，系在皮绳扣上的魂》问世，其马上被文坛刮目相看。而到六月，在《西藏文学》杂志上集体退出"魔幻专号"，则五角生辉。这期小说在全国引起广泛关注，在此之后《收获》《青春》《北京文学》先后要组织这几个小伙子的"西藏青年作家专号"。应该说，从那时候起，西藏小说走出了西藏。

（马原著《小说密码》第 299—300 页，作家出版社 2009 年 10 月版）

西藏的地域文化，是天然地与拉丁美洲发生对话的文化。藏族是我国的古老民族，其独特的高原雪域宗教和民族文化，有着神秘和魔幻色彩。

扎西达娃是一个深受拉丁美洲魔幻现实主义小说家影响的中国作家，他用汉语写作。20 世纪 80 年代初期，扎西达娃接触到拉美魔幻现实主义小说家的作品之后，深受启发，早期专注于故事和民俗的写法立即改变。

他说："我那几年接触了大量的西方文学，比如法国的新小说、拉美的魔幻现实主义小说等等。"（《文论报》1986 年 1 月 11 日）因此，我们很快就看到了拉美魔幻现实主义小说的技法在扎西达娃笔下得到了消化、吸收，并且创造出一种独特的有关西藏的本土魔幻现实主义小说来。

扎西达娃的作品产量并不算多，但是在 20 世纪 80 年代到 20 世纪 90 年代的近 20 年的时间里，以爆炸般的耀眼方式，获得了瞩目。他的长篇小说《骚动的香巴拉》作家出版社 1993 年出版，中短篇小说一共 30 篇，出版长篇散文《古海蓝经幡》，获得了全国短篇小说奖、骏马奖，后来他主要从事影视写作，编剧的作品获得中国电影金鸡奖和电视剧飞天奖。进入 21 世纪之后，扎西达娃鲜有小说作品出版。

他的小说代表作、中篇小说《西藏，隐秘岁月》是以一个藏族的村寨的历史书写，来呈现藏族独特的历史景象和文化特点的，这还包括了藏族人对时间的感受，对人和事件的看法。

小说描述了西藏某个高寒山区一个叫廓康的藏族村子里，达朗一家四代人的命运。同时，折射出一个藏族村寨在大历史变动中的沧桑历史。小说共分为三节，第一节是 1910 年到 1927 年，第二节是 1929 年到 1950 年，第三节是 1953 年到 1985 年。这样的时间划分，暗合了村庄自己的历史和外部大变动的历史的关系。

小说讲述了一个封闭的村寨是如何在外部力量的冲击下，逐步地走向了开放的现代文明的过程，这本身就充满了神奇的、魔幻的细节。在这部小说中，无论是对村庄的历史描述，还是对原始的地域文化、宗教文化的书写，都可以看到《百年孤独》对其鲜明的影响，但扎西达娃顽强地表现了藏族文化自身的魔幻。

我们借助主人公达朗的视角，看到了村庄里的变迁，宗教文化和魔幻情节无处不在：人罴——野人的传说，女尸咬舌复活，女人神秘的怀孕死后由鹰带到天堂，尸体飞向雅鲁藏布江的 92 岁高僧，通灵的火球般的狐狸，名字重复的、给达朗的 3 个儿子共妻的次仁吉姆和多个都叫次仁吉姆的女人，移动的白石头，解放军进藏等等，历史的真实和村庄的真实，人的生命的轮回和消失，时间的力量呈现得非常生动，是一部小型的关于西藏隐秘岁月的大跨度书写，3 万多字的篇幅，容纳 75 年的时间，非常有控制力。

《西藏，隐秘岁月》不是猎奇后的展览，而是以独特角度勾勒出的西藏编年体。

这是一个沉寂的充满孤独的世界：帕布局乃冈山区，孤寂的老牛，默默的群山，达朗的一声哀号，次仁吉姆一辈子奉供山洞里修行的法师……所有的人生活在混沌的蒙昧中，人民公社造水库的爆炸声，也没有把人们完全惊醒。

　　次仁吉姆死时还穿着那件千疮百孔、破破烂烂的英军皇家工兵制服和露出趾头的土毛线袜，这是化石型人物的必然结局逻辑，因而结尾处年轻女医生在壁洞里发现的一副菩萨跏趺状的白色人体骨架，不禁令人深思。

　　在那条容纳着漫长的历史、容纳着千千万万的男人和女人的岁月长河中，作者设置了一连串的意象对立，一面是红发英国人、四引擎美国军用运输机、UFO 成员等，另一方面是隐居修行的大师、破旧的氆氇、次仁吉姆穿了近一辈子的工兵制服等。在对比反差的晕眩中，显示沉寂中骚动的历史和历史沉寂中的骚动以及民族历史长河的缓缓流动……

　　藏传佛教的因果报应和轮回观念，人的生命的生死界限的被打破，这些神奇和魔幻的情节，都是西藏本土独有的东西。

　　扎西达娃创作于 20 世纪 80 年代中后期的小说中，大部分都浸透着藏传佛教的主要观念。比如，在发表于《西藏文学》1985年第一期上的短篇小说《西藏，系在皮绳结上的魂》中，就鲜明地呈现出藏传佛教的魔幻和神秘。

　　这篇小说实际上是一篇"元小说"，因为小说的里面还套着一篇主人公、叙述者"我"写的小说。一开始，主人公"我"目睹了一个 98 岁活佛的死亡。活佛具有神力，能够一字不差地复述"我"写的一篇小说。最后，在"我"探访莲花生大师的掌纹地带的时候，发生了奇迹：类似宇宙创世景象的一幕，结合了藏传佛教的全部传说，在"我"的面前得到了演示，"我"的小说中男女主人公的命运，也发生在了"我"的生活中，原来，"我"就是小说中的那个男主人公，他们的生活在现实和想象层面上重叠了。

　　阅读这篇小说，我感觉扎西达娃还深受博尔赫斯的影响，将幻觉、时间、生死、虚构、元叙事等，结合了藏地宗教文化，写下了浸透着神灵之气的魔幻小说。

2

扎西达娃的很多小说中，生死轮回是一个极其重要的情节，这与藏传佛教的轮回转世说有着密切的关系。

在短篇小说《世纪之邀》中，现实中的大学教师加央班丹的前世，是由过去的上层被流放的贵族加央班丹转世而生，这样在人物的命运和故事上，就有了有趣的对比和互相的映衬。短篇小说《智者的沉默》中，一个自称是智者的老头，竟然是活佛的转世，而他所饲养的一只羊，其实是他哥哥死后转世而成。

后来，活佛转世的真身——那个智者和他的羊神秘离去了，看门人发现了眼前留下的一摊尿迹，他仿佛觉得自己做了一个梦。

短篇小说《流放的少爷》中，寺庙的一个大喇嘛能够变化出各种的化身，比如变成一只红色的鹰在村镇上方掠过，而女主人公雍纳与情人贡萨的离别，不过是她下一次重逢的开始，而他们的不断转世重逢，将是注定的缘分。也有不好的转世者，比如短篇小说《桅杆顶上的坠落者》中，一个亵渎了佛教理念的喇嘛，犯下了罪行，最后转世成了一条野狗，同样，在这篇小说中，寺庙的得道高僧所栽种的苹果树上的苹果，切开来里面的种子呈现出六字真言。

短篇小说《风马之耀》中，杀人越狱的乌金，最后死而复活，还想起了男人的理想就是赶紧生一个儿子，延续生命。

短篇小说《黄房子前面》中，也涉及转世。小说中出现的一个刻经人，他的前世是一头猪，在寺庙里啃吃过经卷被一个喇嘛拿刻经版拍打了脊背，结果，他转世之后背上仍旧印有经文，被一个曾经目睹猪被拍打的老太婆认了出来。在短篇小说《自由人契米》中，达洛镇的藏人信奉一个叫作"柏科"的女神，而这个女神后来屡屡显灵，并且对镇上的一些纠纷做出判决，达洛镇的人也听到了女神的声音。

短篇小说《悬岩之光》的篇幅很短，只有3000字，却很精致，叙述人的影子将一个官僚给挑死了，他的女朋友在2个月之前死去，还能出现在他面前说话。短篇小说《古宅》中，贵族女主人因为社会的天翻地覆的变化，和农奴仆人之间的身份发生了颠倒，于是反过来农奴的表现也和贵族是一样的糟糕。

在扎西达娃的小说中，神奇的、魔幻的情节无处不在，比如中篇小说《野猫走过漫漫岁月》，主人公是人与猫的生命体的在时间里的互相转换。小说中，一个神秘的湖泊会突然出现，然后又神秘消失；一个叫艾勃的男人能够进入到地下去修行，并且时间长达30多年，还能再次在地面上露面。

在扎西达娃的另一部中篇小说《夏天酸溜溜的日子》当中，一个喇嘛对着集美一枚鸡蛋念了咒语，然后拿鸡蛋碰石头，鸡蛋没有碎，石头碎了。中篇小说《地脂》也是一篇"元小说"，也就是说，小说的主人公是一个作家，他在写一篇小说，同时，他的生活也和他虚构的发生了密切的联系，从而产生了互文性。

他的最具现实性、少了很多神奇性的中篇小说则是《巴桑和她的弟妹们》，讲述了在医院工作的少女巴桑和她的弟妹的日常生活，展现了拉萨的日常性的一面。简直都不像是扎西达娃的小说。

扎西达娃在长篇小说《骚动的香巴拉》里，集中展现了他对西藏本土魔幻现实主义，或者说宗教魔幻小说的表达。

"香巴拉"是个什么地方？在藏族传说中，香巴拉是人间的一个理想国，是被雪山环抱的人间净土，其实就是西藏的化身和代名词。那么香巴拉为什么骚动呢？是因为在 20 世纪动荡的历史中，西藏的命运也发生了巨大的变化。

这部长篇小说有 30 万字，共分 3 个部分，小说以凯西庄园作为背景，讲述了西藏复杂的宗教文化和历史政治的纠葛，而魔幻和神奇的情节比比皆是。牧羊女曲珍不仅是当地的神山贡帕拉山的保护神，她也保护着凯西庄园。她懂得鸟的语言，一次，在大群金雕决定袭击凯西庄园之前，她和那些金雕谈判，解除了金雕袭击的危险。而贵族的仆人达瓦次仁，则在大法师的占卜和做法之下，前往 40 年之前的西藏噶厦政府，给政府秘书递交了一封忏悔信件。

可以说，扎西达娃的这部《骚动的香巴拉》，是他所践行的西藏本土魔幻现实主义表达得最充分的一部作品。

这部小说，是扎西达娃精心创作的唯一一部长篇小说。其时代背景主要是西藏民主改革和"文化大革命"那段不寻常的岁月。作者以他独有的敏锐目光，透视了西藏社会激烈动荡的方方面面，运用新奇的艺术手法，描绘了各阶层人物的思想动态和行为表现，构成了一幅既是现实写照又是令人难以捉摸的亦真亦幻的长长画卷，它给读者留下了非常宽阔深厚的思考时空。

对这部作品的评价，可以仁者见仁，智者见智，只要以历史唯物主义和辩证唯物主义的观点，结合西藏的民族、宗教实际，仔细揣摩小说的总体设计和某些细节叙述，尤其要把握作者的匠心用意所在，就能透过五光十色、绝无仅有的氛围，叹赏它的奥妙，领会它的旨趣。

很明显，小说的人物阵势，主要有三个集团。一个是以才旺娜姆为中心的凯西家族及其管家色岗·多吉次珠一家的兴衰起落；一个是以凯西公社支部书记伦珠诺布为代表的基层干部的种种表现；一个是康巴流浪汉的外部冲击。这三部分人物，在西藏急剧社会变革中，都从自己不同政治、经济地位出发，做了淋漓尽致的表演，给人们以极大的震撼和难以忘却的印象。

才旺娜姆，是凯西家族的显要人物，英国出生，居留印度7年。家庭成员既有同情拥护共产党的祖父（系政协委员），又有参加叛乱的兄弟姐妹。她从国外回到西藏，被选为政协委员。在父亲包办下同一个非贵族结婚，目的是继承家业和官位。她自己另有所爱的亚桑·索朗云丹叛逃被击毙。她所生的长女德央，西藏大学毕业，移居瑞士投靠舅舅；幼女梅朵，系解放军报务员，后来化作一道白光而去。她曾到各地调查研究，写一些文章，也把自己所见所闻的经历写一点回忆录，最后成天处于昏迷不醒的状态中，一遍遍呼唤着亚桑·索朗云丹的名字。

色岗·多吉次珠，从一个平民百姓，爬上了凯西贵族大管家的位置，勾搭女主人才旺娜姆的侍女、男主人坚巴俄珠的情人玉珍，虽遭责打严惩，但终于被玉珍允许成了他的妻子。他有9个子女，民改时划为领主代理人，连同子女一起变成了专政对象。他年老多病，其长子代为接受批斗。为了变化地位，将次女嫁给了治保主任；将小女送去俱乐部为公社干部服务，后因误会丧命。唯有多吉次殊的小儿子达瓦次仁，得到女主人才旺娜姆的青睐，把他带到拉萨的凯西公馆，不但得以经常出入于各官员贵族府邸，而且能进入澡堂侍候小姐，并在混熟之后嬉戏打闹。以后又同"男孩子"乐队的女歌手央金娜壮和颇有声望的琼姬交上朋友，成了官场的常客和活跃人物，并被才旺娜姆当作管家对待，似乎真的成了凯西家的一员。

伦珠诺布，他是农奴出身的公社支部书记，对党忠心耿耿，办事干脆利落。他的女儿朗嘎在一次泥石流中为抢救一位女伴，光荣牺牲，被授予烈士称号。他的领导班子中，不管民兵连长格巴、治保主任噶玛扎西、贫协主任益西加布，还是清华大学毕业、志愿支援西藏的支部副书记李勇华，都各守岗位，团结肯干。但他们是从旧社会走来的人，对传统风俗习惯，有些习以为常，例如在一起喝酒歌舞，不觉得有什么不当，甚而让妇女在一边招待，派年轻女子给汉族干部支夜差，损坏了党纪政风的美誉。

康巴流浪汉，先后有两批。第一批是些无业游民，靠坑蒙拐骗、小偷小摸生活；第二批是文物商贩，收购"文革"散失的珍贵藏品。不仅影响社会治安秩序，而且把一些价值连城的瑰宝流往国外，铸成无法追回的损失。

总之，整部小说不论是司空见惯的真实生活叙述，还是梦魇一般玄而又玄的虚幻影痕，都是对西藏往昔岁月发生和存在的生活片段的艺术再现，都是人们头脑里思维活动的反光折射，多角度多层次多方面勾画了西藏纷繁复杂耐人寻味的一个轮廓，充分显示了作者深入探索勇于袒露的艺术胆识，正如他借贝拉抚摸着小说手稿封面时说的那句意味深长的话：

"这是一部伟大的作品，到下个世纪，才会有人读懂它。"

扎西达娃在 21 世纪以来，很少出版新作，但就上述小说的贡献，他在中国文学发展的独特阶段，扮演了十分重要角色，完成了自己的历史使命。这对于一个作家来说，已经非常不容易了。

杨争光

1

杨争光是一位十分重要的小说家。多年来他都是一边从事影视剧写作，一边进行小说创作，他和主流的文坛有所疏离，在获得的评价，远不如他作品的水平那样高。我认为他是一个被低估的小说家，对杨争光的研究将持续地进行。

杨争光 1957 年出生于陕西乾县，1978 年幸运地考入了山东大学中文系，1982 年毕业之后，先是被分配到了天津工作，1984年调入老家陕西，后长期在陕西西安工作。进入 21 世纪之后，调入到深圳市文联，从事专业的文学创作。

他出版的作品有长篇小说三部：《越活越明白》《从两个蛋开始》《少年张冲六章》，中篇小说 13 部，短篇小说近 50 篇。此外，他还出版有诗集 1 部，收录了他从 1979 年到 1988 年之间写下的 140 多首诗歌。

他创作的影视剧有电影《双旗镇刀客》等多部，是电视剧

《水浒传》的剧本写作人，还是《激情燃烧的岁月》的总策划。影视作品的创作是他赖以为生、改变了他的生存环境的营生，而他内心里最喜爱的，还是小说创作。

考察杨争光的文学史价值和意义，也是需要将其定位在 20 世纪晚期中国文学发展的历史中。他的写作与 1985 年之后勃兴的寻根文学、地域文化小说和先锋派文学都有关系，但他与这样的写作，又都保持了某种疏离感。他阅读面很广，也深受当时的拉美文学热潮的影响，比如，他就谈到了加西亚·马尔克斯对他的影响：

　　没有空间存在的时间，只是一个理论的存在。没有时间存在的空间，也是一个理论的存在。《百年孤独》开篇的第一句，从时间来说，是一个线性的回旋。它的"魅力"在于，一句叙述，不仅"叙"出了时间的质感，有空间存在的时间；也"叙"出了空间的轮廓，有时间存在的空间。有质感的线性时间必然和空间有关。

　　"缠绕着的时间"与"毛线团"：在小说一书中，时间是可以依叙事的需要缠绕成团块和圆球的——我称为是"毛线团"——这正是人类历史记忆中的时间的性状。也许只有在小说中，作为记忆和过程的时间才可以得到如此真实地呈现。《百年孤独》中的时间，就是"缠绕着的毛线团"。如果你愿意，也可以把它抽拉"还原"成一条直线。但要小心一点，否则，会把它扯断，使它变成无数个小线段。然而，也不要紧，事实上，记忆中的时间经常是不完整甚至是不连贯的——时间不能在事件（现实、实在）中脱离空间而独自存在。这些不完整，不连贯的线段就成为"片段"。

但《百年孤独》的魅力不仅在此。《百年孤独》具有小说艺术经典的几乎所有的元素和要件：它塑造的艺术现实是成熟的，也是童稚的；它有经典的人物，经典的人物关系；它有非凡的想象力，它的想象力不仅是感性的，也是理性的；它具有人物（生命）面对事件的极富个性的应对。而整部小说，则是马尔克斯面对《百年孤独》这一艺术事件的个性化应对。它显示了拉美文学爆炸的高度。

（杨争光著《杨争光文集》之卷九《交谈卷》第 299—300 页，深圳海天出版社 2013 年 1 月版）

在杨争光的作品里，有没有加西亚·马尔克斯的影响的痕迹呢？我详细阅读了他的多部作品，显然，在小说的空间和时间因素的运用上，在本土的荒诞和魔幻手法的运用上，在对地域文化的深层次挖掘上，在小说的结构形式上，都可以看到这样的影响。加西亚·马尔克斯对叙述艺术的精妙把握，在杨争光的笔下，处处都可以看到。

我在阅读杨争光的小说时，常常会想到加西亚·马尔克斯对他的潜在影响，但这样的影响，正如我在这里谈到的其他本书研究的当代中国作家，他们都巧妙地化用了拉美文学的精神和魂魄，将之与中国独特的社会现实结合起来。

在杨争光的笔下，体现在对陕西的地域文化、历史记忆和叙述艺术上的空间结构和时间的运用上。

具体说来，地域文化的部分，在于杨争光所写的，大都是和陕西的地域文化有关，语言、民俗，还有人的社群结构，都是陕西特别是关中一带的农村的面貌。历史记忆的部分，杨争光的小说时代背景隐约地涵盖了从 20 世纪初期中国军阀混战到匪盗横行鱼肉乡里，再到日寇入侵和国共内战，以及新中国成立之后的历次政治运动，一直延伸到了20世纪80年代之后的改革开放时期。长达百年的历史记忆，都是杨争光汲取写作灵感的创作资源。空间结构和时间的运用，在杨争光小说叙事艺术的独特呈现，这一点我在下面分析他的作品的时候，会进一步地阐发。

2

长篇小说《越活越明白》发表于1999年，是杨争光的第一部长篇小说，篇幅也最大，有42万字，但艺术水准比《从两个蛋开始》还是逊色一些。这部小说是杨争光对知青生活的回忆性书写，带着着某种自传性。小说内部的时间跨度很大，从20世纪70年代写到了20世纪的末期。

杨争光喜欢用小标题来结构作品的章节，该小说共分24章，每一章有4到8个小节。小说中的几个主人公，他们作为知识青年来到了乡村，在那里严酷的环境里"战天斗地"，最后体验到了人生的悲苦。改革开放使他们的命运得到了转变，小说的地理背景和空间叙述，也由陕西农村到了沿海的开放城市。人物的命运在金钱和欲望的漩涡里得到了新发展，小说中的人物越活越明白了，而他们也老了。这部小说探讨的是人物的命运，但它给我一种是某部他创作的电视剧脚本改编的长篇小说的印象。

完成于2002年的长篇小说《从两个蛋开始》是杨争光的代表作，小说的题目就带有黑色幽默的成分，让人很有兴趣。从两个蛋开始？这两个蛋是什么蛋？接下来，我们明白了，原来，这两个蛋是两个人，一个叫雷震春，一个叫白云霞，他们是在1949

年共产党军队在推进过程中，留在从国民党手里夺过来的奉天县的两个工作组成员。

后来的故事，就由这两个"蛋"的命运展开了叙事，小说的地域背景，是奉天县一个叫符驮村的地方，在这个地方，在雷震春和白云霞这两个革命下的"蛋"来到之后，命运从此发生了巨大的变化。小说的时间跨度达到了50年，直到2000年，是个中国乡村的独特的当代史。

长篇小说《从两个蛋开始》展现了杨争光的文学特质：狡黠的中国乡村才有的黑色幽默、历史批判和人道主义、人性的永恒性与历史的无情和荒诞。这部小说也体现了他对1949年之后的中国历史的一些文学性的塑造。这部小说共分4个部分，36节，基本是沿着线性时间来叙述的，讲述了1949年之后一个中国乡村的独特故事。

这部小说是那样的真实，但是在触及诸如"反右""大跃进"和"文革"这样的悲剧性历史事件的时候，充满了荒诞感，尽管小说中很多事情都是在中国当时的环境中真实发生的，可我们这些读者读起来，感觉有荒诞和魔幻的色彩。

这部小说简直是另类中华人民共和国史在某个乡村的野史、别史。特别是小说中关于"大跃进"时期乡村的大量真实情节的描写，在我这样的没有经过那个历史时期的作家看来，带有着别有意味的荒诞和魔幻感。比如，为了亩产过万斤，农民会造假到将所有的稻麦密实地堆积起来，在稻麦田里，孩子可以坐在成熟的麦秆之上而不会掉下来。为了种植麦子，农民给麦子施肥的时候，竟然用煮透的狗肉汁来浇灌。读来不禁搓叹，原来，我们就是这么走过来的。

　　小说的最后还有两个简短的附记，附记一，是对符驮村的考证和一些方言的解释；附记二，则是符驮村 1950 年到 2000 年大事记，成了小说很好的注解。

　　2009 年，他完成了自己的第三部长篇小说《少年张冲六章》。这部《少年张冲六章》，我觉得，是他继《从两个蛋开始》之后又一部长篇力作。杨争光的写作姿态，是一直保持着对历史和现实的尖锐批判，同时，对写作手艺的琢磨和讲究，对结构的精心把握，也一直是他的优长之处。

　　《少年张冲六章》是一部教育小说，也是一部结构现实主义小说。小说的结构很有特点，让我想起来巴尔加斯·略萨的一些作品。全书分为 6 章，小说的叙述是时间平行的，分别写了张冲的爸妈、老师、同学、姨夫一家，其中第五章，是张冲的作文的引文和点评。到了第六章就是张冲自己，时间由其小时候至他 17 岁，后来他在一家娱乐城当保安，他在与一个公安局的副局长发生冲突之后，挖掉了那个局长的眼睛。

　　这部小说是一个少年的成长史。在进入 21 世纪之后，中国的教育问题越来越成为一个巨大的社会问题。小说描绘了一个叫张冲的少年，在具体的学校和家庭的小环境中的扭曲性的成长过程，侧面书写了这个变革的时代之痛和时代之伤。最后，酿成了一个悲剧性的事件：张冲挖掉了公安局吃喝嫖赌的副局长的眼睛，然后因为只有 17 岁，进了少年管教所。

　　这部直逼现实的小说，读来让人震惊。少年张冲的故事就是我们的孩子的故事，每一个当代人都有可能是张冲，而每个人都可能会有张冲这样的儿子。小说由此引发了我们对当代文化、社会环境、教育体制和世道人心的无尽的思考，并使小说文本充满了不断被延伸解读的可能性。小说在处理内部人物和时间的方法，采取了各个章节平行的手法，6个章节仿佛是6条线索在平行发展，与巴尔加斯·略萨的那些结构现实主义小说相比，也毫不逊色。

3

与杨争光的三部长篇小说相比，他在中短篇小说的创作上，似乎艺术成就要更高。而他引起广泛瞩目的，也是这样一些中篇小说：《黑风景》《赌徒》《棺材铺》《老旦是一棵树》《流放》《杂嘴子》《对一个符驮村人的部分追忆》《驴队来到奉先畤》，以及独具特色的大量短篇小说，比如《光滑的和粗糙的木橛子》《公羊串门》《上吊的苍蝇和下棋的王八蛋》《他好像听到了一声狗叫》《代表》《高潮》等等。

这些小说独具陕西特色，因杨争光对陕西方言的运用和陕西民俗的书写。对此，他曾经在谈话中说道：

陕北的民间艺术包括剪纸、腰鼓、唢呐、民歌等，都是一体的。看起来简单，实际上复杂。就说剪纸，剪得那么笨拙，那么单纯，就像是小孩子的作品，但你能感到一种浑厚、沉重的东西。我之所以喜欢它，绝不仅仅是因为我们所说的那种返璞归真的复归心理。它确实具有艺术的魅力，它和好多现代派艺术不谋而合，殊途同归，确实令人震惊。比如延长有个刘兰英，50多岁了，她就绝对不能剪出两幅一样的东西，就是说，两次剪不出同样的作品。她在剪纸之前，也不知道能剪个什么样子，剪着剪着就出来了。我想这就是一种最佳的创作状态，在剪纸之前她不清楚的只是表现形式，她有思想，感情、人生经验的积淀，她有强大的基础，问题只是怎样一刀一刀地把它表现出来。她需要寻找的只是一种形式。这些民间艺术看起来简单，实际上它用一种简单、笨拙的形式反映了人性中最基本的东西。

（杨争光著《杨争光文集》之卷九《交谈卷》第 351—356 页，深圳海天出版社 2013 年 1 月版）

从这段话里，我们可以清晰地看到杨争光是如何看待民俗的，是如何从民间文化资源里吸取创作养分的。剪纸艺术家创作一幅剪纸的过程，被杨争光看成了和自己的创作过程一个样的艺术发生过程，于是，他接着说：

所以，我不认为后来的艺术就比以前的艺术高级，艺术和科学不一样，不掌握科学的人能创造人类最高的艺术。一个地域有一个地域的文化背景，它与生存环境有必然联系，在这种环境里只能或必然产生这样的文化，比如拉美产生的魔幻现实主义。

中国的"寻根文学"，最本质的弱点就是缺乏对生存的体验，对洋玩意儿的移植（很生硬）。有人说，形式就是内容，我不同意。福克纳、马尔克斯对我的启发是，他们的东西恰恰是立足于本土，表现了他们那个地域中人的生存状态。

（杨争光著《杨争光文集》之卷九《交谈卷》第 351—356 页，深圳海天出版社 2013 年 1 月版）

在上述这段话中，实际上已经包含了杨争光自己的文学观念。一方面，他对"寻根文学"的弱点进行了批评，拉开了与寻根文学流派的距离。寻根文学对文化的根的寻找，在杨争光这里，就是对本真的、直接的、当下的、历史想象的本土民间文化、民间文学的吸取。我在阅读他的短篇小说《光滑的和粗糙的木橛子》《公羊串门》《上吊的苍蝇和下棋的王八蛋》《他好像听到了一声狗叫》等作品的时候，强烈地感觉到了这些作品和墨西哥作家胡安·鲁尔福的短篇小说集《平原烈火》是多么亲近。一个写的是陕西高原上干坼、贫瘠的土地上的中国农民那悲剧性的挣扎和渴望，一个人写的是墨西哥失去土地、卷入战乱的农民的境地，两者之间，却有着同样的人生景象。杨争光笔下的中国农民，为了一口粮食，为了一个木橛子，为了一句话都能到拼命的地步，而胡安·鲁尔福，则将墨西哥农民被大历史所席卷的无奈命运写得让人心酸，发人深省。

在小说的叙述艺术上，杨争光和胡安·鲁尔福都是采取了对话、白描和简单地叙述，留白很多，增加了读者的想象力，但是却增强了阅读的冲击力。在杨争光的中篇小说代表作《黑风景》《赌徒》《棺材铺》《老旦是一棵树》《流放》《杂嘴子》《对一个符驮村人的部分追忆》《驴队来到奉先峙》中，我们看到了历史背景的虚化，根据作品人物的命运，隐约可以看出有的写的是晚清时期的中国大陆农村，有的是写民国时期的中国大陆农村，有的则写的是1949年之后的新中国时期的中国大陆农村。

这些中篇小说，无不聚焦于小人物和某些特定人物的命运，将人物放到绝境中，然后看这些人是如何迸发出善恶来的。有趣的是，他的这些颇为中国特色和乡土特色的地域文化民俗小说，却有着一定的世界和人性的共通性。

在翻译他的《老旦是一棵树》时候，英国翻译家特别地把他的这部小说用苏格兰某个偏僻乡村地区的那种乡土英语来翻译，使英语读者很好地理解了他的这部小说。而这部小说又被一个保加利亚导演看中，将中国农民老旦的故事，拍成了一个保加利亚的农民老旦的故事。在这部小说如此离奇的流传过程中，可以看到杨争光作品所深具的人性、命运的人类普遍性。

综合说起来，纵观杨争光的长、中、短篇小说，我可以分析出拉美小说家加西亚·马尔克斯对历史和现实的批判性、对小说内部时间的运用、对魔幻情节的使用，对杨争光产生了影响，而杨争光在多次谈话中也说到了一些。巴尔加斯·略萨在小说结构和叙述技巧上对他的影响，胡安·鲁尔福的短篇小说在主题、对话、故事、人物等方面对杨争光也有一定的影响，不过这都是杨争光未提到的。有时候是优秀作家之间的某种呼应，谈不上他们真的影响了杨争光，杨争光就像所有优秀小说家那样，从来都把自我的发现和创作放在首位，而不想去模仿什么，最终，成就了独具特点的自我。

余华

1

　　余华出生于 1960 年 4 月 3 日，这一天是他的一部中篇小说《四月三日事件》的灵感来源。余华是浙江海盐县人，到目前为止，他出版有长篇小说《在细雨中呼喊》、《活着》、《许三观卖血记》、《兄弟》（上下）、《第七天》，中短篇小说《十八岁出门远行》《鲜血梅花》《一九八六年》《四月三日事件》《世事如烟》《难逃劫数》《河边的错误》《古典爱情》《战栗》等近 40 篇。余华还是一个音乐迷，他也写了不少音乐随笔和读书笔记，收录在几个集子里。此外，余华还写过一本叫《十个词汇里的中国》的书，将自身体验与时代流行的词汇结合起来，讲述了当下的困境。

　　余华的父亲是一名医生，因此余华对死亡、鲜血是从小就有所接触的，这使他的早期作品充满了冷血的描述。中学毕业后，他曾当过短时间的牙医，后来因为羡慕专业作家的悠闲，进入当地文联工作。

余华发表了一些小说之后，来到了北京，进入鲁迅文学院和北师大合办的创作培训班学习，同班同学后来大都成为中国著名的作家，如莫言、刘震云、迟子建、王刚、格非等等。就是这段时间，余华与鲁院同学、军队女诗人、编剧陈虹恋爱，结婚，成为随军家属，留在了北京，后生了儿子。多年之后，因为功成名就，余华又被浙江杭州以人才引进的方式，留在了杭州，余华就常年在北京、杭州和世界各地奔走。

余华 1984 年在《北京文学》上发表了第一篇短篇小说《星星》，此后，余华很快就加入当时兴起的先锋派作家群，并成为其中最耀眼的一个。余华是深受现代派小说家诸如卡夫卡、加缪、川端康成等人的影响，特别是还受到了拉丁美洲小说家的巨大影响，而研究和发现他的作品中的拉美小说影响的痕迹，也是我写这篇文章的目的。

他曾经在很多篇文章里谈到拉美小说家，并有自己独到的见解，所写下的文章，也成为读书笔记的典范。下面这段，就是他讲述自己受到了拉美小说的影响：

> 我是 1983 年开始读马尔克斯的小说的，就是《百年孤独》。那时候我还没有具备去承受他打击的感受力，也许由于他的故事太庞大了，我的手伸过去却什么都没有抓到。显然，那时候我还没有达到可以被加西亚·马尔克斯的作品震撼的那种程度。你要被他震撼，首先你必须具备一定的反应。我当时好像还不具备这样的反应，只是觉得这位作家奇妙无比，而且也却是喜欢他。
>
> 其实拉美文学里第一个将我震撼的作家是胡安·鲁尔福。我记得最早读他的作品是他的《佩德罗·巴拉莫》，中

译文的名字当时叫《人鬼之间》，很薄的一本，写得像诗一样流畅，我完全被震撼了。那是一个寒冷的冬天，我当时已经开始写作了，还没有发表作品，正在饱尝退稿的悲哀。我读到胡安·鲁尔福，我在那个伤心的夜晚失眠了。然后我又读了他的短篇小说集《平原上的火焰》，我至今记得他写一群被打败的土匪跑到了一个山坡上，天色快要黑了，土匪头子伸出手去清点那些残兵，鲁尔福使用了这样的比喻，说他像是在清点口袋里的钱币。

（余华著《我能否相信自己》第 258 页，《我只要写作，就是回家》，人民日报出版社 1998 年 12 月版）

余华喜欢加西亚·马尔克斯，喜欢胡安·鲁尔福，他们对余华的影响在他的笔下多有显现。胡安·鲁尔福的《人鬼之间》（又译《佩德罗·巴拉莫》）对他的影响尤其巨大。胡安·鲁尔福笔下的那种人鬼不分、死活不分的诡异气氛和炼狱情节，多年之后还影响了余华写出了长篇小说《第七天》。这部长篇小说讲述的和叙述人本身，都是一些死无葬身之地的在人间徘徊的中国鬼魂。关于这两个作家，他还有更多的评价。但从余华的早期那些影响深远的中短篇小说来看，他受到博尔赫斯的影响，要更大一些。对此，他也坦承：

博尔赫斯叙述里最迷人之处，是他在现实和神秘之间来回走动，就像在一座桥上来回踱步一样自然流畅和从容不迫……于是博尔赫斯的现实也变得扑朔迷离，他的神秘和幻觉、他的其他非现实倒是一目了然。他的读者深陷在他的叙述之中，在他叙述的花招里长时间昏迷不醒，以为读到的这位作家是史无前例的，读到的这类文字也是从未有过的，或

者说他们读到的已经不是文学，而是智慧、知识和历史的
化身。

（余华著《我能否相信自己》第 59—60 页，《博尔赫斯的现
实》，人民日报出版社 1998 年 12 月版）

追忆 20 世纪 80 年代中后期，余华和苏童、格非、孙甘露、
马原、北村等人所形成的先锋派作家群，的确是冲击力非凡的。
刚好，这股文学潮流与大学里的文化热结合了起来，受到了热烈
的关注和追捧。

余华早年的小说，大都带有很强的先锋实验性，他的笔调冷
峻甚至是冷酷，他十分善于揭示人性的罪恶和丑陋，着笔之处都
是人性阴暗的角落，小说的主人公也都与罪恶、暴力、死亡有
关。比如，中篇小说《现实一种》中，山峰和山岗兄弟的残酷与
死亡，都是触目惊心的。中篇小说《世事如烟》中，所有主人公
的名字被数字替代了，他们分别是 2、3、4、5、6，他们的关系
最后都导向了死亡和疾病。

有时候，余华的小说描写的对象，处处透着怪异奇特的气
息，比如《鲜血梅花》中的古代书生和鬼气森森的小姐。有的小
说又有非凡的想象力，比如《往事与刑罚》中的刑罚专家和陌生
人之间的关系，让人联想到了卡夫卡笔下的那篇小说《在流刑
营》。比如，在中篇小说《四月三日事件》中，小说主人公和白
雪之间的关系最终导致了男人的出走，是带有荒诞性的。再比如
武侠短篇小说《鲜血梅花》中，侠客和剑，鲜血和梅花，都被余
华那看似不动声色的"客观的叙述语言"，带进了小说本身跌宕
恐怖的情节中，这两者互相映照，形成了鲜明对比。余华谈到了
博尔赫斯：

博尔赫斯显然已经属于了那个古老的家族，在他们的族谱上，我们可以看到这样的名字：荷马、但丁、蒙田、塞万提斯、拉伯雷、莎士比亚……虽然博尔赫斯的名字远没有他那些遥远的前辈那样耀眼，可他不多的光芒足以照亮一个世纪，也就是他生命逗留过的 20 世纪。在博尔赫斯这里，我们看到一种古老的传统，或者说是古老的品质，历经艰险之后成了永不消失。这就是一个作家的现实。

（余华著《我能否相信自己》第 63 页，《博尔赫斯的现实》，人民日报出版社 1998 年 12 月版）

2

在 1984 年到 1992 年之间，余华写下了近 40 篇中短篇小说。总的来说，这时期余华用一种结合了存在主义、荒诞派、超现实主义和魔幻现实主义的各种文学手法，对当时中国人生存的异化状况，进行了变形、夸张、极端化描述，给人以很大震撼。

这是余华当时能够先声夺人之处。而他小说中的实验性和迷宫色彩，都与博尔赫斯有更深的关系。对此，余华说：

……与其他作家不一样，博尔赫斯在叙述故事的时候，似乎有意要使读者迷失方向，于是他成了迷宫的创造者，并且乐此不疲。即便是在一些最简短的故事里，博尔赫斯都假装要给予我们无限多的乐趣，经常是多到让我们感到一下子拿不下。而事实上他给予我们的并不像他希望的那么多，或者说并不比他那些优秀的同行更多。不同的地方就在于他的叙述，他的叙述总是假装地要确定下来了，可是又永远无法确定。我们耐心细致地阅读他的故事，终于读到了期待已久的肯定时，接踵而来的是立刻否定。于是我们又得重新开始，我们身处迷宫之中，而且找不到出口，这似乎正是博尔赫斯乐意看到的。

另一方面，这样的叙述又与他的真实身份——图书馆员吻合。作为图书馆员的他，有理由将自己的现实建立在九十万册的藏书之上，以此暗示他拥有了与其他所有作家完全不同的现实，从而让我们读到"无限、混乱与宇宙，泛神性与人性，时间与永恒，理想主义与非现实的其他形式"。《迷宫的创造者博尔赫斯》的作者安娜·玛利亚·巴伦奈切亚这样认为："这位作家的著作只有一个方面——对非现实的表现，得到了处理。"

这似乎是正确的，他的故事总是让我们难以判断：是一段真实的历史还是虚构？是深不可测的学问还是平易近人的描述？是活生生的事实还是非现实的幻觉？叙述上的似是而非，使这一切都变得真假难辨。

（余华著《我能否相信自己》第 57 页，《博尔赫斯的现实》，人民日报出版社 1998 年 12 月版）

博尔赫斯这样的经典作家，对余华的影响十分深刻，相当长的一段时间里都成为余华的精神营养。进入 20 世纪 90 年代之后，余华的写作做了很大的调整。一个方面是中国进入全面的市场化经济环境中，文学受到市场的很大影响和压力。

20 世纪 80 年代中后期的先锋派小说家群迅速分化，一部分适应了环境，写作趋向于与大众的审美趣味合流，一部分逐渐地淡出去，不再进行小说写作，或者，所写的作品失去了大量读者，进入书斋状态。余华选择了前者。当然，在这个与大众流行趣味合流的过程中，余华也是有过渡期的，他的第一部长篇小说《在细雨中呼喊》，就鲜明地体现了这一点。

《在细雨中呼喊》发表在《收获》杂志上的时候，叫作《呼喊与细雨》，后来因为与瑞典电影大师的电影《呼喊与细语》容易联想和混淆，因此 1993 年花城出版社出版单行本时改名为《在细语中呼喊》。

在这部长篇小说中，余华动用了他的成长经验，童年和少年记忆，在一种笼罩着江南的细雨天气之下，阴冷、潮湿、黑暗的时光在主人公的记忆里被剥离了出来。小说带有着余华那些中短篇小说的所有元素，并是阶段性总结之作。

同在 1993 年，余华修订扩充了中篇小说《活着》，将其改造为 12 万字的小长篇出版。这部小说意味着余华的创作风格的转折。《活着》篇幅不大，但小说内部的容量却十分巨大，所叙述的时间背景，从 1949 年前后一直到"文革"结束，讲述了一个地主儿子的一生。小说的简约、有力、坚硬和白描手法，使任何读者都能够轻松地进入阅读状态，同时，这本小说又表达了历史的荒诞、虚无和人的命运的无常，达到了形而上的高度，也获得了知识分子的青睐。其白描手法的炉火纯青和亲切自然，使作家同行也十分佩服。

这部小说以塑造民间小人物的手法，提供了对大历史的一种叙述方法，让我们看到了别样的历史和人的生命。因此，小说在市场上的反应也十分积极，小说后来被张艺谋改编为电影，但未公映。小说问世迄今已经 20 多年，各类版本的正版发行量早就超过了 100 万册，成了名副其实的一部当代文学经典。1998 年，这部小说还获得了意大利格林扎纳·卡佛国际文学奖。

《活着》彻底改变了余华的"先锋派"作家的符号，或者，将余华的先锋派小说家的身份更为深化和复杂化了。1996 年，他如法炮制，出版了第三部长篇小说《许三观卖血记》，照样是白描手法，照样是描写底层小人物的挣扎，以鲜血淋漓的卖血生涯，来呈现生存之艰难，再度引起了热烈反响。

有趣的是，《许三观卖血记》仍旧受到读者和市场的追捧，但是在专业的批评家和同行那里，对其有了质疑之声，而且，从这个时候开始，对余华的批评和赞扬是截然相反的，余华开始并一直是一位争议性颇大的小说家，但其重要性却在这种争议中持续地增加着。敏感的批评家和作家察觉到，余华的《许三观卖血记》中，既有对底层人物的同情，也有着某种迎合时代对"底层叙事"的需要，认为这里面有媚俗的成分，也有应对市场的精心考虑。但《活着》和《许三观卖血记》逐渐地成为余华的标志性的代表作品，销量不断提升，成为经典之作。

对于如何成为文学经典，我认为，如果仔细观察《白鹿原》《浮躁》《废都》《丰乳肥臀》《长恨歌》《古船》《尘埃落定》等长篇小说，就能发现这些小说都有一个作家、读者、评论互动的过程，这里面既有作家创作的主动性，也有读者的接受、传播，更有时代的需要，同时，还有评论者持续的关注，多个方面的叠加效应，才可以造就当代经典。

此后，余华写下了更多的音乐笔记和读书随笔，潜心写作新的长篇。

3

2005 年 8 月和 2006 年 3 月，上海文艺出版社推出了余华的长篇小说《兄弟》（上、下册），上册 18 万字，下册 33 万字。这部余华迄今最长的小说，在出版的时候被余华自己形容为"正面强攻这个时代"。小说的首印数就有几十万册，迅速引起了阅读热潮，但也遭遇了文学界人士的无情批评，有一个叫蒋泥的作家，专门写了一本《给余华拔牙》，对余华的创作做了深入而批评性的分析。

《兄弟》在市场和文学界有着截然相反的评价，原因很复杂，这在于两者对现实有着不同的态度。从 20 世纪 90 年代到 21 世纪最初的 10 年时间里，中国社会现实的变化无比巨大且复杂，现实发生的事情，很多都超过了现实主义小说家们的想象。这样庞杂的、丰富的、不断分化和分层的人群，复杂利益的纠葛，都很难在一部小说中完全呈现。所以，假如同样以白描手法来写作，注定要遇到失败。《兄弟》中的人物和情节的设置，恰好无法承载余华本人对这部小说的期许，但其作品本身涉及和表达了当代生活的荒诞和丰富，又极大地与世俗社会的纸醉金迷、欲望横生相呼应，继续得到了读者的追捧。

《兄弟》的写作缘起是这样的：余华说，这部小说一开始并不在他的写作计划内。他一直在写一部家族史小说，在这部与江南有关的小说中，几代女人坚强生存，而男人则像树叶一样不断凋零。这是"一部望不到尽头的小说"（余华语）。2003 年 8 月，余华去了美国，在那里东奔西跑了 7 个月。回来后，他发现自己失去了漫长叙述的欲望，于是，他中断了那部进行中的大长篇的写作，想写一部稍短些的作品，以帮助自己恢复叙事能力。于是《兄弟》就是这样出笼了。

《兄弟》之所以以上下册的方式出版，就是因为余华书写了两个时代。上册是从1949年起历次的政治运动一直到"文革"的兴起和覆灭，"那是一个精神狂热、本能压抑和命运惨烈的时代，相当于欧洲的中世纪"（余华语）。下册所描写的，则是当代的故事，这是一个物欲横流和纸醉金迷的时代。

余华认为，一个西方人要活400年才能经历这样两个天壤之别的时代，而一个中国人只要40年就经历了。小说中，余华着笔于兄弟俩：李光头和宋钢。

　　这兄弟俩就是连接这样两个时代的纽带，他们异父异母，来自两个家庭重新组合成的一个新家庭。他们的生活在裂变中裂变，他们的悲喜在爆发中爆发，他们的命运和这两个时代一样天翻地覆，最终恩怨交集自食其果。

［余华著《兄弟》（下部），《后记》，上海文艺出版社2006年3月版］

余华对于这两个时代的第一次"正面强攻式"的描摹，是他本人引以为傲的，也达到了部分期许。但是，由于现实的无比庞杂和丰富，每个人对现实的理解都不一样，对于余华笔下的那些更多地从报纸上获取的新闻资讯的写法，专业读者感到了不满，认为余华是闭门造车，无端想象了历史和现实。

余华显然有了更为强大的抗击打能力，他不为所动，除了进行了一点辩解，他不再多言。于是，《兄弟》与他的《活着》《许三观卖血记》等作品，在日益全球化、国际化的过程中，由于中国本身的迅速崛起促使世界其他国家对中国好奇心的增强，余华赶上了一个类似当年拉丁美洲文学爆炸的时期一样，世界的瞩目焦点放在了拉丁美洲文学，如今，20世纪80年代持续发展的中国社会与持续发展的中国文学一样，也得到了广泛的关注。

作为同一时期的杰出作家，余华自然也深受国际出版机构的青睐，因此，上述作品不断地被翻译成各种语言，在全世界，尤其是西方主要的大国出版。这带给了余华很强的自信心，他也成为少数在《纽约时报》等报纸发表文章的中国作家，与莫言一起，成为当代国际上知名的中国作家。他也常年在国际书展、笔会、文学节游走，参加各类国际文学活动，客观上继续增加着他的名声。

而阎连科在余华的《兄弟》出版之后，专门谈到了余华受卡夫卡的影响。他说：

在20世纪的八九十年代，中国当代文学随着一场政治浩劫的结束，进入了黄金发展时期，什么伤痕文学、知青文学、改革文学、寻根问学、新探索小说（先锋文学）等，这样的文学波浪一个接一个，一波接一波。然而，在时过境迁的30年后，我们重新来回顾这些时，会发现伤痕文学、知青文学、改革文学，也包括那一时期与中越自卫反击战相关的军事文学，其实完全是文学史的意义，而没有太多的文学意义。但其间的寻根问学和新探索小说（先锋小说）却给后来20年的中国当代文学注入了很大的活力，尤其是从20世纪80年代末期到20世纪90年代初期的新探索小说（先锋小说），几乎可以说改变了中国当代文学的根本面貌。这一阶段的代表作家是人所共知的马原、格非、余华、苏童、孙甘露等。就这批可敬的作家而言，他们受博尔赫斯的影响很大，但最初点燃了他们探索之火的，应该是卡夫卡。对他们和许多作家影响深远的，也同样是卡夫卡。其中以余华为例，最早给他带来广泛影响的短篇小说《十八岁出门远行》，仔细阅读这篇小说，会发现它和卡夫卡的荒诞性有着完全的因果联系。小说中刚满18岁就要出门闯荡的孩子，所遇到的荒诞世界和荒诞事件，让我们想到（卡夫卡的）《变形记》和《城堡》这样的小说。20年之后，在余华写了许多小说，在他的《活着》和《许三观卖血记》已经确立了在当代文学中的经典地位之后，余华的新作《兄弟》在市场上大获成功，却在文学圈毁誉参半。无论别人如何评价这部小说，但其中的荒诞性，让我们再次看到他和卡夫卡的某种关系。由余华作为这批作家中最具代表意义的作家，我们不难看出卡夫卡对中国当代文学的影响之深、之广、之久。这也包括莫言小说中的荒诞和卡夫卡的某种关系。说到卡夫卡，我想当代作家，其实都乐意接受他和自己的写作有某种联系的判断，因为卡夫卡影响的不光是中国当代文学和作家，他还影响了拉美文学中的加西亚·马尔克斯那样的大作家。所以，中国作家其实是以自己的写作受到了卡夫卡的影响为荣的。

（阎连科著《我的现实，我的主义》第266—267页，《当代文学中的中外关系》，中国人民大学出版社2011年3月版）

4

由于有了国际出版的视野，余华的写作，在2013年出版的第五部长篇小说《第七天》中，有了新的发展。这部小说的遭遇与

《兄弟》的出版一样，一方面，由于有强力的出版和电子传媒机构的通力合作，在纸媒衰落的时期，这本书的销量依旧很惊人，据说余华得到了几百万元的预付款。

另一方面，这部小说基本上是从报纸上得到的新闻资讯写成的。长期以来，余华似乎不接地气，对真正的现实和各类人等，缺乏了解，各类讨薪、自杀事件都是网络新闻，被余华拿来作为素材。

小说以中国人死后"头七"的习俗，简述了一群无法安魂的鬼魂的生前生活。照样是底层人物，悲惨命运，但是，余华已经让人觉得他是靠写这些东西，来获得正对中国发生持续兴趣、对中国发生了什么很好奇的西方读者的迎合。也就是说，聪明的余华，巧妙地利用了东西方读者的心理需求，他的重心，已经放在了西方的出版商和读者的眼光那里，知道他们想要什么，就写什么，按照年轻的批评家张定浩的说法，这是一种"国际橱窗式的写作"——这是一种极为精确的表达。

余华在这部小说里，使用了国际出版市场最需要的元素：悲惨、底层、耸人听闻。加上有胡安·鲁尔福的鬼魂叙述的老底子的影响，《第七天》就这么出笼了。

余华照样我行我素。因为最起码，你们说你们的，我是赚到钱了，而且，还卖到了很多国家的版权。如果一个作家简单和简化到了如此地步，早晚会丧失其价值。但余华的复杂性就在于，他的小说，总是结合了多种元素，适应了时代又高于时代。在种种争议中，余华的不为所动是最值得赞赏的，因为一个作家不仅需要吸引眼球，即使是骂名也不要紧，重要的是，持续地写作，持续地引发争论，持续地保持着创造力，最终，余华的写作历史依旧会成为当代文学史最重要的部分。这是可以期许的结果。

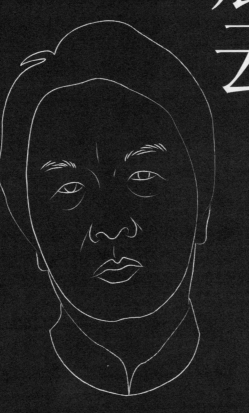

刘震云

1

刘震云是中国 20 世纪晚期出现的重要小说家。他 1958 年出生于河南新乡的延津县，1973 年参军，1978 年复员后回到延津当中学教师，同年适逢高考，他考入了北京大学中文系，是当年河南省的高考文科状元。

这是他的命运的一大转机，1982 年毕业之后他被分配到《农民日报》工作，曾担任《农民日报》的编委，其间在鲁迅文学院和北师大合办的创作研究生班读书，1991 年获文学硕士学位。现任中国人民大学文学院教授。妻子是北大法律系毕业的高才生，后从事法律援助工作，她与刘震云育有一个女儿，后来也成长为一名电影导演。

刘震云从 1982 年就开始写作，但没有赶上"伤痕文学""改革文学""知青文学""寻根文学"的大潮，他真正引起文坛注意的，是 1987 年后连续发表的中短篇小说《塔铺》《新兵连》

《头人》《单位》《官场》《一地鸡毛》《官人》《温故一九四二》等作品。他是当时《钟山》杂志搞的"新写实小说"栏目的重要作家。"新写实小说"是与"先锋小说"时间上并行，并互相有所补充的文学现象，在"新写实小说"旗下的小说家，有刘震云、叶兆言、方方、池莉、迟子建、刘恒等，形成了与莫言、马原、格非、苏童、北村、洪峰、孙甘露、吕新等"先锋小说"等量齐观的阵容。

刘震云的早期中短篇小说，大都是以城市里大机关的小公务员为主人公，描绘了一些小人物的卑微、猥琐和顽强的生活能力，比如《一地鸡毛》中的小林，就是一个不可忽视的文学形象，小说还写出了权力在家庭内部的景观。这部小说在当时也引起了强烈反响，与之相关的还有中篇小说《单位》。

有的小说直接来自他的个人经验，像他的《塔铺》，描绘的是 1978 年高考的时候考大学的经历，获得了 1987—1988 年全国优秀短篇小说奖，《新兵连》讲述的是他 15 岁参军时的一些经历。中篇小说《头人》则很早就将目光集中到农村，描述基层政权的复杂性，这部小说的主题后来在他的长篇小说《故乡天下黄花》中继续深化和扩展了。中篇小说《官场》《官人》较早将目光聚焦于官员这样一个特殊的群体，描绘出包括省委书记、市长、县长、镇长、村主任等一系列让人难忘的与权力有关的人物。中篇小说《新闻》取材于他在《农民日报》的一些见闻，将 20 世纪 80 年代末期的媒体记者做了很精细的刻画。

刘震云写官场中人，写新闻媒体，写权力纠葛，写人情世态，写小人物，非常敏锐，批判性和讽刺性都是很强的。《单位》刻画了权力网络是如何支配人们扮演社会角色的。

《温故一九四二》则是他的中篇小说中，对历史发问和批判的重要小说。小说夹叙夹议，以某种类似非虚构写作的方式，描写1942年那个特殊的战乱年份里，在他的故乡河南发生的一次天灾人祸的大饥荒和大逃难。

后来这部小说在2012年被冯小刚拍摄成电影，影响很大。

可以说，刘震云早期的这些中短篇小说，显然是他想从各个方向进行创作突破的努力尝试。这些作品题材广泛，涉及部队、教育、新闻媒体、官场、农村和现代历史，既有底层视角和平民立场，也有批判性和悲悯情怀，显示了刘震云为了更远大的创作目标进行的各个方向的尝试和突围。

他将目光既集中于现实和当下，也集中于历史和基层，对权力的运作和本质看得非常透彻，又带有对笔下人物存在合理性的悲悯之心。而且，刘震云的作品有一种罕见的品质，那就是他把对自我的嘲讽和批判隐藏在作品中。从语言风格上来看，这些中短篇小说大都简洁、明快、幽默、生动，手法以白描居多。

2

考察刘震云在这一阶段受到拉美小说的影响，是我这篇文章的主要内容。但刘震云从未出版过散文随笔集，也没有访谈和对话集问世，他只出版小说作品。关于他受到了哪些拉丁美洲小说家的影响，我只能以电子邮件采访的方式，对其进行提问。刘震云在给我的回答里，重点谈到了加西亚·马尔克斯和巴尔加斯·略萨对他的影响。关于加西亚·马尔克斯，他是这么说的：

《没有人给他写信的上校》是马尔克斯早期的作品，我很喜欢。这篇小说里故事表面的核非常简单，就是写一个退休的上校，一直在等着国家发给他的军人退休金，一直在等，等啊等，等到最后也没有等到。这么简单的一个故事，呈现了马尔克斯对哥伦比亚民族、对整个南美、对生活的独到理解，因而，《没有人给他写信的上校》确实是一部世界顶级的作品。可以说，《没有人给他写信的上校》浑然天成，主要事件很简单，一是上校在等退休金，一是斗鸡卖还是不卖，他与太太的冲突、人与人的关系、情节的转折等都很自然。这篇小说可能比马尔克斯其他书都要好一些，正因为他一开始写作还不成熟时，他是在塑造书里的人物，但是到以后尤其是《百年孤独》《霍乱时期的爱情》，他的写作技巧太纯熟了，对叙述角度的运用已经达到技术化的程度。

刘震云因早期作品中对现实的关注，赢得了"新写实小说家"的名号。可见，他对现实的关注和批判，是持续的、有力的。而且，刘震云的小说中，讽刺是一大元素，这在当代小说家那里并不常见。刘震云的讽刺还带有黑色幽默的元素，他不是那种直接的讽刺，而是拐弯抹角的。刘震云对加西亚·马尔克斯的崇敬和细读，也一直没有停止过。

刘震云是一个博览群书的人，他尤其是对先秦的著作中，汉语的简洁、大气、高度概括性的美，非常的崇尚。

在《一桩事先张扬的凶杀案》，加西亚·马尔克斯把民族的世界观和方法论，人和人之间的关系，描绘得更加细致入微。《一桩事先张扬的凶杀案》就像一个好看的姑娘，一眼就令人着迷。《一件事先张扬的凶杀案》取材于一个真实事件，当一个真实的发生在我们身边的一件事，特别是一件骇人听闻的事，当你把它变成小说时，确实会受到很大的局限。要杀人的兄弟俩在镇上游走，不论他们是去肉店，还是去喝牛奶的地方，都是作者让他们去的，作者让周围的人阴差阳错地没有告诉被害者有人要杀他。镇上的人为什么都那么冷漠，而且觉得他们杀不了人？这个逻辑，如果是我的话，我都不会这么写。另外，尽管小说的写作与南美当时的政治事件和民族事件有关，但是与小说结合得并不是特别的浑然天成，小说中的转折有时候是作者把铁丝 90 度掰过来的。

经过了 10 年左右的写作训练，刘震云为后来进一步的创作打下了很好的基础，他有了信心。他甚至对加西亚·马尔克斯的"缺点"也做出了自己的判断：

> 我觉得加西亚·马尔克斯写的没有我们想象的好，特别是我读他后期的作品的时候，我能闻出一股"塑料味"，真正的好作家应该越写这个作家的影子越没有了，包括多叙述角度的运用，包括对于炼字炼句的运用。如果一个作家在这方面越写越纯熟的话，我觉得，他也在由一流的作家往二流的作家靠近了。因为技术手段是比较容易掌握的。一个作家应该越写越让人看不到句子和写作手段，这时候，他笔下的人物或不是以人物为主的那些主要元素就大踏步走在他自己前边了。

就是在这样的敢于认为加西亚·马尔克斯都有可能变成二流作家的胆识之下，刘震云开始了他的长篇小说的创作，接连发表了 2 部长篇小说《故乡天下黄花》与《故乡相处流传》。《故乡天下黄花》以一个小村落为背景，展示了超过半个世纪错综复杂的底层乡村社会风貌，与新写实不同，《故乡天下黄花》属于那种半写实半寓言式写作。

长篇小说《故乡天下黄花》创作于1990年。这部小说描述的时间跨度从民国初年到"文革"结束，讲述了"故乡"——具体说，应该是刘震云的河南老家的乡村的村主任，在六七十年之间权力的争夺、转换和延续。"故乡"这个词汇，作为刘震云的"原乡"——追忆和挖掘的某个永恒的地方，文学的一个故乡，成了刘震云几部小说描述的时空。《故乡天下黄花》中，村主任的权力不断更替，在一个小小的村子里，人们你来我往，生生死死，但那大片的黄花——油菜花年年都开，覆盖了大地和黑坟，成了刘震云表达的意象。

1992年，刘震云的第二部长篇小说《故乡相处流传》出版。这部小说带有更为荒诞的色彩，是某种新历史小说的变形。小说分为四大段，第一段《在曹丞相身边》，时间背景为三国时期，主人公是曹操旁边的一个小人物，他目睹了曹操是如何取得了权力和胜利。

小说的第二段《大槐树下告别爹娘》，讲述了元末明初的事情，主人公与第一段的主人公就像是转世了一样，以另外的名姓继续出现，显示了历史的循环和荒谬，小人物的自得其乐。第三段《我杀陈玉成》则到了风雨飘摇的晚清时期，太平天国运动动摇了清朝的统治基础，在这一时期，故乡——那个永恒的河南延津的小乡村，继续发生着前所未有的变化。到了小说的第四段《六〇年随姥姥进程》，则将"大跃进"导致的大饥荒为时代背景，描述了主人公"我"的奇特经历。

在《故乡相处流传》中，刘震云采取了断代的方式，将叙述人置放在广大的时间和空间里，前后叙述的时间跨度达到了1800年左右，叙述人"我"就像一个不死的精灵和见证人，见证历史的暴力、战争、饥荒、动乱、起义、迁徙带给普通人的痛苦。这让我想起了弗吉尼亚·伍尔夫的长篇小说《奥兰多》中，那个跨越了几百年欧洲历史的、不死的还会变性的奥兰多的形象，还有西蒙娜·德·波伏娃的长篇小说《人总是要死的》中那个跨越了400年欧洲历史、不死的人物奥斯卡。

采取穿越历史的方式连缀历史，将不断重复如同噩梦一样的历史，处理成带有荒诞色彩和滑稽场面的小说，刘震云可谓是幽了历史一大默。这本小说机智、有趣、生动，还能引发人们的思考。而这部小说中出现的一些人物，比如孬舅、六指、瞎鹿、曹小娥、猪蛋、白蚂蚁、白石头、沈姓小寡妇等等人物，也出现在了刘震云的第三部长篇小说《故乡面和花朵》中。

3

《故乡面和花朵》是刘震云创作的第三部长篇小说，也是他最重要的作品，从1992年开始写作，到1998年四卷本、200万字的鸿篇巨制出版，前后花了6年的时间。这部小说的奇特性在于，它和刘震云的前两部小说的清晰、明澈、简洁、讽刺和批判性不一样，这部小说是相当巨大，也是相当难以解读的。

《故乡面和花朵》体现出刘震云在文体和结构上的创造力、把握鸿篇巨制的能力，都是惊人的。这部小说结构庞杂、人物众多、似梦似幻、真真假假、讽刺幽默、技巧多变、语言繁复、意义模糊等，都令人叹为观止，也引起了一些争议。

　　为此，出版这部小说的华艺出版社，特地请评论家李敬泽、关正文撰写了解读文章，请记者陈戎采访刘震云，后形成采访稿。出版社更将这三篇文章以《通往故乡的道路》为题出版，颇有点像前些年译林出版社出版《尤利西斯》的时候，也同时出版了一本陈恕教授撰写的《尤利西斯导读》。关正文还专门做了一个30多万字的浓缩版，专门用于《长篇小说选刊》的选用。

　　《故乡面和花朵》的阅读困难，不仅仅在于200万字的长度让有些读者望而却步，还在于作品的本身也非常的庞杂和繁复。首先，小说的题目，"故乡""面""花朵"。"故乡"指的还是刘震云的故乡河南延津，另一个层面，说的就是我们每个人的故乡。"面"是什么？显然，指的不是河南烩面，是泛指食物、小麦或者人们赖以生存的食物以及物质基础。那么，"花朵"呢？我想这里刘震云指的就是故乡的精神了。在这部刘震云迄今为止写得最长的小说里，他显然想把故乡的物质和精神都写出来。

　　小说的第一、二卷都是"前言卷"，第三卷是"结局"。到了第四卷则是"正文：对大家回忆录的共同序言"，而每卷又分为十章。在结构上呈现一种环状结构，互相印证，前言也是正文，结局不过是中部，而最后一卷又是序言。刘震云的这种复杂的结构，让读者很难分清楚他到底写的是什么。不过，刘震云在某次接受记者采访的时候，透漏了一些端倪。他说，小说的前三卷是飘浮在空中的气球，第四卷是大地上拴住气球的绳子的铅坨。

　　好了，这就是我们进入这部小说的门径了。小说中的一些人物，孬舅、六指、瞎鹿、曹小娥、猪蛋、白蚂蚁、白石头、沈姓小寡妇，再次出现，前三卷类似梦呓或者为各类梦境的组合，是一个完全虚构的想象的世界，写作手法是意识流的、梦境的、荒诞的和魔幻的，而第四卷，则是非常现实主义地将视线定格在 1969 年这个特定的年份里，将故乡的村子里面的人物的故事，一个个地如实写来，成为前三卷的平行世界，是对前三卷有力补充。

我常常觉得，这个部分是小说最重要的部分，读者可以先来阅读这个部分，就能很好理解这部作品了。这部小说的语言如同大河一样滔滔不绝，各种长句子、短句子十分的密集，一改刘震云前面作品的清晰、明澈、简约，变得西化了。在繁复的句子背后，由语言本身造就的现实就诞生了。刘震云为我们造了一个由两面镜子互相映照的世界，一个是想象的、荒诞的、魔幻的、梦境的，另一个则是现实的、乡土的、具体的、记忆的。而这个世界，都是刘震云所要书写的故乡——我们共同的故乡，它的物质，它的精神全貌。

过了 3 年多，2002 年，刘震云出版了第四部长篇小说《一腔废话》。可能是上一部长篇小说的篇幅和难度，让刘震云及其读者都感到了困倦，这一部小说初读显得轻松自然，但深入阅读后，会让人感觉更加荒诞不经。

小说的背景设定在北京的某个居民小区，出场的人物是修鞋的、卖肉的、知识分子、电视明星、三陪小姐、卖白菜的、卖杂碎汤的、搓背的、捡破烂的等等，甚至出现了孟姜女和白骨精这类文学想象人物。小人物们喜欢模仿秀、辩论赛和欢乐总动员等大众电视娱乐节目，但他们发现他们的语言有着严重的问题，有一天就开始修补自己的讲话，结果发现自己说的原来都是一腔废话。而且，他们没有脱离大地，还生活在一个逼仄的小巷子里。

刘震云利用这部小说，一方面探讨语言本身的陷阱，另外一个方面，则创造了小人物世界的狂欢和无奈、狡黠和蠢笨、无知和聪慧并存的状态。

4

此后，刘震云迅速地转向了影视方面。2003 年，冯小刚导演电影《手机》播映的同时，他的长篇小说《手机》出版了。

这部小说是从《故乡面和花朵》中分化出来的一条线索，并且延伸到了当下的欲望社会里，到道德解体的重建过程中人的处境。而手机，正是这个时代最具象征性的工具和触媒。电影《手机》的成功也让作家刘震云成了少数几个大众文化明星式的人物，加之他谈吐幽默，常常在各类电视节目上露面，他成为这个时代最为大众熟悉的、著名的严肃小说家之一。

他的第六部长篇小说《我叫刘跃进》出版于 2007 年。这部小说讲述了一个叫刘跃进的厨子，丢了一个包，他后来又捡了一个包，结果这个包里面有一个贪官的秘密，导致了一系列的寻找和追杀。刘跃进是一个无辜的绵羊，不慎进入到一个虎豹狼虫的世界，最终他安全地脱身。小说共分43章，每一章不长，有着古代章回小说的那种讲故事的魅力，一环套一环，故事紧张生动、扣人心弦、30 多个人物接连出场，彼此联系十分紧密，与当下社会结合最为紧密，这也是刘震云最好读的小说。后来，这部小说也被改编成了电影，刘震云还在其中扮演了一个民工角色。此前，刘震云在电影《甲方乙方》中客串过一个角色。刘震云说，他写剧本，是让自己的小说换了另一种方式在说话，他只改自己的小说，编剧不是他的职业。

2009 年，刘震云出版了他的代表作品、第七部长篇小说《一句顶一万句》，这部小说有 36 万字，分为 2 个部分："出延津记"和"回延津记"，刘震云从当代重回故乡的历史，历史中的故乡，描绘了一个叫吴摩西的后来信仰天主教的河南人的一生，以及他的后代对他的寻找的故事。小说的上部，描述吴摩西为了寻找能够理解他的朋友而走出延津，走向了一个广袤的世界，一个他更为无法理解和沟通的时空。下卷则讲述他养女的儿子牛建国，历经磨难回到了故乡延津寻找能说得上话的朋友的过程。这一出一回，延续了 100 年的时间。小说兼具拉美小说名作家的那种控制时间和讲述人物复杂命运的能力，和明清小说、野稗笔记的洗练和生动。

刘震云的这部小说，可能是他最动人的一部小说，人物命运的跌宕起伏和风云变幻，使这部小说具有了小型史诗的气派。小说的主题是人如何摆脱孤独。如果说加西亚·马尔克斯的《百年孤独》写的是拉丁美洲百年的孤独的话，那么这部小说，写了每一个个体生命的十年、百年、千年的孤独。

小说中，人与人的对话，人与上帝的对话，人与时代、与时间的对话，都是困难的，难以实现的。因此这部小说达到了一种难得的追问的境界，与命运、时间、人心、时代这些大命题紧密相连。2011 年 8 月，《一句顶一万句》与莫言的《蛙》等小说一起获得了第八届茅盾文学奖，证明了刘震云的创造力和影响力。

刘震云是相当勤奋的，2012 年，他又出版了篇幅稍小的长篇小说《我不是潘金莲》。这部小说可能取材于一些女性上访者的经历，讲述了一个最终忘记上访是为了什么、而只是专注于上访本身的底层妇女李雪莲的故事。

这是一部触及现实生活的批判性很强、讽刺性也很强的、融现实于荒诞的情节之中的小说，显示了刘震云依旧保持着他在《官人》《官场》中犀利地透视中国社会的能力。关于文学和政治的关系，刘震云回答是这样说的：

> 将一些发生在每个人身边的事情，上升到政治和社会的层面并不难。但对政治和社会的层面，你再给它拉大的话，还是生活的一个层面，它总会淹没在生活中。凡是政治和社会问题特别突出的国家所产生的作家，好像从娘胎里带出的胎记一样，胎记会像水一样洇开去，就像巴尔加斯·略萨，他写得真正好的，并不是关于政治的描写，而是那部他自己跟他姨妈的爱情、参选总统败给一个日本裔的藤森等事件，这些都写得好极了。又比如米兰·昆德拉，他的作品里的政治成分也特别多，但是作品好就好在，他能够把政治和社会的因素化到生活中的人物的爱与恨里去。

刘震云在这段话里，明确地表达了他认为对写再政治的东西，作家也要从生活的层面去把握的态度。的确，上访者李雪莲要是让一个技法不高的作家来写，很容易写成了血迹斑斑的简单的控诉。

刘震云那讽刺、荒诞、幽默和带有悬念的讲述，使小说本身超越了狭隘和当下的政治与现实，成了一个能够和时间抗衡的审美作品。这是一个杰出作家的最重要的才能。文学只有超越了政治，才不会被击倒。

什么是最理想的作品呢？刘震云也对我的采访以回答：

> 一部作品的极致到底应该达到什么样的状态，才是好的呢？我想，作品的极致有两种情况，第一种极致，是在一个

平面上，像水流一样向周边蔓延，局限在政治和社会层面，而政治的因素、社会的因素、反抗的因素、叛逆的因素，是最容易达到极致的因素。比如，一个人在街上用一个酒瓶子砸了自己头上，流血了，一定会引来很多人观看。这样直接对政治和社会的反抗、叛逆性表达，是用黑暗来写黑暗，这是许多作家都可以做到的，而且是很容易做到的。张牙舞爪的作品，我觉得，是容易写出来的。真正难写的，是另外一种极致：将复杂还原为简单。我觉得，一个作家最伟大的工作，就是把一个特别复杂的东西还原成简单的东西，哪怕是一个极其复杂的公共事件，要能还原到个人和人物。这是另一种极致，它不是往周边蔓延，不是把匕首扎在自己的胸膛上，而是它是一个大海，表面上风平浪静，其实汹涌的东西都在下边，构成了真正的丰富和深渊。

这是刘震云对伟大小说的理念，也是他践行和追寻的目标。实际上，通过对他上述作品的分析，他想达到了这样的目标，他还在前行。

阎连科

1

　　阎连科在《收获》2020年第二期上发表了长篇非虚构作品《她们》，回忆了在他成长过程中出现的一些女性形象。此前，他还出版了形式和结构都别出心裁的长篇小说《速求共眠》和《心经》。他是一位持续写作、创作力经久不衰的当代作家。

　　进入21世纪之后，阎连科在写作方面趋向了寓言化和更多的实验性，还提出"神实主义"的创作理论。无论是对历史还是对现实的批判，作品中的情节设置都让人感到耸动和离奇。其创作特性获得了更多的关注，成了一个具有争议性的小说家。

　　阎连科1958年出生于河南开封嵩县，后参军入伍。因多年在部队的生活，他写出了不少部队题材的作品。他1980年开始发表文学作品，1991年毕业于解放军艺术学院文学系。出版了《情感狱》《最后一名女知青》《生死晶黄》《日光流年》《坚硬如水》《受活》《丁庄梦》《风雅颂》《炸裂志》等近20部长篇小说，

《耙耧山脉》《黄金洞》《年月日》《耙耧天歌》《夏日落》《大校》等40多部中篇小说，《朝着东南走》《黑猪毛，白猪毛》等50多篇短篇小说。从题材上看，可分为三类：乡土题材、军队题材和城市题材。此外，他还出版了《我与父辈》《回望乡土》《北京，最后的纪念》等多部散文非虚构作品，以及《发现小说》《一派胡言》《我的现实，我的主义》《阎连科文论》等多部文学评论、对话、演讲和访谈著作，著作宏富、视野开阔、创作勤勉。

阁连科也是深受拉美小说影响的当代作家。对此他从不讳言，而且还喜欢谈论。他尤其对加西亚·马尔克斯和博尔赫斯对中国的作家的影响，有自己的认识：

加西亚·马尔克斯在中国的登场，是伴随着"拉美文学爆炸"这一巨响的概念而在中国产生了巨大的轰鸣。在20世纪80年代中期，马尔克斯没有博尔赫斯在中国文坛那么"细雨润物"，没有那么多和广泛的追随者，但凡接受马尔克斯的那种"魔幻"理念者，在之后都有很大的文学造化。现在来回头观望这一有趣的文学现象，我们会发现一个值得玩味的事实：博尔赫斯和加西亚·马尔克斯，前者出生于1899年，年长于后者整整30岁，但前者在中国文坛影响的却是年轻一些的作家，主要是集中在20世纪60年代出生的作家群；而后者出生于1928年，影响的却是年龄较大一些的中国作家，主要集中在20世纪50年代出生的作家和1950年前出生的个别作家（如陈忠实）。

受博尔赫斯影响的作家，不仅年龄小，而且也少有乡村的生活背景，主要文学成就在中短篇小说。而受加西亚·马尔克斯影响的作家不仅年龄偏大，而且都有其鲜明的乡村生活背景，主要成就在长篇小说，和马尔克斯有相似之处。比如，张炜早期的《古船》、近期的《刺猬歌》，陈忠实的《白鹿原》，李锐的《旧址》《万里无云》，莫言的《丰乳肥臀》《檀香刑》《生死疲劳》，韩少功的《马桥辞典》《山南水北》，贾平凹的《高老庄》《怀念狼》《秦腔》等等，这些每一个我都十分尊敬的作家，在他们的这些作品中，都或多或少地呈现着"魔幻现实主义"中那种"神奇的现实"却是一个事实。而在这一批顶天立地的作家中，对"神奇的现实"最有领悟的作家自然是莫言。我甚至可以说，是莫言让拉美文学与中国本土文学最早发生了（深刻）联系，而且取得了有目共睹的成就。

（阎连科著《我的现实，我的主义》第268—269页，《当代文学中的中外关系》，中国人民大学出版社2011年3月版）

阎连科的创作从20世纪80年代开始，一直到20世纪结束，这一阶段是他创作的第一个阶段。在这个阶段，他出版的长篇小说中，《情感狱》是一部描写乡村爱情和婚姻的小说，《生死晶黄》写的是一个农村孩子当兵之后的遭遇，《最后一名女知青》写的是一个女知青的命运，《潘金莲逃离西门镇》写的自然是潘金莲的故事。这几部长篇小说都没有获得大的影响，只能算是他的练笔之作。

这一时期，阎连科的小说创作成就主要集中在中短篇小说。成就较高的是一系列与部队生活和家乡生活有关的中篇小说，可分为3个系列，分别为"和平军旅系列""东京九流人物系列"和"耙耧系列"。"东京九流人物系列"包括了《横活》《斗鸡》《艺妓芙蓉》《名妓李师师和她的后裔》《金莲，你好》等5部中篇，阎连科将他的故乡开封古城的历史人物，与当代社会的人物故事进行了并置和差异化的书写，造成了一种对历史的反讽效果。

"和平军旅系列"与他在部队的生活有关系，包括了《从军行》《自由落体祭》《中士还乡》《在和平的日子里》《四号禁区》《和平雪》《和平寓言》《和平战》《大校》《夏日落》等10多部小说。这个系列从各个角度，以写实主义的方法，塑造了一些和平年代里的军人形象。

阎连科对自己写作"和平军旅系列"有这么一段自白：

我的笔下是没有英雄的。因为，在我看来，能够在艰辛中活下来并且脸上还时常挂着笑容的又何尝不是英雄呢？在军人之间，将军未必就是伟大的人物，士兵未必就是卑微的人物。他们都是和我们一模一样的普通人，有血有肉的人。首先是人，之后才是其他的一切。爱情、生死、无谓和蝇营狗苟，这都是我们芸芸众生的必然。既然是蝇营狗苟，对我的写作也是最为亲昵的安抚。

（《和平军旅系列》封底，云南人民出版社2013年3月版）

可见，其军人题材的小说，写的还是普通士兵的普通生活。除了"和平军旅系列"小说，阎连科在20世纪80年代至20世纪90年代里，还创作了"耙耧系列"。这个系列中篇包括了《老屋》《黑乌鸦》《乡村死亡报告》《耙耧山脉》《天宫图》《黄金洞》《年月日》《耙耧天歌》《朝着东南走》《桃园春醒》等10多部。这个系列是阎连科影响较大的小说系列，是他书写他虚构的家乡耙耧山脉的小说系列。这个系列与寻根文学也有关系，也可以归入地域文化小说。

　　考察 20 世纪晚期以来的中国小说，创作成就最高的大都是地域文化小说——由"寻根文学"延伸和发展而成的一种小说。几乎每个重要小说家，都有一片书写的地域：贾平凹的"商州"、莫言的"高密东北乡"、王安忆的上海、迟子建的大兴安岭、苏童的"香椿树街"、韩少功的"马桥"、杨争光的"符驮村"、陈忠实的"白鹿原"、张炜的胶东半岛等。作家们都是圈了一块地方，写那块地方的人和事。

　　阎连科在他的"耙楼系列"中篇小说中，已经开始转向寓言化写作。这种寓言化的写法，使小说情节脱离了传统的现实主义，而指向了寓言。在中篇小说《耙楼天歌》中，尤四婆为了治疗家族遗传性的疯病，竟然打开丈夫尤石头的棺材，取出他的骨头煮食，并且她死的时候也允许自己的儿女来煮食自己的骨头治病。最终，这种方式在他们家族中将一直延续下去。如此宿命化的处理方法，开始在阎连科的想象力中滋生，充满了一种邪性的气氛。

　　中篇小说《年月日》中，因天灾而逃离故乡的人们遗弃了老人先爷和他的狗。先爷在家乡为了保护最后一颗玉蜀黍的苗子，以自身为肥料，保护了玉蜀黍的生长。等到逃难的乡亲回来的时候，发现他们拥有了玉蜀黍肥壮的种子。小说的传奇性和寓言性，在这部作品中开始出现。

　　阎连科是一个谈论自己受拉丁美洲小说家的影响比较多的当代作家。他在很多场合，在自己的文论和创作谈中，都谈到了一些拉丁美洲作家对他的影响。他说：

　　　　从对中国当代文学影响的大小、深浅来讲，可以把世界文学分为三大部分或三个地域来说：一是俄罗斯文学；二是欧美文学；三是拉美文学。……说到拉美文学，具体地说是"拉美文学爆炸"时期的"魔幻现实主义"。从20世纪80年代中期开始，一直到今天的当代中国文学二十几年来，拉美文学对中国当代文学的影响，或强或弱，或浓或烈，一直持续不断，仿佛铁轨伴引着轮子前行一样。在影响最为强烈的20世纪80年代末至20世纪90年代初期，拉美文学在世界上的"爆炸的轰鸣声"在中国文坛的回响可谓是振聋发聩，令中国作家头晕目眩。其影响之剧，可能超出世界上任何一个时期的任何一个流派、主义和文学团体，对中国文学造成的振动基本和地震或火山爆发一样。这儿，最有代表性的作家自然是加西亚·马尔克斯，影响最大的作品自然是《百年孤独》。随后是他的《霍乱时期的爱情》《一件事先张扬的谋杀案》。巴尔加斯·略萨的《绿房子》《胡莉娅姨妈与作家》《城市与狗》《潘达雷昂上尉与劳军女郎》，胡安·鲁尔福的《佩德罗·巴拉莫》，阿斯图里亚斯的《玉米人》，卡洛斯·富恩特斯的《最明净的地区》，伊莎贝拉·阿连德的《幽灵之家》，还有博尔赫斯那些精妙的短篇和散文，聂鲁达那些情感如火山一样的诗，卡彭铁尔那些关于"神奇的现实"的理论和小说。

（阎连科著《我的现实，我的主义》第264—266页，《当代文学中的中外关系》，中国人民大学出版社2011年3月版）

阎连科对拉美杰出小说家对中国当代文学的影响是非常了解的，这在他自己的创作中也有表现。他提出"神实主义"小说理论，我不知道这和古巴作家的卡彭铁尔的"神奇的现实"小说理论有什么联系和区别。由此，阎连科的小说创作，沿着寓言化、反讽以及黑色想象一路狂奔。

2

阎连科最具代表性的作品，是 1998 年出版的长篇小说《日光流年》。

这部小说全长 40 多万字，描绘了一个叫司马蓝的村主任短暂却也很漫长的一生。在三姓村，仿佛被宿命所笼罩，一般的男人都超不过 40 岁。小说采取了顺叙和倒叙相结合的手法，在小说的结尾，司马蓝死了，然后再度从一个女人的肚子里生出来，这意味着悲剧性的命运，将继续在三姓村中循环。这部作品，我认为是一部向《百年孤独》致敬的作品，通过对中国村庄乡民生态的描述，来呈现民族的苦难命运。小说的开头是这样的：

嘭的一声，司马蓝要死了。

这样的小说开头，是相当有力量的。小说一开始就涉及生死，人的命运、家族、村庄、社会组织和人类。一层层上去，都在死亡的阴影中存在。阎连科非常重视小说的开头，正如加西亚·马尔克斯那个著名的开头一样。阎连科说：

以马尔克斯的《百年孤独》为例，因为这部小说的开头是充满着时间跳跃的叙述："许多年之后，面对行刑队，奥雷良诺·布恩迪亚上校将会回想起，他父亲带他去见识冰块的那个遥远的下午。"就这样一句开头，在当时的中国作家中，不下十人的十部小说的开头，也同样一字不差地用"许多年之后——"如何如何，去作为自己小说的开头。一些聪明的作家，即便不把"许多年之后——"或"多年之后——"用在小说的开头，也会用在小说故事的中间地带。直到今天，我们读一些富有探索意味的小说，仍然可以读到这样的句式和叙事模式来。就今天看来，这样的借鉴与学习，似乎有些幼稚可笑，但也正说明了拉美文学对中国文学的影响之巨。而在当时，这样生搬硬套《百年孤独》的叙述模式，却不是肤浅之举，而是一种创新的时尚，是一种探索的标志。

阎连科对此有着十分清醒的认识。因此在借鉴的过程中，如何将作品的形式、语言和背后的文化积淀转化成自身的营养，他也很早就明白了"中学为体，西学为用"的道理：

> 从现在回忆的角度去看那时的文学，我们虽然有些把别人的果子摘来直接挂在自己的文学之树上的嫌疑，而不是借来人家的种子，埋入自己的土壤，长成自己的树木，但经过二十几年对拉美文学的进一步融合、贯通、消化和转化，已经可以说，中国作家现在更容易理解、消化和巧妙地本土化、个人化的借鉴与整合，并使之完全中国化、个性化地成为中国土地中的种子和花果。

(阎连科著《我的现实，我的主义》第264—266页，《当代文学中的中外关系》，中国人民大学出版社2011年3月版)

《日光流年》在叙述内部的时间上别具匠心，主人公循环的命运，时间的前进、后退和停止，最后又回到了源头，完全是以时间主题来进行的，就像这本书的名字"日光流年"，不是时间又是什么。这使我想起来了富恩特斯那部倒叙的长篇小说《阿卡特米奥克鲁斯之死》，想起了卡彭铁尔的小说《回归种子》，都是在处理时间上回溯的小说。

阎连科很多小说的结构和时间的处理，是从拉美小说家那里借鉴了经验。他说：

　　重新认识拉美文学，是基于 20 世纪的欧美文学太过讲究技术和技巧，甚至某些流派完全是在讲究技巧、个性的基础上兜圈子。而这时的拉美文学在个性、技巧的基础上却始终没有脱离拉美那块土地的现实和历史。无论是魔幻现实主义，还是"神奇的现实"，他们的出发点和立足点也都绝不脱离作家生存的土地、社会和现实。拉美文学既不丧失每个作家个性的追求，又都有其鲜明的探索和创新，比如巴尔加斯·略萨对结构的不懈努力和创造，比如卡彭铁尔在小说中的时间观等，但他们的小说自始至终都没有脱离现实这块土壤。如何让文学更为个性地、深刻地抵达现实的心脏，这是当前中国文学最致命的软肋，也是我在每部小说的写作中最痛苦的所在。

　　所以，我想，我们的写作，至少是我的写作，在今后与外国文学的关系这一点上，应该重新认识俄罗斯文学和拉美文学这两大世界文学的重镇之地，双脚踏在自己脚下的大地上，但目光要越过这块土地，多看多思外国文学，重看重思俄罗斯和拉美文学。

（阎连科著《我的现实，我的主义》第 271 页，《当代文学中的中外关系》，中国人民大学出版社 2011 年 3 月版）

　　阎连科的写作在表现形式和语言上都在不断探索，从不重复自己。进入 21 世纪之后，阎连科的创作来到一个新阶段。他的创作以长篇小说为主，每部作品都预先寻找到一个形式，使小说的结构成了有意味的内容。与此同时，他还非常重视语言本身的作用。阎连科这一阶段的小说语言，如《年月日》《日光流年》是一种经过了书面语处理过后的方言，带有河南话的特点，却是书面的。

　　阎连科很欣赏加西亚·马尔克斯的小说语言。他说：

　　《百年孤独》这样一个故事，一个民族、一个家族100年来的风雨历史，这么庞大、复杂、漫长，而且他又讲得那么清晰，如果没有叙述上的"魔幻"这样一个现实和想象奇妙杂糅的混合，没有语言上"舍静而动"地快速地讲述，这个故事会被讲成什么样子？28万字能讲完它吗？在20世纪的文学中，《百年孤独》的结构和语言是和它的故事结合得最为完美的一部典范。……《百年孤独》的语言，我们看到的只能是翻译的语言，但有一个问题特别值得我们分析和借鉴。为什么100年的历史，马尔克斯只用了20多万字就把故事讲得那么清晰和有条理？要我们讲，是不是需要100万字或者三部曲那样洋洋洒洒？分析这样一个简单的问题，一是结构的作用，二是语言的作用。

　　不说结构，单就语言来说，《百年孤独》的语言风格没有我们汉字说的那些简洁、纯朴、诗意、忧伤、白描、素描、乡土俚语、生活气息那样的东西，但有一点是我们的小说叙述语言中都没有的，那就是所有的叙述都在语言的流动中行进，几乎没有语言在静止中停顿。时间在语言中是流动的、奔袭的，而不是静止不动的，这是马尔克斯在《百年孤独》中的语言观、时间观。正是这样的语言观和时间观，使《百年孤独》能在20多字的篇幅中，完成了对100年历史的完美的漫长叙述。

　　(阎连科著《我的现实，我的主义》第100—101页，《语言：由故事的灵魂所决定》，中国人民大学出版社2011年3月版)

　　阎连科是一个对加西亚·马尔克斯谈论和研究相当多的小说家。上面这段话，是他对马尔克斯的语言和其用省略方式来讲述拉美历史的形式感的钦佩。而如何表现自己国家民族的历史和现实，如何呈现出新的文学感受和命相，是阎连科最为关心的话题。对此，他认为：

> 马尔克斯相比于卡夫卡之后的许多现代派的作家们，他对故事、人物和读者普遍关注的社会、历史现实的关系，又表现了某种深切的热情与关注。《百年孤独》的故事以布恩地亚一家七代人坎坷、神奇的经历和马孔多那个小镇上百年历史的变迁——从兴起、发展、鼎盛到随风而去的消失，描写了哥伦比亚乃至整个拉美大陆的百年历史演变与所处的社会现实。1982 年瑞典文学院授予马尔克斯诺贝尔文学奖时，称它"汇集了不可思议的奇迹和最纯粹的现实生活"，正是马尔克斯对本民族现实与历史深切关注后让写作向社会与现实的回归。自此之后，拉美文学在向不仅是拉美地区和西方世界的全面铺开，使那些智慧醒悟的作家与读者明了了小说的人物一味地"个体"，是一个独具光彩的陷阱，而一味地"社会"，则会是一片繁闹的清寂。拉美作家普遍独具个性的写作，又都同时不失对本民族现实与历史的关注，如巴尔加斯·略萨、富恩特斯、科塔萨尔等。从某种意义上笼统地说，是他们把 19 世纪的写作经验和 20 世纪上半叶的写作经验相融相汇在了自己的思维和笔下。

（阎连科著《发现小说》第 125—126 页，南开大学出版社 2011 年 7 月版）

进入 21 世纪后，阎连科接连出版了多部具有争议的长篇小说。同时，他还通过理论专著《发现小说》的出版，提出了小说理论——神实主义，来深化自己的创作。

2001 年，他发表了长篇小说《坚硬如水》，这是一部背景为"文革"时期的长篇小说。主人公高爱军和夏红梅之间发生了一场爱情，高爱军在那个人性沦丧的年代里，逼死了老婆，让岳父发疯，砸毁村子里的牌坊，陷入了一种原始意义上的疯狂。当"文革"的梦魇过后，他是否认识到了自己的罪恶呢？小说所运用的，是那个时代的特殊的语言，充满了革命意识形态的简单、粗暴和符号化的语言。正是这样丑陋的语言，在那个时期催动着人们陷入人性丑恶大暴露的疯狂里。《坚硬如水》的出版带来了争议。小说里主人公在特定年代里的性欲的疯狂和释放，成了一种奇妙的反讽，也是主人公经历的荒谬时代。

2003 年，阎连科出版长篇小说《受活》。"受活"是河南方言，意思是"享乐、享受、痛快淋漓、舒服、舒坦"。但这部小说采取的也是反讽的方法，小说的故事情节的设置，一点都不舒服和舒坦，小说的情节设定甚至是纠结和拧巴的，是病态和狂想的。小说中，出现了一个叫作"受活庄"的地方，在这里生活的，却大都是残疾人，是个由盲人、聋哑人、腿部有缺陷的人组成的残疾人村庄。这些残疾人组成了一个"绝术团"，以暴露自己残缺扭曲的身体来赚钱。有一天，一个有着奇思妙想的县长来到了受活庄，将绝术团转来的钱建造了一座"列宁纪念堂"，并且突发奇想，打算去俄罗斯把列宁的遗体买回来安放在中国大地上。实现人间天堂般的纪念。小说的章节设置也很独特，全部是单数，也就是说，是按照一、三、五、七、九、十一、十三、十五章来标注，但实际上是 8 个章节。每一章的小节，也是按照一、三、五、七来标注，显示了阎连科不喜欢双数、偶数的意图。

《坚硬如水》《受活》，是阎连科对中国产生的"政治人"及其时代的刻画和反思。在《受活》的代后记《寻求超越主义的现实》中，阎连科也提出对过往的现实主义传统的思考。

3

2006 年，阎连科出版了自己的第九部长篇小说《丁庄梦》。

这部小说聚焦于一个因为卖血而多数村民感染艾滋病的河南村落的命运，这是阎连科停下了奔向"神实主义"写作方向的脚步，观照现实的一瞥。因为题材的原因，该小说获得了更多的关注。但这部小说有些急就章，这样一个题材如果处理成非虚构作品，平实观察和记录"丁庄"几年间因艾滋病凋零的一个个具体生命，可能会更有感染力和文本价值。虚构的小说情节，实际上减弱了这部作品的艺术感染力。

阎连科此时进入到他写作的"晚期风格"。2008 年，阎连科出版了第十部长篇小说《风雅颂》。这部小说的题材陡然一变，不再聚焦于一个虚构的乡村，而是讲述了城市里的大学教授杨科的故事。教授杨科在家庭、爱情、事业等多个方面，陷入一种无法掌控的荒诞境遇中。

阎连科接受采访时，认为这本书是他的精神自传，杨科就是他自己，精神内核是他的，故事却是虚构的。由于主人公杨科是文学系教授，喜欢讲授《诗经》，那"风雅颂"就成了小说的名字。小说中，杨科的妻子赵茹萍、大学副校长李广智等人的形象都非常的丑陋且概念化，阎连科将大学的怪现象揭示了出来。

和阎连科的过往的小说中那些出现的离奇的情节一样，在

《风雅颂》中，杨科教授像堂吉诃德战风车那样大战沙尘暴，在大学课堂讲《诗经》但不受欢迎，在精神病院讲课却大受欢迎，这使小说带有一种反讽和荒诞效果，增强了小说的批判性，也使小说人物符号化和简单化。这在阎连科的后期小说里，成为一个严重的弊病。

阎连科 2013 年出版了长篇小说《炸裂志》，再度回到虚构一个村子——过去有三姓村、丁庄、耙耧山脉、九十九区、受活庄等等，现在，又虚构了一个炸裂村。而这个炸裂村后来因为"炸裂"的特性，开始急剧扩张，成为被房地产吞噬的县城和更大的城市，并将所有的土地上的人，带入到一种因为金钱的欲望驱使导致的疯狂攫取中。阎连科赋予这部小说的形式，是以地方志方式来书写。以地方志的客观性，反衬小说中人物和行为、故事和情节的离奇荒诞，在形式上不断变化。

2011 年，阎连科出版宣示他创作理念的文学理论集《发现小说》和对话集《我的现实，我的主义》，提出神实主义的文学观。细读之下，阎连科的"神实主义"实在就是卡彭铁尔的"神奇的现实主义"的中国翻版，"神实主义"和"神奇的现实主义"这两个词组的区别不大。

阎连科后期的多部长篇小说，在情节的设置上，出现了"神""奇""丑""怪"，小说情节大都耸人听闻，扭曲变形、夸张的情节令人惊心。这一点，和余华早期作品对暴力的痴迷有一比。阎连科的小说有批判的锋芒、锐气，但都指向了外部世界，指向了历史和他人，而很少指涉作家本人，或者笔下人物的精神世界的自我审视，这妨碍了阎连科作品的深度。

阿来

1

　　和阿来一年也就见几次面，每次相聚都很愉快。

　　我记得，自己第一次读到阿来的作品，还是在 1989 年，那一年里我正在上大学二年级，我在书店里偶然见到了他的小说集《旧年的血迹》，收在作家出版社的那套"文学新星"丛书里，我拿到手里的感觉，很有些爱不释手，就买了下来。

　　通过《旧年的血迹》就可以看出，阿来小说的风格和当时很多作家的风格迥然不同，尤其和那个时期的"先锋派"小说家们不一样，带有着一种更加纯粹的品质。收录在《旧年的血迹》里一共有 10 个短篇小说：《老房子》《奔马似的群山》《环山的雪光》《寐》《旧年的血迹》《生命》《远方的地平线》《守灵夜》《永远的嘎洛》《猎鹿人的故事》。这 10 个短篇小说有着福克纳的短篇小说所达到的尖锐和深度，民俗学、人类文化学的潜在影响滋润于字里行间，描述了一种人类的普遍状况。

1999 年，阿来又出版了一部小说集《月光下的银匠》，是在《旧年的血迹》的基础上扩充而成，收录了他后来写的一些中短篇小说，使他的中短篇小说序列显得整齐而具体。

还是在 1999 年，在那一年里，"行走文学"突然大行其道，各家出版社都策划了"走黄河""走西藏""走新疆"的活动，我记得李敬泽、龙冬、林白走的是黄河，我和李冯、徐小斌走的是新疆，阿来和范稳等人走的是西藏。

在北京的西藏大厦，云南人民召开了"行走西藏"丛书的发布会，阿来到场了。

我看到，他是一条精壮汉子，个子不高，沉默寡言，心中有数。"行走西藏"那套书印制精美，封面的色调是藏族人民喜欢的那种深红色，沉着而凝重，带有一些神秘而黏稠的力量。阿来的那本长篇游记体散文叫作《大地的阶梯》，记载了他从四川进入西藏，仿佛是沿着大地的阶梯，不断地向上攀爬的过程。在阿来的脚下，在他的心目中，大地的阶梯似乎无穷地展开，一步步，向雪域高原而去，向着那神圣的拉萨进发，大地的阶梯不断地升高，升高到一个和天空接得很近的地方。

《大地的阶梯》是一部 10 多万字的整体性的散文作品，其弥漫着一种沉思者、游走者的思考和观察，其对大自然、社会、底层人民生活的境况的描述，是这部作品的血肉。

阿来的作品很精粹，他是以少胜多，作品几乎部部都是精品。2019 年他出版了长篇小说《云中记》，以 2008 年的四川汶川大地震为素材，重新回望了那场灾难，这部作品获得了交口赞誉，成为他当年的最佳作品。

早年他还出版过一部诗集《梭磨河》，但是我一直没有找到

那个版本，只是在人民文学出版社推出的《阿来文集》中读到了
他的诗歌。阿来写诗，这是我没有想到的。他的诗风带有对大地
的浓厚感情和感觉，是对自然的礼赞，对故乡的吟唱，即使放到
20 世纪 80 年代的语境中看，比当时的现代主义诗歌流毒的、很
多自大狂诗人们写得也好多了。

　　阿来似乎并不在意诗歌的形式，而是在其间贯穿浓烈而又被
压抑住的感情，这使我想起来美国一些诗人，比如杰弗逊、史蒂
文森、约翰·阿什伯瑞等。我想他假如在《梭磨河》里走得宗教
一些，就到了加里·斯奈德的"禅诗"的境地，或者退一步，他
就会在聂鲁达和惠特曼的大地主义中里找到知音。

　　阿来诗歌的隐秘的激情被控制得很好。很多杰出的小说家都
有写诗的经历，我也是这样，我从来都没有停止过写诗，只是后
来很少发表罢了。

　　诗是语言中的黄金，诗的锤炼，将使一个人在小说写作中拥
有语言的灵性。

2

　　阿来最著名的作品，是长篇小说《尘埃落定》，出版于 1998
年，获得了第五届茅盾文学奖，是茅盾文学奖中最好的作品之
一。也许是在福克纳的《喧哗与骚动》和马尔克斯的《百年孤
独》的影响下，阿来写出了他这部重要作品。也许《尘埃落定》
干脆就是一部是从石头缝里诞生的小说，它的原创性使它没有受
到多少外来的影响，是以阿来天才般的对故乡、四川藏区阿坝的
凝视所形成的。

该小说的地理背景是 20 世纪 40 年代的四川阿坝藏区。麦琪土司当地的统治者之一。老麦琪土司有 2 个儿子，大少爷为藏族太太所生，英武彪悍、聪明勇敢，被视为当然的继承人；二少爷为被土司抢来的汉族太太所生，天生愚钝，被排除在权力继承之外，成天混迹于丫鬟娃子的队伍之中。

麦琪土司在国民政府黄特派员的指点下，在领地上种罂粟，贩鸦片，暴富之后组建了一支武装力量，成为土司中的霸主。其余的土司也东施效颦，开始种植罂粟。这时，麦琪家的傻少爷却改种麦子，于是，在罂粟花的海洋里，麦琪家的麦苗倔强地生长着。忽然，这一年内地大旱，粮食颗粒无收，鸦片也供过于求，价格大跌，无人问津，阿坝地区闹了饥荒，大批饥民投奔到麦琪麾下，麦琪家族的领地和人口迅速增长。"傻子"少爷爱上了女土司茸贡的漂亮女儿塔娜。

在黄师爷（当年的黄特派员）的建议下，二少爷逐步建立了税收体制，开办了钱庄，在古老阿坝地区出现一个具有现代意义的商业集镇雏形。二少爷回到麦琪土司官寨，在欢迎的盛会上，大少爷向弟弟投射了阴毒的眼光。一场家庭内部关于继承权的腥风血雨，又拉开了帷幕。

尔后，在解放军进剿国民党、挺进藏区的炮声中，二少爷也惶惶不可终日了。因为，过去被他杀死的一个下属的儿子此时在寨子里出现，二少爷知道自己的好日子也不久了……

麦琪土司家族与其余三位土司的权力之争、麦琪土司自己家族内部 2 个儿子的权柄之争这两条线索，构成了这部波澜壮阔的小说的主线。小说的时间跨度和历史场面的刻画，都达到了史诗的标准线，为此阿来做了长期的准备。他说：

　　……我准备写自己的第一部长篇小说《尘埃落定》的时候，就从马尔克斯、阿斯图里亚斯们那里学到了一个非常宝贵的东西。我不是模仿《百年孤独》和《总统先生》那些喧嚣奇异的文体，而是研究他们为什么会写出这样的作品。我自己得出的感受就是一方面不拒绝世界上最新文学思潮的洗礼，另一方面却深深地潜入民间，把藏族民间依然生动、依然流传不已的口传文学的因素融入小说世界的构建与营造中。在我的故乡，人们要传承需要传承的记忆，大多时候不是通过书写，而是通过讲述。在高大坚固的家屋里，在火塘旁，老一代人向这个家族的新一代传递着这些故事。每一个人都在传递，更重要的是，口头传说一个最重要的特性就是，每一个人在传递这个文本的时候，都会进行一些有意无意的加工。增加一个细节，修改一句对话，特别是其中一些近乎奇迹的东西，被不断地放大。最后，现实的面目一点点地模糊，奇迹的成分一点点地增多，故事本身一天比一天具有了更多的浪漫，更强的美感，更加具有震撼人心的情感力量。于是，历史变成了传奇。

（阿来著《看见》第 181—182 页，湖南文艺出版社 2011 年 7 月版）

　　阿来十分精妙地描述了创造性的借鉴是一种什么态度。正是这种将借鉴化解为自身的营养，他才可能写出本土叙事的杰作《尘埃落定》。阿来是一个很善于表达自己创作意图的人，他接着说：

　　是的，民间传说总是更多诉诸情感而不是理性。有了这些传说作为依托，我来讲述末世土司故事的时候，就不再刻意去区分哪些是曾经真实的历史，哪些地方留下了超越现实的传奇飘逸的影子。在我的小说中，只有不可能的情感，而没有不可能的事情。于是，我在写这个故事的时候，便获得了空前的自由。我知道，很多作家同行会因为所谓的"真实"这个文学命题的不断困扰，而在写作过程中感到举步维艰，感到想象力被束缚。我也曾经受到过同样的困扰，是民间传说那种在现实世界与幻想世界之间自由穿越的方式，给了我启发，给了我自由，给了我无限的表达空间。这就是拉美文学给我带来的最深刻的启发。不是对某一作品的简单的模仿，而是通过对他们创作之路的深刻体会后找到了自己的道路。

(阿来著《看见》第181—182页，湖南文艺出版社2011年7月版)

《尘埃落定》这部小说将藏区在几十年的历史风云描绘得栩栩如生，历史在他的笔下成为荒诞的和魔幻的。小说中很多情节，很容易让我们想起加西亚·马尔克斯。关于他曾经受到的加西亚·马尔克斯的《百年孤独》和魔幻现实主义的影响，阿来十分清醒。

我注意到，阿来属于那种厚积薄发的作家，他一直在悄悄地积累，不到成熟的时候，是不会拿出自己的作品的。2007年，我们一起在大连参加一个笔会，闲聊的时候，我注意到他所带的是几本当代西方最新的一些文化理论著作的译本，足见其视野开阔，敏感和博学。

2008年夏天，《回族文学》组织了一个活动，我和阿来都参加了。那次活动是在我的出生地、新疆昌吉市举行的。吃了晚饭，阿来、黄发友教授和我，在我小时候经常行走、如今已经面目全非的街道上行走，谈到了文学写作的边缘和中心问题，谈到了我在这里的童年，言谈甚欢。

在第二天上午的讲座中，面对台下的汉族、回族、哈萨克族、维吾尔族、蒙古族、锡伯族、满族等少数民族写作者，阿来口若悬河地谈到了他作为一个用汉语写作的藏族作家的处境，对母语的理解、对强势语言和弱势语言的关系的理解，非常具有启发性。他侃侃而谈，从他在美国参观了一些印第安人的保留地谈起，由此进入到对少数民族作家的探讨上，讲述了用非母语写作的处境和具有的优势。

2009 年，我拿到他的长篇小说《空山》的第三卷。《空山》第一卷出版的时候，从书名上判断，我以为这部小说带有浓厚的禅意，实际上这是一部结构机巧、以 6 个大中篇构成的"橘瓣式"长篇小说，6 个部分以向心的结构，结构了一个叫机村的地方的当代历史，并予以深度的批判。

机村，实际上是阿来对自己的故乡的代称，是他从故乡再度出发的一个原点。三卷本、长达 60 多万字的小说《空山》，以一些人、一些事、一些地理环境，环绕成一个巨大的花环状的叙事圈，展现了 20 世纪的历史在一个偏僻的中国乡村的浓重投影。

阿来已经超过 60 岁。在这个年龄，他到达一个随心所欲的创作之境。

让我简单地回顾一下他的经历：1976 年，17 岁的阿来初中毕业之后开始务农；次年，他到阿坝州一个水利建筑工程队当工人，开过拖拉机，当过机修工，会摆弄那些复杂的机械。这一年恢复高考，他进入到马尔康师范学校学习，毕业之后，他足足当了 5 年的乡村教师，再后来，1997 年他到成都担任《科幻世界》和《飞》

杂志的主编，使一本科幻杂志变成了畅销的出版物。

1998 年《尘埃落定》广受欢迎，阿来却投入到《科幻世界》的编辑活动中。几年下来，该杂志的发行量增长到几十万册，《科幻世界》已是全世界发行量最大的科幻类杂志，不久，又被世界科幻协会评选为最佳期刊。

2000 年，阿来当上了杂志的总编辑，很快又出任杂志社社长。如此热心于办杂志而且把杂志办得风生水起，是因为阿来觉得一个人可以挖掘自身不同的潜力。那几年，他经常在杂志社思考预算、方案、实施、结算、收益、成本，去打通关节，参加各种文化活动。但他内心有一个强大的东西存在，因为，文学在他的内心是一种最重要的东西。办杂志毕竟非常影响自己的创作，阿来还是坚决辞去《科幻世界》杂志社社长的职务，开始专心写作，因为他要写的东西对于他实在更重要。

2009 年，不再担任杂志主编的阿来当选为四川作家协会主席。

在近 30 年的创作生涯里，阿来都是利用业余时间来写作的，到 2009 年，我想，他终于可以如愿以偿地有更多的时间从事专门的、心爱的写作了，而在《空山》之后，阿来喷薄欲出的，会是什么样的作品？

3

阿来是当代中国作家中，与拉美文学渊源很深的作家。他是用汉语写作的作家，长期在四川藏区生活，并游走于川藏线和高原上，笔下的大部分作品都是对藏区的历史和神话的书写。对此，他曾经这么描述：

　　20 多岁的时候，我常常背着聂鲁达的诗集，在我故乡四周数万平方公里的土地上四处漫游。走过那些高山大川、村庄、城镇、人群、果园，包括那些已经被丛林吞噬的人类生存过的遗迹。各种感受绵密而结实，更在草原与群山间的村落中，聆听到很多本土的口传文学。那些村庄史、部落史、民族史，也有很多英雄人物的历史。而拉美爆炸文学中的一些代表性的作家，比如阿斯图里亚斯、马尔克斯、卡彭铁尔等作家的成功，最重要的一个实践，就是把风行世界的超现实主义的东西与拉丁美洲的印第安土著的口传神话嫁接到了一起。从而创造出一种全新的、只能属于西班牙语美洲的文学语言系统。卡彭铁尔给这种语言系统的命名是"巴罗克语言"。他说"这是拉丁美洲人的敏感之所在"是不是为了标新立异才需要这样一种语言，不是，他说："为了认识和表现这个新世界，人们需要新的词汇，而一种新的词汇将意味着一种新的观念。"

（阿来著《看见》第 181—182 页，湖南文艺出版社 2011 年 7 月版）

　　从 2005 年到 2009 年，阿来以两年一部的速度，接连出版了长篇小说《空山》三卷。《空山》第一卷分为 2 个部分：《随风飘散》和《天火》，第二卷的 2 个部分：《达瑟与达戈》和《荒芜》，第三卷同样分为 2 个部分：《轻雷》《空山》。这三卷 6 部小说总字数在 65 万字，是相当厚重的。一开始，读者很容易从书名上判断这部小说带有浓厚的禅意，因为"空山"是禅宗一个很重要的意象。"空山不见人，但闻鸟语声。"

　　小说《空山》的结构是阿来呈现的新的探索，构成了首尾相连的花瓣式样的结构。《空山》继续了阿来在《尘埃落定》中的对历史的追寻和发问，结构了一个叫机村的地方的当代历史，并予以深度的批判。

　　机村，实际上是阿来对自己的故乡的代称，是他从故乡再度出发的一个原点。三卷本、长达60多万字的小说《空山》，是阿来为一个叫机村的乡村所立的长达50年的传记，这个传记由人的命运、形象、语言、声音和他们的关系构成。

　　2009年，他出版了长篇小说《格萨尔王传》。这部长篇小说是阿来与苏童、叶兆言和李锐一起参加的英国某个出版机构所发起的"重述神话"写作计划，是英国一家出版机构在全球范围内寻找优秀作家来讲述自己民族的神话故事，有点像命题作文。

　　阿来的这部小说可能是这个系列里最好的，《格萨尔王》是世界最古老的神话史诗，一直流传在藏族民间艺人的嘴上，流传了1000多年。据说，这也是世界上最长的史诗，荷马史诗中的《伊利亚特》和《奥德赛》分别长达15693行和12110行，印度的史诗《摩诃婆罗多》长达20多万行，而《格萨尔王》则有150多万行。

　　这么巨大口传史诗，如何把它变成一部小说呢？阿来举重若轻，全书分为三部，第一部《神子降生》，讲述了格萨尔王降生人间的过程。第二部分《赛马称王》，选取了格萨尔王成长为王的一些关键性故事。第三部《雄狮归天》，则讲述了格萨尔王最终回归天界的故事。阿来他能以神话原型在当代的变形的方式来讲述这个古老的故事，让神话在当代开出了文学的花朵。

在小说中，阿来精心设计了两条并进的叙事线索：一条以千百年来在藏族人中口口相传的史诗《格萨尔王传》为底本，侧重讲述格萨尔王一生降妖除魔、开疆拓土的丰功伟业。《格萨尔王传》是全世界最为浩大的活的史诗，光整理现在出版的就有70多部，百万以上的诗行，人物众多，故事浩繁，阿来精选了最主要的人物和事件，在细节上精雕细琢，着力以现代人的视角诠释英雄的性格和命运，赋予神话以新的含义和价值。

另一条线索，则围绕一个当代的藏族格萨尔说唱艺人晋美的成长经历展开。阿来将他所接触的众多格萨尔说唱艺人的经历、性格和情感，浓缩到了小说中"晋美"这个角色身上。牧羊人晋美偶然得到"神授"的说唱本领，从此四处流浪游历，以讲述格萨尔王的故事为生，逐渐成长为一个知名的"仲肯"。他在梦中与格萨尔王相会，与格萨尔王莫逆于心，当格萨尔王对无休止的征战感到厌倦时，晋美也醒悟到"故事应该结束了"。在说唱故事终章的一刻，他也结束了自己的"仲肯"身份。

这部小说还带有元小说的元素，正如每个格萨尔说唱艺人心中都有一个独特的格萨尔王一样，阿来在这部作品中融入了自己对格萨尔王、对藏族精神的新的理解和阐释。阿来笑称：晋美就是我。通过晋美之口，他讲述了一个与传统史诗不大一样的故事，塑造了一个不大一样的格萨尔王形象。以往的说唱艺人张扬的是格萨尔王的神性，而阿来着力揭示的是格萨尔王的人性一面。阿来希望借这本小说，带领我们走入藏族的历史，也走入藏族人的内心，阿来试图通过这本小说实现当代和古老文明之间的对话，进而促成不同文化之间的理解和交流。

4

2012 年，阿来推出了《草木的理想国：成都物候记》。阿来说，城市里的花草，跟城市的历史有关。它们是把自然界事物和城市连接起来的媒介，同时也把我们带到一个美的、文化意味悠长深厚的世界。写海棠时，他想到贾岛在四川的乡下做小官，看到西府海棠林时写下"昔闻游客话芳菲，濯锦江头几万枝。纵使许昌持健笔，可怜终古愧幽姿"。

宋代陆游写梅花，"当年走马锦城西，曾为梅花醉似泥"。当时的"锦城西"如今在成都的二环内，除了青羊宫和杜甫草堂外，没有什么建筑留下来了。寻找一个城市的记忆，不一定要到博物馆或者找一两件文物、线装书，把植物的历史挖掘出来，就是一种文化。

2013 年 8 月，他在《人民文学》杂志上发表了长篇非虚构作品《瞻对：两百年康巴传奇》，获得了当年的"人民文学非虚构文学奖"。

这部非虚构历史作品描述的，是四川藏区一个康巴人居住的县叫作瞻对的地方，在清初到民国时期甚至到共产党执政之后，几百年之间，与中央政府、地方政权的关系。彪悍的康巴人不断地挑战经过这一地区的中央派驻官员，几百年的时间里，这样一个铁疙瘩才被融化了。瞻对，这个清朝雍正年间只有两三万人的地方却惹得清朝政府 7 次对之开战，且每次用兵都不少于 2 万人。

民国年间，此地的归属权在川藏双方相互争夺，谈谈打打、打打谈谈中摇摆不定，这样的对抗为何竟持续了 200 余年？在这部书里，阿来夹叙夹议对其进行了解读：固然地形复杂、易守难攻，当地人性格彪悍、难以制服，最根本的问题，是落后的时代、落后的社会制度以及长期形成的盲目"尚武"等习气。

民族矛盾和文化冲突至今依然是困扰全世界政治家的难题。《瞻对》有强烈的现实关怀，更难得的是该书把历史的严谨与文学的生动浑然一体。作品一开始从1744年的抢劫案说起，极其清晰地呈现出战情的跌宕起伏，阿来没有靠虚构，不去写乾隆皇帝如何龙颜大怒，而是根据皇帝圣旨和官员之间的往来把这些写得头头是道。

阿来称"历史上真实发生过的种种事情已非常精彩了"，因此选择非虚构文体来处理这个题材。他认为"这本书不是在写历史，而是在写现实"，这里边包含他强烈的愿望，那就是："作为一个中国人，不管是哪个民族，都希望这个国家安定，这个国家的老百姓生活幸福。"

马原

1

　　马原是 20 世纪 80 年代中后期出现的"先锋文学"浪潮中的代表作家。他 1953 年出生于辽宁锦州，1970 年中学毕业，农村"插队"三年。后来在工厂当过工。1978 年适逢高考，他考入了辽宁大学中文系。

　　马原 1982 年大学毕业后主动申请，来到西藏，在西藏前后生活了 7 年，担任过媒体的记者、电视台编导等。1989 年，他调回辽宁，做了专业作家。1993 年，在当时"下海"浪潮之中，马原前往海南，在海口一家文化公司任职。但马原发现经商远比写小说艰难，他经商失败之后，开始从事影视和话剧剧本的写作，并在海南大学担任客座教授。那几年，马原还拍摄了一部记录中国现代文学史上的大作家的纪录片，这个纪录片因为资金匮乏中途搁浅。但也拍了像巴金、冰心、沈从文等作家的珍贵的影像。

马原于 2000 年调入上海同济大学，教授文学和电影，很受学生的欢迎。他的教案后来被出版为《小说密码》和《电影密码》。2008 年，马原因为身体原因，离开同济大学中文系，前往海南休养。2012 年，他前往自然环境更好的云南勐海县定居下来。这是马原的一些基本的生活轨迹。

马原的写作明显分为 3 个阶段。第一个阶段，就是从 1984 年发表第一篇短篇小说《拉萨河的女神》，到 1997 年由作家出版社出版了马原的四卷本文集为止。这个阶段，马原创作了一部长篇小说《上下都很平坦》，中篇小说《虚构》《冈底斯的诱惑》《西海的无帆船》《旧死》《双重生活》等 17 部，短篇小说《叠纸鹞的三种方法》《拉萨生活的三种时间》《涂满古怪图案的墙壁》《康巴人营地》《游神》《错误》等 36 篇。此外，他还写有戏剧剧本《爱的拒绝》和《过了一百年》，以及一本随笔集《两个男人》。这就是他第一个阶段的全部作品了。

在这个时期，马原是当代文学的明星级的人物，喜欢文学的，没有不读马原的。在小说的叙述方式上，马原的叙述方式革新，与格非、苏童等"先锋派小说家"，给当时的中国文学带来了强烈冲击，是研究 20 世纪晚期的中国文学绕不过去的现象。

2

马原受包括拉美小说在内的西方现代派文学的影响巨大。他是对 19 世纪、20 世纪外国小说阅读和研究并重的小说家。这一点，他在同济大学给学生讲课的时候表现得更突出。对于拉美文学，马原最喜欢谈论的、受到影响最深的，还是博尔赫斯。他说：

　　博尔赫斯是 20 世纪一位具有非凡影响力的作家，中国有很多作家，包括余华、格非、残雪，他们都为博尔赫斯所着迷。很多批评家也喜欢博尔赫斯。这个作家真是奇幻无比，他一辈子写的小说结成集，也不过是我手里这么不厚的一本，全部都是短篇，几乎没有一篇超过 1 万字，但是影响了 20 世纪很多作家。

　　……有些批评家说我受博尔赫斯的影响比较重，博尔赫斯确实是我很喜欢的一个作家，我想他最大的魅力是虚拟，但是我不是。就像有些评论说国内某作家受我影响，言外之意跟“模仿”也差不多，但是我也不认为这个说法正确。比如我最着迷的是一个物理学名字——位移，我最喜欢考察各种情形下各种人和事物之间的相对位移；当挪动某一个位置之后，其他相关任何事物会发生什么变化。在叙述上影响我最大的，一个是英国的菲尔丁，另一个是瑞典女作家拉格洛夫。海明威和博尔赫斯排在第三、第四。

　　博尔赫斯是作家们的作家，阅读博尔赫斯的小说可能更多的是作家，是艺术家，他的小说留给同行们的提醒可能更多，想象空间可能更大。我们从他那里会汲取营养，写我们自己的故事。但可能不会像他那么写，因为我担心会失去我的读者。海明威的方式和博尔赫斯的很不一样，同样写杀人，海明威就不像博尔赫斯那么沉得住气，他一定不让他的读者觉得很沉闷沮丧。

（马原著《阅读大师》第 248—252 页，《杀人游戏》，上海文艺出版社 2002 年 1 月版）

　　马原对博尔赫斯的认识和看法是很深入的，这一点，在他自己的作品中都有所体现。和博尔赫斯一样，马原将小说看成了一种叙事艺术的高级智力游戏，因此，在叙述的方法上，马原从博尔赫斯那里学到了很多。

在他的中短篇小说中，叙述者常常就是马原本人，作者亲自出场讲述故事，把小说写得假亦真来真亦假，使读者又迷惑又清醒又不知真假。马原不断地设立一些叙述的圈套，在有些小说里，叙述者有多个分身，其实，都是叙述者本人的化身，或者是小说主人公的多个侧面，由此，会让人想到了博尔赫斯笔下的迷宫。

不同于博尔赫斯的那种来自哲学和玄想的迷宫的地方，马原的迷宫还是人物命运的宿命感和不可测感，是故事的扑朔迷离感，而不是博尔赫斯式的带有玄学的性质。当然，马原的小说最终也指向了虚无，指向了命运的吊诡是由一个可能的终极掌控者所控制，但是，他的小说人物和故事总的来说是可感的、现实的、生动具体的。

马原这个时期的小说，其中的男人形象还有海明威作品的影子和影响，大都是硬汉，或者孤独面对生活挑战的人。这也难怪，马原在西藏生活了7年，他见过、听过了太多生生死死的事情，而且在这些事情里面，男人，都是能够顶天立地、自我负责的。这使马原的小说写作与博尔赫斯笔下那些在阿根廷的大草原上生活的高乔人互相映照。高乔人和藏族人以及东北人一样，都是彪悍、豪爽、温柔和敢于掌握自己的命运的，哪怕最终将面临一场悲剧，这些男人也勇敢地前行。

看他下面这段话，就知道他是如何从博尔赫斯和海明威那里学习到了真功夫的了：

　　博尔赫斯是阿根廷作家，是 20 世纪像海明威一样，在世界范围内影响最大的小说家。博尔赫斯对中国读者和作家的影响主要是来自他的小说。同样是讲杀人故事，博尔赫斯的《等待》和海明威的《杀人者》有一个小说本质上的不同。博尔赫斯可能更关注灵魂。《等待》这篇小说中几乎没有情节，甚至没有人物。小说讲一个人到旅馆投宿，登记时他报了要杀他的那个人的名字。接着整篇小说就描述这个人琐屑无聊的日常生活，他一直在等待被杀的那一刻的降临，甚至在梦境中也在等候。他把生活中一些偶然事件都和眼下自己面临被杀的境遇联系起来。在电影院里有人曾经和他撞了一下肩膀，他就一直想那个人可能就是杀手中的一个，可能就是来杀他的人。他把生活和想象、梦境和现实都混淆在一起，煮成了一锅乱粥。然后有一次当他正处在这种混淆不清的状态时，他正在睡觉，忽然被响声弄醒了。他看到要杀他的那个人带着枪和几个陌生人走进房间，他对他们摆摆手，说，别来打搅我，就翻身继续睡。因为他以为这几个人不过是他每天持续不断的梦境的一部分，于是，他最后在梦境中等来了枪声。博尔赫斯在结尾写道："他正在恍恍惚惚的时候，枪声抹掉了他。"

　　博尔赫斯的小说，你读了之后，真是一连串的幻觉和梦魇。你看不到人物，人物事实上是不存在的。博尔赫斯的很多小说都这样，有人名，但确实没有人物。在古典小说中，人物本来是小说绝顶重要的表现对象，是小说的核心。而在现代主义小说里面经常都没有人物了，都是符号，是影子。

（马原著《阅读大师》第 18—19 页，《海明威的男人哲学》，

上海文艺出版社 2002 年 1 月版)

　　除了博尔赫斯，马原当然也看过加西亚·马尔克斯的作品，和很多其他拉美小说家的作品。不过，似乎加西亚·马尔克斯的魔幻现实主义对他的影响没有那么的巨大。

　　马原还是在小说的写作技巧上，四处取经，创造出一套自己的看似故弄玄虚并且真真假假，实际上类似元小说——关于小说的小说——的那种叙述圈套式的写法，让中国当代文学令人耳目一新，也影响了不少后来者。

　　他是这么谈论加西亚·马尔克斯的：

　　　　在谈到海明威的《杀人者》的时候，我想到拉美作家加西亚·马尔克斯——就是写《百年孤独》而名噪世界的那个马尔克斯，他有一篇很有名的中篇小说《一件事先张扬的凶杀案》，小说的故事是讲一对兄弟去杀人，起因是他们刚结婚的妹妹被男方发现不是处女而被要求退婚，妹妹被赶回家，两个哥哥就审问妹妹到底谁要为这件事情负责，最后他们把一点落到了某一个男人身上。在确定了责任人之后，两兄弟就开始大肆吵闹，吵得四邻都听见，说不能便宜了那小子，一定要让他负责任，要杀了他。而我们在这个过程中看到的其实是两个兄弟的懦弱，因为杀人者愿意让这件事仅仅作为一个话题存在。这个故事的结尾很不幸，要被杀的那个小说教师居然也没逃，一直等到两兄弟找上门来杀了他。

　　(马原著《阅读大师》第 253—255 页，《杀人游戏》，上海文艺出版社 2002 年 1 月版)

　　在马原的笔下，时间的运用，也是他最重要的写作手法。

　　1987 年，马原出版的长篇小说《上下都很平坦》，从题目上看，有一种暧昧的意义含混，读者并不知道这本书是说什么的以及为什么，是哪个地方"上下都很平坦"？细读之下，才发现，这是一部讲述知青生活的小说。

几个知识青年来到了乡下，但马原笔下的知青生活，早就没有了"知青文学"兴起时的那种梁晓生笔下《这是一片神奇的土地》的浪漫，也没有阿城笔下《棋王》的空茫，既没有王小波《黄金时代》里的黑色幽默，也没有张抗抗《隐形伴侣》中的女性精神分析，有的就是一种白描和讲述。

讲述者显然已经回到了当下，他讲述的是姚亮、陆高、瓶子、小秀、江梅、肖丽、二狗、赵老屄等人的故事。其中，马原还煞有介事地引用了笔下人物姚亮的作品片段，使这部带有自传性的小说产生了间隔感，最后，小说表达的是生活的苍茫、无意义和虚空。而剩下的，就是马原绕来绕去的叙述方式，以及将笔下人物分割、回旋、插叙、割裂等讲述的命运，大都与死亡宿命有关。

当然，马原最有名的小说开头是这样的：

> 我就是那个叫马原的汉人，我写小说。我喜欢天马行空，我的故事多多少少都有那么一点耸人听闻。我用汉语讲故事；汉字据说是所有语言中最难接近语言本身的文字，我为我用汉字写作而得意。全世界的好作家都做不到这一点，只有我是个例外。

马原就这么直接出场了，担任叙事者。但是，有时候，我们有理由怀疑，这个叫马原的叙述者，就是马原本人吗？显然，是不一定的。

马原的小说，既是虚构的，却是假装真实的，然后他又解构了小说的故事本身。他不断地营造这叙事的圈套，让读者进去，然后上当，随后读者会发现，小说里面不过是个虚空，人物命运都导向了死亡和虚无。要往深里追问，可能马原的小说还与存在主义有些关系，表达的是人的存在的意义究竟指向了哪里。

3

马原创作的第二个阶段，是从他到上海同济大学任教开始。这个阶段，马原停止了小说创作，只出版了 2 部关于小说和电影的讲课笔记《小说密码》《电影密码》，创作上似乎比较沉寂。

马原还抛出了"小说已死"的观念，就好像语不惊人死不休，他自己停止写小说了，小说就"死了"。不过，马原的这个观点，也代表了一些人的想法。对此，马原认为，新千年以来，电子媒介、电脑网络的迅速发展和普及，使得包括报纸、书籍、杂志在内的传统纸媒陷入了持续萎缩的状态，书籍阅读缓慢地衰落着，而小说过去的载体一直是纸媒承载的。如此一来，小说的命运就堪忧了。

马原可能是杞人忧天了。一个是书籍本身出版样式的完美性，将使书籍有着时间凝固的形式，就像意大利著名作家翁贝托·艾柯所说的，书籍很难死掉，因为它已经诞生，就是完美的了。书籍在电子媒体的冲击下，销量下降，特别是报纸这种无法抵抗时间的即时性纸媒，的确遇到了困难，但是说书籍的死为时过早。

马原在大时代的背景下思考"小说已死"，可能说的是小说的传统传播样式在"死亡"，但小说借助网络电子媒体，可能会有新的生机也不一定。马原认为，小说会更加边缘化，很多影视剧都改编自小说，但很多人知道或者阅读小说却是在影视之后。他坚持把有经典意义的小说和流行的叙事文本分开，它们是不同的。

马原坚信，经典长篇小说特别不适合在屏幕上阅读和进行再创作，网络新媒体势必带来新的叙述，但这种叙述尚未诞生。他认为，小说并不会彻底消失，而是即将变成博物馆艺术，就像话剧和诗歌一样，在小范围内传播，在特定场合表演。我想，这些都说早了，小说是人类的本性——好奇心——所驱使的艺术，小说的"死亡"是非常困难的。

这个阶段的马原，其思考和写作精华，都体现在《阅读大师》《小说密码》《电影密码》之中，分析了很多小说大师、杰出同行以及小说技巧、创作笔记、剧本秘籍、电影解密等等，读者可以自行找来看看。

马原创作的第三个阶段从 2012 年他出版了长篇小说《牛鬼蛇神》开始，他再度迸发了创作热情，又接连出版了长篇小说《纠缠》《荒唐》，以及带有童话色彩的作品《湾格花园》。他依旧处于旺盛的写作状态，是非常让人惊喜的。我再来引用一段马原谈博尔赫斯的话：

博尔赫斯的小说里有大量的以迷失作为结局的例子，很有名的一篇小说叫《沙之书》。（讲述）有一个人上门推销书，他说他有各种版本的《圣经》，叙述者说自己不缺《圣经》。然后推销者说他还有一本书叫《沙之书》。他把书拿出来让叙述者看。这本书没有顺序的页码，任何一页都不会重复也没有秩序，无始无终，每次翻阅到的地方你再次翻阅就找不到了，真的像流沙之书一样一直在变动。一开始叙述者还充满热情地看这本书，到后来忽然觉得没有意思，并很恐惧，心想这种东西太可怕了，最好让它消失掉。因为叙述者是供职在一家图书管理，于是他就把这本无际无际无始无终的奇书，随便放到了图书馆的一个书架上，就让那本《沙之书》混迹于、消失于图书馆浩瀚的书海里，书本身也变成了一颗渺茫不可寻找的沙粒。

（马原著《阅读大师》第392—393页，《结局的十三种方式》，上海文艺出版社2002年1月版）

即使马原觉得书是有生命的，书会死亡，但对书本身的迷恋，是马原无法割舍的。博尔赫斯关于"沙之书"的描述，让马原体会到，即使写作是无用之功，也比不写好。何况，说书会"死亡"，但是书籍的出版却依旧十分的繁盛。

在2012年，马原借助长篇小说《牛鬼蛇神》的出版重返文坛，惊动了很多人。这部小说还获得了海南省搞的一次长篇小说奖的五部最佳小说奖。《牛鬼蛇神》述说的是他2008年生病之后，对生命、世界的一种新理解。小说的结构是倒叙的，又是一本带有自传性但自身呈现解构特征的小说。

小说分为4个部分，4个部分以地名北京、海南岛、拉萨、海南作为章目，每一个部分从第三章倒叙到第○章，小说在地理的转移、时间的变幻和时代的风驰电掣中，描述了两个人李德胜和大元的关系。李德胜是民间奇人，大元是当代作家，他们的关系在这个年代里穿行于纷纭的世相，拥有了万千世界但同时，都能自省自身，对自己有深刻的追问，对社会、自然、宇宙有着别样的观照。据说，《牛鬼蛇神》写了9个月，是马原"口述"，由他学生打字记录完成。新技术支持了身体不好的马原的写作，他可以口述，可以借助巨大的屏幕来修改、存储。

由此看，马原的第三个阶段的写作更具有了劫后余生、痛彻心扉的达观和入世感。2013 年，他的长篇小说《纠缠》出版，这部小说围绕着腰清涧先生死后留下的遗产处理，展开了叙述。儿女和突然出现的"同父异母"的哥哥之间，父亲和孩子之间，夫妻之间，一幅物欲横流时代的意乱情迷和人性大暴露。马原不再执着于叙事的技巧和圈套，而是着眼于世道人心。

马原的最新作品是 2014 年发表在《花城》杂志第一期的长篇小说《荒唐》。这部小说依旧将视野放在了一个家庭之内，将时代外部的金钱给人们关系带来的影响，作为小说的支点。马原笔下那个永远都存在的、不断生死的、作者的一个分身姚亮，又出现了。这部小说的叙述密度很大，当下的经济社会的信息量也非常大，商业社会里的规则、结构、术语、股票、资本运作、金融手段、博彩都有涉及，由此可见马原的知识谱系之驳杂，创作能力的旺盛。有趣的是，小说的结尾最后一段是这样的：

他叫马原，他是个小说家。他就是我。我就是那个叫马原的汉人。

经过了 30 多年的写作，马原依旧是那个叫马原的汉人，他写小说，他是个小说家——一个非常好的小说家。

格非

1

很高兴格非先生成为北师大的驻校作家，我非常感慨，格非30多年来，他持续写作，在文学创作和文学评论以及文学研究方面，都取得了巨大成绩。因此，他进入北师大担任驻校作家，会提升北师大的文学氛围，也会树立新的标杆。

格非先生对我是有一定影响的。

我记得特别清楚，1985年，我读到莫言的《透明的红萝卜》那个感觉，眼前不光是亮了，而且是激动无比。此前没有读到这样的小说，这给我了当代文学的启蒙。1987年《收获》的第二期读到格非的《迷舟》，我更加兴奋了，作为一个十七八岁的文学少年，我那时候刚刚开始喜欢当代文学，读到莫言、格非、苏童、马原等作家的作品，觉得他们是横空出世。此前我受到的文学的影响，都是中国的传统小说和外国小说的影响，还有评书等中国古典文学、唐诗宋词的影响，但那些离我是很远的。但读到包括格非在内几位作家的小说，真的是对我影响特别大。

我想说的是，格非老师是作家学者化的典范。假如真的有作家学者化这回事，那么，格非就是最佳的典范和例证。

他来到北师大担任驻校作家，北师大把这么多好作家、好诗人都请过来做驻校作家和诗人，这些作家们形成一种新的文学教育、创意写作的氛围，文学教育就形成了一种新的趋向。因为，有格非这样真正学者化的作家作为领军人物，北师大的文学教育一定会再上台阶。中国大学校园里，也会出现新的学者化的作家，这都是可以预见的。

2

格非原名刘勇，他 1964 年出生于江苏丹徒县，1985 年从华东师范大学中文系汉语言文学专业毕业后留校，2000 年获得了文学博士学位，毕业论文是《废名的意义》，分为四节：桥、水、树、梦，成了小说家博士论文的典范之作。同一年，他离开了上海，调入了清华大学中文系任教。在清华大学，他是一个很受学生欢迎的老师，主讲写作课、小说叙事学、欧洲电影等。

格非在文坛上出道很早，1986 年他年仅 22 岁，就发表了小说处女作《追忆乌攸先生》，1987 年发表中篇小说《迷舟》、短篇小说《青黄》，1988 年发表了短篇小说《褐色鸟群》。这几篇小说给他带来了"先锋派小说家"的标签，与当时的马原、苏童、孙甘露、北村等一批作家成了实验小说作家群中的一员，一举成名。

　　格非属于学者型作家，属于凤毛麟角的博士作家。他的作品都呈现出对语言和形式的讲究，在早期创作的中短篇小说中，他总是在营造叙事的迷宫，带有智力游戏的性质。他的作品准确、节制、优雅、悬疑、精致、游移、纯粹、矜持和生动，还带有诗性。

　　从1986年到如今，他一共创作了《风琴》《迷舟》《锦瑟》《相遇》《蒙娜丽莎的微笑》《隐身衣》等44篇精美的中篇小说和短篇小说，创作了《敌人》《边缘》《欲望的旗帜》和由《人面桃花》《山河入梦》《春尽江南》构成的"江南三部曲"共6部长篇小说，可谓是有着持续的创造力的当代杰出小说家。

　　由于出身于学院，格非是一个阅读量非常巨大的学者型小说家，他深受博尔赫斯、普鲁斯特、卡夫卡等西方现代派小说大师的影响，在很多随笔中，他详细描述了他们对他的影响。这些随笔被收录于《塞壬的歌唱》《博尔赫斯的面孔》两部随笔集子里。

　　而本文主要探讨的，是他受到哪些拉美小说大师的影响，对欧美其他被格非所心仪和评介的作家，就不涉及。我们来看看格非是怎么谈及拉美文学的：

　　　　拉丁美洲的小说在20世纪中叶前后的崛起，使同时代的西方文学黯然失色。然而，说起拉美文学与西方文学特别是现代文学的关系，即便在拉美文学界，亦有不少的争议。不过，在博尔赫斯看来，争论本身并没有多少价值。他在《阿根廷作家与传统》一文中指出，那种担心向西方学习从而丢掉本民族的"地方特色"的忧虑，其实是荒谬的，因为真正土生土长的东西是不需要任何地方特色的。民族主义者貌似尊重民族或地方特色，而结果却只能使创造力陷入自我封闭、窒息以至衰竭。在另一个场合，他不无调侃地检讨自己的"错误"："我一度努力使自己成为一个阿根廷人，却忘了自己本来就是。"博尔赫斯本人的创作与欧洲大陆文学传统有着千丝万缕的联系，而他的创作题材还涉及阿拉伯、印度和中国。

阿莱霍·卡彭铁尔在谈到拉美文学的辉煌成就时，曾不无自豪地宣称，当代所有的拉美作家都具有世界眼光。他本人的创作就是从超现实主义开始的，而阿斯图里亚斯、巴尔加斯·略萨、胡安·鲁尔福、富恩特斯、科塔萨尔等作家都不约而同地采用了现代主义的叙事方式。这固然与西方现代主义小说的影响不无关系，但更为重要，叙事方式的变革，形式的创新也是真实表现拉丁美洲现实的内在要求。也就是说，并非作家人为地制造荒诞与神奇，拉丁美洲的现实本身就是荒诞和神奇的。这块有着不同多种族、血统、信仰的新大陆所构建的光怪陆离、荒诞不经的现实，也在呼唤着别具一格的新的表现方式。

（格非著《塞壬的歌声》第98—99页，上海文艺出版社2001年11月版）

格非敏感地意识到，必须找到一种和中国的历史和现实相呼应的文学形式。而1985年之后，由"寻根文学"所推动的文学区寻找文化记忆的根，去寻找自我的文化认同和民间写作资源，是非常重要的一个路向。但是，如何为当代汉语找到一种新的形式感和叙述方法，如何处理小说内部的结构、语言和叙述方法，是格非等先锋派作家的出发点。等于在1985年之后，寻根文学和先锋文学成为并驾齐驱的两股力量，分别从内容和形式上，去开拓当代中国小说的新格局。

　　而格非在小说的语言方面始终十分讲究，他所使用的语言，都是严谨和规范的甚至是纯正的，他精确而漠然地将汉语本身的精微和幽暗，覆盖了自己的小说意义的暧昧、多义和神秘，以多层面的叙述，让他笔下的小说成了散发语言光辉的文本。

　　细读之下，你可以感觉到格非的文字准确细腻，稍带华丽，不常使用口语，即使是对话，也极具书面性。对此，来自加西业·马尔克斯的影响是存在的。他说：

　　　　加西亚·马尔克斯曾说，拉美的现实向文学提出的最为严肃的课题，就是语言的贫乏。马尔克斯对语言问题的关注，在拉美作家中并非个别现象。实际上，一代又一代的拉美作家一直在致力于寻找并创造一种有效的叙事语言，用来描述拉美独特的现实。大部分拉美作家都使用西班牙语（也有人用法语和葡萄牙语）写作，但拉美的西班牙语是融合了印第安语、黑人土语并在历史的延续中发生着重要变异的泛美语言。一个墨西哥人能够理解古巴方言，而一个古巴人对于委内瑞拉俚语也能耳熟能详。正是西班牙语的自身的灵活性，可以使不同国家地区的作家随时对它加以改造：拆解并重组它的结构，改变词性和修辞方法，甚至重新创造出新的词汇，而这种"语言的游戏"却不会妨碍交流与理解，这的确是一个有趣的现象。……拉美作家似乎很少去关注语言的纯正性和规范化，他们迷恋的是语言在表达上的力量、无拘无束的有效性。我一直认为，叙事语言的成熟是拉美文学爆炸得以产生的前提之一。

　　（格非著《塞壬的歌声》第99—100页，上海文艺出版社2001年11月版）

除了在语言上的精雕细刻，格非对故事冷静的叙事，也是他追求的特点。加上精确的语言，使得他的小说充满了吸引人读下去的悬疑感。在这一点上，他和他心仪的作家博尔赫斯有着异曲同工之妙。他说：

　　……和海明威一样，博尔赫斯等作家仍沿用传统故事规则写作小说，但同时他们也已走入了传统现实主义小说和现代主义小说之间的两难境地。和海明威不同的是，博尔赫斯将自己感觉的困惑引入到叙述之中，在某种程度上，他们把自己的使命的难度变成了题材。我们不妨来看看博尔赫斯的小说《南方》：

　　小说故事的叙述极为简单，达尔曼去南方接受一笔遗产，他在出发前夕，额角被楼梯擦伤，因此得了败血症，他住进医院后医生告诉他，他已不治。但一个星期之后，医生出人意料地通知他，他的病好了，不久就可以出院。于是，达尔曼痊愈后来到南方，在途中被人杀死。从表面上看，这是一个典型的传统现实主义小说叙述的故事，但它并非如此简单，这个故事至少有两种读法，第一种读法即上述故事本身；另一种读法是，达尔曼确实死在医院中了，在临死之前他出现了幻觉：他对（自己）如此平常的死亡感到难以接受，在病榻上想象出另外的死法——在去南方的途中，（英勇地）和人格斗而死。究竟哪一种读法更符合作者的意愿，作者没有交代，他把自己感觉的困惑写进小说。在这个有头有尾、跌宕起伏的小说中包含着很多不确定的因素，任何一个层次的读者都可以根据自己的感觉对作品加以补充。正是这样，博尔赫斯避免了传统现实主义小说那种差强人意，同时，作家沿用了传统故事的推进程序，从而避免了现代主义小说晦涩难懂的通病。

通过上述分析，我们有理由相信，现代主义小说在经历了对传统现实主义小说的反叛之后，又开始了某种意义的回归。这种回归是建筑在对传统现实主义和现代主义小说全面考察的基础之上的。当然，现在很多作家依旧运用古老的传统现实主义小说手法写作，也有的作家进行更为激进的小说实验，可是越来越多的作家在传统现实主义和现代主义之间选择了一条谨慎的中间道路。我认为，这条道路至少是可行的。

（格非著《塞壬的歌声》第50—51页，上海文艺出版社2001年11月版）

格非在这里明确地提出，在传统的现实主义和现代主义之间，选择一条中间的道路，是可行的。这段时间，是他受到博尔赫斯影响最大的时期，他也多次谈到了博尔赫斯对他的影响。

我们先来看看他早期的小说《迷舟》和《褐色鸟群》。中篇小说《迷舟》是他的成名作，这篇小说从另外的一个角度，描绘了北伐战争时期的一场带有悬疑色彩的战役，巨大的历史被很小的细节所改变。这篇小说的确是带有着博尔赫斯的浓重的影响，让我想起来博尔赫斯的那篇名作《交叉小径的花园》。在博尔赫斯笔下，一场战役的结果的改变，也是因为一次带有偶然的刺杀行为。

在《迷舟》中，属于格非自己的，是叙述的悬疑腔调，语言的精致玲珑，以及题材的中国化。短篇小说《褐色鸟群》也是当时让很多人感到疑惑的小说，这篇小说解读起来十分困难，相当费解，没有人能够说清楚，格非是要说什么，只是感觉到小说中有一种氛围，有男人、女人，也有他们之间的欲望。小说有象征、隐喻和谜语，但无法确切地说明白。

这篇小说的出现，实在是颠覆了1911年以来的现当代小说传统，主题模糊，时间氤氲，人物简化，环境暧昧。小说的叙事结构，类似埃舍尔的怪圈，每个圆圈讲述的，都是主人公和一些女人之间的关系，这几层圆圈彼此相交、相切，最后相离。小说由此导向了怀疑论、不确定和时间迷宫。最终，读者觉得这篇小说是在讲述怀疑存在确实性的一种探讨，趋向了哲学。

3

在20世纪90年代，格非分别出版了三部长篇小说：《敌人》（1991）、《边缘》（1993）和《欲望的旗帜》（1996），这三部小说牢固地奠定了他在先锋实验文学领域的地位。而且，这三部小说都带有着那个年代的特殊印记，在市场化走向的社会里，显示了先锋文学的疏离感和高蹈姿态。

《敌人》只有16万字，是个小长篇小说，它的背景设定在民国时期。财主赵少忠继承了一份家业，但是这份家业与一场大火有关，而谁是纵火犯？这是赵少忠要寻找的"敌人"。小说从赵少忠的祖父、父亲到赵少忠进入老年之境，都在探讨着"敌人"是谁。小说从头到尾，都笼罩在寻找"敌人"的神秘气氛里。宿命、死亡和欲望，这些人类被裹挟的东西，都在小说里翻腾，但格非的叙述则不露声色。最终，小说实际上导向了敌人的虚空和意义的虚无。我阅读这本书后所有产生的感觉，有点像博尔赫斯的迷宫小说加法国新小说派阿兰·罗布·格里耶的物化小说的那种感觉。

《边缘》篇幅也不大，却表露出格非重构中国 20 世纪历史的雄心，他想以小见大地撬动那凝重的历史。小说由一个经历了 20 世纪的老人的回忆构成，叙述者是"我"，"我"一次讲述了自己在事件和历史中的旅行，各种盲目的选择和古怪的命运，一系列出现在主人公的生命中的人，最终都各自陨落。宿命感笼罩在小说中。由于格非和李洱是好朋友，我倒是觉得，这部小说可以和后来李洱写的长篇小说《花腔》，构成了一个互相映照的文本，有兴趣的读者可以参考阅读。

格非第三部长篇小说《欲望的旗帜》把目光转向了当时的现实，他书写了大学校园。他笔下的大学校园，依然有着某种无法和现实对应的准确，而是他虚构的某种精神境遇和状态。大学知识分子的生活是他最熟悉的，但是他此前一直在回避这个题材。

小说一开始，一场学术会议即将举行，但核心人物贾兰坡教授突然自杀坠楼，会议被迫中断，赞助商也被捕，欲望的旗帜在每个人心头升起来，但是，欲望的旗帜该如何落下来？格非在这部小说中，采取了讽刺和暗喻的方式，接入 20 世纪 90 年代中后期愈演愈烈的金钱至上的社会风气在高校里面的影响。

正是在这个时期，拉美文学的另外一个小说大师加西亚·马尔克斯开始对他施加了影响。关于加西亚·马尔克斯，格非是这么说的：

> 加西亚·马尔克斯所关注的语言问题，除了文字本身以外，更为重要的也许是"形式"，也就是语言与现实之间的复杂关系。他觉得有必要创造一套全新的叙事话语来适应拉

美的现实。这一点与詹姆斯·乔伊斯在倡导形式革命时的宣言如出一辙。不过，马尔克斯没有怎么师承詹姆斯·乔伊斯和马塞尔·普鲁斯特，而是师承卡夫卡、弗吉尼亚·伍尔夫、威廉·福克纳、海明威和胡安·鲁尔福。卡夫卡教会了他如何通过寓言的方式来把握现代生活的精髓，并帮助他重新理解了《一千零一夜》的神话模式，打开了一直禁锢他想象力和写作自由的所罗门瓶子。威廉·福克纳则给他提供了写长篇小说的大部分技巧，福克纳的那些描写美国南方生活的小说充满阴郁、神秘的哥特式情调，坚定了马尔克斯重返根源的信心。而且福克纳那庞大的"约克纳帕塔法系列"（小说）也在刺激着他的野心。直到他有一天读了海明威的《老人与海》之后，福克纳的影响才有所抵消。海明威用简单、清晰的结构和语言把握复杂深邃的现实生活的方法使他获益匪浅。《没有人给他写信的上校》从叙事上可以看出海明威对其直接影响。弗吉尼亚·伍尔夫对马尔克斯同样意义重大。马尔克斯本人在回忆自己阅读伍尔夫的《达洛卫夫人》时承认，这部作品的开头对于他（在《百年孤独》中）的马孔多镇的缔造，有着决定性的意义。那段开头彻底改变了马尔克斯的时间感，使他"在一瞬间看到马孔多镇崩溃的整个过程及其最终的结局"。更为重要的是，（伍尔夫帮助）马尔克斯理清了历史、传说、家族生活三重时间的关系，并对《百年孤独》《家长的没落》的写作产生了深远的影响。

（格非著《塞壬的歌声》第100—101页，上海文艺出版社2001年11月版）

　　这段文字，可以很好地帮助我们了解，现代主义浪潮对格非的影响，其是如何从欧洲的卡夫卡、弗吉尼亚·伍尔夫和福克纳、海明威那里，来到了加西亚·马尔克斯的身上。实际上，因为上述三部小说，这种影响也来到了格非的身上：对语言与现实的复杂关系上，格非走得比任何一个中国作家都远，格非也很强烈地意识到，他必须要创造一套全新的叙事话语来结构中国的历史和现实。而加西亚·马尔克斯，就是一个非常好的老师：

　　……我们知道，加西亚·马尔克斯的《百年孤独》这一漫长的故事是以作者的一段真实的经历为基础的：在许多年前，作者的外祖父马尔克斯上校带他去香蕉公司的仓库，让人打开一箱冰冻鲷鱼，把他的手按在冰块里。我们不难推断，作者在很小的时候就已经在"构思"这个故事了。他感到这里面有一种"令人激动的东西"等待着他去表达。他早期的创作在某种程度上完成了这一表达的准备。在这里，"见识冰块"与他个人生活世界之间构成了一种深刻的联系。尽管他后来将这个细节直接写入了《百年孤独》，但这种初始意象与整个故事之间的关系并不是简单演绎型的，作者从一个更高的层次对这个意象进行了重新创造和书写。

　　很多马尔克斯的评论者都注意到了"见识冰块"与"拉丁美洲的孤独"之间的象征关系。从文化社会学的角度来看，一个老人带着一个孩子去河边见识冰块这个细节无非包含着这样的信息：冰块是自然之物，地处热带的马孔多人却无缘得见。吉卜赛人将它引入马孔多时，村里的人都误认为它是钻石，并将它看成是"我们这个时代最伟大的发明"。它从某个侧面反映了拉丁美洲对域外世界的无知，反映了直接切入的欧洲文明与当地古老的神话般的生存状态之间的种种荒诞的关系，并且"埋下"了"孤独"的种子。

（格非著《塞壬的歌声》第30页，上海文艺出版社2001年11月版）

而对于加西亚·马尔克斯的理解，格非后来多次谈到，我就不再继续引用了。

4

进入到21世纪，格非继续迸发出创作热情和创造力。这个时期，他创作发生了有趣而鲜明的转向。这个创作转向，来自两种影响，其中之一是他对拉美文学的社会批判功能和历史批判功能的深化理解，第二个是他对中国古典的传统小说，比如《金瓶梅》与《红楼梦》这样伟大的世情小说的再认识，故他的小说发生了改变。

格非深入阅读了不少明清小说，他发现，我国古代文学没有一个维度确定小说一定要有强烈的政治批判性，因此，明清写风花雪月的小说非常多。只是到了1911年之后，文学救亡理论的风行，使小说有了一个重要的任务，就是反映现实政治。比如，鲁迅生活的时代，就可以通过小说和杂文来对社会与政治进行批判。但今天媒体如此发达，尤其是网络媒体和电子媒体的迅速发展，使作家仅仅具有批判力是不够的，文学应该还有更重要的任务。

这个任务，就是创造出与时代变化与时间流逝抗衡的文学文本。

格非从中国古典小说那里，学习到了叙事的从容和高明之处，他将那种传统作为他创作"江南三部曲"的巨大动力，花了

10年之功，完成了长篇小说《人面桃花》《山河入梦》和《春尽江南》，再度结构了20世纪纷纭变换的中国历史。

这三部系列小说，总字数在90万字左右，是格非最雄心勃勃的作品，也是他集大成的长篇力作。格非说，几年前，他曾受邀旅居在法国南部一个小村庄，专心写作《人面桃花》。那是一个非常偏僻的小村庄，但令格非惊讶的是，那里的农民都非常尊崇自己国家的文化，绝大多数农民对福楼拜、普鲁斯特等本土小说家的经典文学作品津津乐道。

格非非常羡慕这种发自内心的文化自信，他迫切需要走出西方小说和文化的影响，进入真正"中国化"的写作。格非的这种变化，让我想起来莫言开始创作长篇小说《檀香刑》的时候的决定：要大踏步地后撤到中国传统的文学叙事模式和方法里。这两个杰出的小说家，在这一点上，是高度地一致。

《人面桃花》是"江南三部曲"的第一部，小说的开局在清末民初，讲述的是江南某个大户人家的小姐陆秀米的人生传奇。她的父亲带着对桃花源的梦想突然离家出走，而寄居她家的，则是当时的革命党人张季元。陆秀米由开始对张季元的不解到喜欢上他，再到他被保守的政权杀害，通过他留下来的一本日记，才知道了张季元对她的情愫和他想建立一个大同世界的革命梦想。于是，这本日记也改变了陆秀米的命运，她后来也成为一个革命党人，被抓获，进了监狱。陆秀米的人生命运与时代巨变紧密相连，她的生命成了那个年代的个体脚注。

《山河入梦》将小说的时间背景放在了20世纪50年代之后，《人面桃花》中的陆秀米已经去世，她留下了一个儿子谭功达，谭功达成为县长，在当时的"人民公社"和"大跃进"以及"文革"当中，谭功达的命运不断地受到了冲击。他与一个叫姚佩佩的流落女子相爱，但是姚佩佩又再度成为逃亡的嫌犯。后来姚佩佩被抓获并处决，谭功达也被下放劳动改造，历经了人间的磨难。小说的结尾到了 1976 年，新的时代要开启了，谭功达却因为肝腹水而死去。

《春尽江南》讲述的是谭功达的小儿子谭端午的故事。小说的主体叙述事件只有一年，但是在插叙和回忆中，则将最近 20 多年的当代历程囊括其中。谭端午是一个诗人，而他的妻子庞家玉是一名律师，渐近中年之后，两个人的婚姻出现了危机。小说在他们两个人的周围，书写了其他一系列人物形象，将这个年代的社会变革在一对夫妇之间的生活中的投影，刻画了出来，并且意在描述时代的精神境遇。

这三部曲的叙述扎实有力，很多地方的对话精确而具体，从中国传统小说那里，他找到了叙事的，格非多次动用了白描手法，人物也是丰满的，非符号化的，小说也一反他在 20 世纪 90 年代那三部小说的神秘和玄学气质，没有了冥想和故弄玄虚，有的是细节、故事、人物、场景、对话，以及更为深入地对 20 世纪中国历史的打量和深入批判。

这可能是格非返璞归真的真面目，是他去伪存真，去掉那些外在影响，发现了属于和适合自己的真正的叙述方式的结果，这就是他所理解的现实主义的回归，也是格非最重要的一次尝试，等于他从两个方向上，接续起了欧美和拉美现代主义潮流与中国古典小说的叙事传统，并且结出了新的文学果实。格非还人在半途，他前程远大。

2018 年之后，他又接连出版长篇小说《望春风》和《月落荒寺》，继续他对知识分子和当代人精神境况的呈现。

残雪

1

每个优秀小说家都是独一无二的，所以我不同意残雪是当代小说家中的异类的说法。实际上，如果在艺术上没有独特性，还怎么成为一个优秀小说家？只能说，我们的观念是保守、僵硬和故步自封的。

残雪原名邓小华，1953年生于湖南。据说，残雪从小由外祖母抚养，她的外祖母多少有些神叨叨的，喜欢编故事讲给小残雪听，她还以唾沫代药，替孩子们搽伤痛处治病等等。就如同加西亚·马尔克斯有一个会讲故事的祖母一样，看来残雪的外祖母对残雪后来走上文学道路，也起了决定性的影响。

残雪小学毕业，1970年进入一家街道工厂工作，做过铣工、装配工、车工，她经历丰富，还当过赤脚医生，后来与丈夫一起，开过很长一段时间的裁缝店。她有神经性呼吸疾病，因此长期居住在干燥的北京，这对她的病很有疗效。

残雪是一个艺术特点十分鲜明的作家。的确，无论是言谈，还是作品，残雪都显示出某种"不合群"。我觉得，残雪属于那种自我内视的内倾性小说家，她着眼于一个人深层的精神世界，是女性文学和先锋实验小说的结合体。这样的作家在当代中国的确不多见，因此残雪也有更多可以骄傲的理由——也许她走的是一条文学的绝路，在这条路上，只有她一个人独自行走。

残雪甚至因此显示出某种激愤来，觉得自己受到了冷遇。残雪是一个创作十分勤勉的作家，迄今为止，她一共出版了10多部长篇小说：《突围表演》《最后的情人》《边疆》《吕芳诗小姐》《新世纪爱情故事》等，一部长篇散文体自传《趋光运动：回溯童年的精神图景》，另外，她还发表了《黄泥街》《思想汇报》《苍老的浮云》等20多部中篇小说。

她还写有《山上的小屋》《苍老的浮云》《污水上的肥皂泡》《阿梅在一个太阳天里的愁思》《旷野里》《公牛》《山上的小屋》《我在那个世界里的事情》《天堂里的对话》《天窗》等130多篇短篇小说，出版了关于伊塔洛·卡尔维诺、博尔赫斯、弗兰茨·卡夫卡等人的读书笔记专著，还有与她的哥哥、著名康德哲学研究专家、当代哲学家的邓晓芒教授关于文学和哲学的对话集，以及访谈、随笔集等多部。

由此看，残雪的确是一个特立独行的、多产的作家。从她写下的关于卡夫卡、博尔赫斯、伊塔洛·卡尔维诺的研究专著来看，她也明确地表达了自己的师承是谁，她受到的影响来自哪里。在拉美文学中，博尔赫斯是她最心仪的作家了。对此她有很明确的说法：

> 就我个人的划分，博尔赫斯的才应该叫魔幻现实主义。他的所有作品都与大众公认的现实无关，他描写了一个内在

的世界，他自己的现实，灵魂的现实，那个现实魔幻得不得了。他太怪了，我想，即使在其他国家，真正懂得他的作品的人也不多。比如巴尔加斯·略萨，就是一个读不懂博尔赫斯的二流作家，所以他才得了诺贝尔奖。这也是我决心写博尔赫斯的评论的原因。当然即使写了，还是没多少人懂。但不是已经造成影响了吗？我高兴做这种事。

　　至于加西亚·马尔克斯，我只喜欢他的几个中短篇小说，他的长篇小说不太好，基本上是观念写作。马尔克斯的大部分作品是关于那个表面的"外界"的，我不是那种作家。我只对内在的世界有兴趣，我要在我所有的作品中排除表面世界的干扰。现在中国文学界有种说话，叫"世俗关怀"，什么是世俗关怀呢？那就是关怀表面的东西，很多人认为表面的东西能使他们充分满足，中国人不重精神。我要搞的是"深层关怀"，现在知音还不够多，将来会多起来的。

（残雪著《为了报仇写小说：残雪访谈录》第149—150页，湖南文艺出版社2003年8月版）

　　残雪一向喜欢把话说得绝对，比如上述这段话中对加西亚·马尔克斯的所谓"外界"的批评。她对巴尔加斯·略萨的批评，是因为他对现实政治的关心那么的"外在"，残雪不喜欢他。批评残雪的人一向认为她是一个只待在屋子里写作的人，她的作品都是关于"屋内人"的。当然，她对博尔赫斯的盛赞，却是准确的：

　　博尔赫斯和鲁迅的《野草》写的就是灵魂的东西。就拿鲁迅的《与影子告别》与博尔赫斯的"两个博尔赫斯"对照吧。小博尔赫斯是艺术家的本体，老博尔赫斯是艺术家的灵魂，灵魂是有预见性的。小博尔赫斯告诉老博尔赫斯：你是我的梦，你是没有实体的。小博尔赫斯指出了老博尔赫斯本质的虚无的魅力。但老博尔赫斯又无法证实自己，他只是小博尔赫斯的一个梦。接下来，他们的冲突开始了。这与鲁迅的"影子"出来与"他"告别有相似之处。

（残雪著《为了报仇写小说：残雪访谈录》第105页，湖南文艺出版社2003年8月版）

残雪表扬一个作家的时候是那么准确和生动。

2

我们先来看看残雪的几部长篇小说。长篇小说《突围表演》写于1988年，那时残雪35岁，这部小说后来她以《五香街》为名又出版了一次，我不知道她到底喜欢哪个书名。总之，这两个书名是同一部小说。

这部小说在今天看来，也是一部不折不扣的女性主义小说，它淋漓尽致地描写了在"五香街"这个寻常街巷中的一次"莫须有的奸情"。小时候的女主人公是X女士，这个名字，让我想起"雪"这个残雪笔名中的字，也是"X"的拼音第一个字母。小说描写了特立独行的X女士在五香街上引起的轩然大波。X女士就像是卡夫卡笔下的"K"那样，感到自己被一种势力所包围，所窥视，所制约，所打击。当她不与众人同流合污，想过一种独立的隐秘的生活的时候，就被人泼上了传言的脏水，于是，她搞的"迷信活动"和传言中的奸情，成为周边人对她的指认。

在X女士看来，周围人对她的警惕、不满、嘲弄、意淫、偷窥、追随、恐惧不安、幸灾乐祸等等各类情绪和行为表现，恰恰是病态社会对一个想拥有自己空间、自我生活、自身价值的女性的不宽容、不接受。而 X 女士做出的反应，就是进行反击。面对她的不理不睬和强势蔑视，最后，周围的人试图通过选举她为五香街的"代表"，以期达到与她妥协的目的。

我认为，这部小说是残雪的长篇小说代表作。这是一部心理小说，一部有着悬疑气氛的精神分析小说，讲述的其实是 X 女士和她周围的人的性心理。小说的故事是支离破碎的，需要读者去拼合，小说的叙事部分是次要的，残雪在几乎每一页都有关于 X 女士及其对对立面的境遇的精彩的议论和推理、判断和揣测、归纳和演绎。

残雪在《突围表演》中，对中国人男权社会进行了无情地讽刺和戏仿、反讽和戏谑。那个每天都在演出一出滑稽、庄重、正确的，其实都是腐乏味平庸的男权社会——"五香街"，成了 X 女士反抗的战场。残雪将她向外的批判性表现得十分透彻，她的表现方式，则是卡夫卡式的寓言的方式，采取抽象的观念附着于具体却变形的人物身上，以投射出人的精神深层次的状态来。

这部作品深受卡夫卡的影响，我在这里再引用一段她关于卡夫卡的谈话：

> 博尔赫斯和卡夫卡创造的都是纯而又纯的尖端艺术，他们对作品的要求极其苛刻，不求读者多，只求同终极之美靠得近。写关于他们的评论既是为了我自己的创作，也是出于对国内文坛现状的不满。谈到影响，我 1998 年才开始读博尔赫斯，卡夫卡倒是对我有过决定性的影响。我喜欢他那种高超的精神舞蹈，还有那种奇异的爆发性的生命力。可惜国内真正读懂他的人少而又少，为此我写了一本书，书名叫作

《灵魂的城堡》。

（残雪著《为了报仇写小说：残雪访谈录》第 132 页，湖南文艺出版社 2003 年 8 月版）

因此，《突围表演》何尝不是一部"高超的精神舞蹈"呢？残雪以自己的方式，回应了卡夫卡那艰苦卓绝的精神探险。

此后，残雪一直没有创作出版长篇小说；这种费时费力的小说，一直到 2005 年她才出版了自己的第二部长篇小说《最后的情人》。假如我们隐去作者的姓名，那么，读者完全会认为这是一部外国人写的小说。小说内的地理背景是虚化的，像是某个有庄园、牧场和橡胶园的地方，小说中的主人公有男有女，但他们的名字叫作乔、里根、金、玛丽亚、丽莎、丹尼尔、埃达、文森特，等等。

残雪通过这些符号化的男人和女人，将他们的夫妻之间、情人之间关系的纠缠搞得像是一张网。残雪探讨的，是人们内心的关于"情人"的隐秘的情结。之所以将小说主人公设定为西方人，就在于残雪认为这是一种普遍的人类现象。另外，这还是一部关于小说的小说——元小说。在这部小说中，人物像梦中的影子一样，漂浮在非中非西的社会环境中、家庭中和隐秘的个人空间里，自我构成，又自我消解。

我还注意到，这部小说是残雪在北京居住之后，于 2004 年底完稿的，因此，小说中的某些场景和城市符号，多少还带有了一点北京的影子，比如宫墙、广场等等，这是需要注意的，残雪笔下的小说意象和符号，所具有的北京元素。

2008 年，残雪出版了第三部长篇小说《边疆》，这部作品依旧带有着鲜明的残雪风格，那就是内向式的、想象的、超现实的和荒诞的，细节又带有现实主义风格的精确描写。小说的背景是一个叫作小石城的边疆小城，讲述六瑾的父母是如何在那座小城市里寻找生活的。多年以后，六瑾前往小石城，去寻找父母和与父母有关的一些异乡客的生活痕迹，她动用了超感觉，跨越时空与父母和他们那些人产生了联系。于是，边疆的雪山、雪豹、小鸟、石头、壁虎和荒野等景观，在六瑾的内心里产生了别样的认识。

　　小说对于边疆的想象，实际上是残雪进一步开拓内心生活的努力。小说的章节都是按照篇章中出现的人名构成，有六瑾、胡闪、年思、石淼、蕊、周小里、周小贵、小叶儿、麻哥儿、启明、樱、雪以及红衣女郎和无头人等等。这些名字古怪的人物在时间里穿梭，在六瑾的想象和现实生活中构成了一张蛛网，将她网罗进去，并且织成一种边疆生活和边缘生活想象。

　　这部小说是一种"心理历史小说"，是残雪自身的发明，就是将一种心理的映射投射到了对过去历史的追寻，是残雪的另外一种"追忆逝水年华"。小说的语言摆脱了残雪过去的那种黏稠、推理和议论，变得明澈、简洁和生动。

　　与《边疆》同时出版的，还有她的一本自传《趋光运动：回溯童年的精神图景》，可以和《边疆》套读。因为这两部书都与童年和回忆有关，前者是小说的虚构，后者则直接以残雪的童年作为分析时段，考察了艺术和童年的关系，以写实的风格，以"我"的与残雪同体的叙述，将童年成长和艺术的关系做了深入描述。

　　2011 年，残雪出版了第四部长篇小说《吕芳诗小街》，这部小说的题材是当代都市小说，背景是当代的北京。小说的主人公吕芳诗是夜总会的小姐，而她和地毯商人曾老六有着情爱的关系。这部小说中写实的成分是残雪小说中最多的，几乎可以说是当下欲望横流的社会世相在残雪的笔下的反映。

从 20 年前的《突围表演》到完成于 2010 年 9 月 15 日的《吕芳诗小姐》，这两部都是以女性为主角的小说，构成了一种奇特的景象，女人形象由被觇看、窥视、压抑的 X 女士，到能够主宰自身命运、拥有使用身体和爱情的自由的吕芳诗小姐，残雪笔下的女人发生了很大的变化。这部小说也以轻巧的手法，更为具体的人物形象，逐渐改变了残雪作品难以卒读的印象，使她的作品获得了更多的读者。

我想，考察残雪创作的 4 部长篇小说和 1 部自传，可以看到残雪由卡夫卡、博尔赫斯的巨大影响中逐渐走了出来，她在走向一种更为澄明、简洁的表达，在文体上和人物形象的塑造上，也有着更为当下的表达。

3

再来分析残雪的中篇小说和短篇小说，也都有着这样的一种变化。像中篇小说《苍老的浮云》，各类人物都有着荒唐的举动，呓语一样的胡言乱语，是一个压抑和变态社会的扭曲的反映。残雪很善于将非理性状态下人的丑恶、卑陋、缺陷表现出来。在她的早期作品中都有一个"屋中人"的形象，而这个"屋中人"受到了社会上各类人的围剿，比如街坊邻居、同事、下属、丈夫、父母、孩子、亲戚等，都带有敌意，简直是卡夫卡的 K 的中国翻版。不同的是，残雪的这些人物形象，还带有女性主义的特点，是对男权社会的反抗和讽刺。

残雪的短篇小说有 130 多篇，数量大，质量高，特点明显。残雪的小说往往聚焦于人性的"恶"，小说的调子显得阴冷和黑暗、怪异和扭曲。可能，对这些东西的表达，恰恰是对这些东西的正视。

残雪通过写作，将身体里的恶的毒素、阴冷的感觉、黑暗的想象、恶心的记忆片段全部驱除了，因此她给我们创造了一个光明的世界。残雪也是一个深受潜意识、下意识和无意识来写作的作家，她很重视写作的那个时刻，脑子里的无意识、潜意识和下意识的喷涌。但是，这些人物、意念、构思和故事情节，其实又都是经过了理性的过滤的，因此，残雪又是一个理性的作家，她怀疑外部世界，也尖锐地质疑自身。

很多年来，残雪把更多的时间花在了对现代派作家卡夫卡、博尔赫斯、卡尔维诺和古典大师但丁《神曲》的解读上，写下了关于他们的专著。

残雪认为，创作是反省自己，评论同样是反省自己。

残雪从古希腊神话、《圣经》、《神曲》、《堂吉诃德》、莎士比亚、《浮士德》，到卡夫卡、博尔赫斯、卡尔维诺，再到中国的鲁迅、余华，她就这么梳理了下来，写下了关于他们的阅读笔记，从西方传统和中国文学中吸取双重的养分。我在这里引用一段残雪谈博尔赫斯的话，看看她是多么崇拜这个现代派的小说大师：

> 对于博尔赫斯的每一篇文章，我都认真读，每篇最少读四五遍。比如《另一次死亡》一文是博尔赫斯描写了一个在战斗中当了逃兵的人，后来到乡下当农民，隐居起来。干什

么呢？他去"做梦"，每次醒来都是噩梦一场，在大脑中，他重演那次战斗，在梦中他把自己的形象改过来，不是当逃兵，而是冲锋在前。这个"梦"他做了30多年，因为每次做完梦醒来，又不能证实他的勇敢，他还是个逃兵。

这个铁的事实是无法改变的。艺术家也如此，他要改变日常的自我形象，而日常的自我形象是注定了的，是改变不了的。有人说残雪就是这种孤僻、怪异的一个人，但艺术家自己不服气，只好去搞艺术创造，像"逃兵"一样，甚至生命的最后一刻。通过艺术家的想象和塑造，他得到了回报。他冲锋在前，一颗子弹打中了他的胸膛，他（英勇地）死了。

（残雪著《为了报仇写小说：残雪访谈录》第108—109页，湖南文艺出版社2003年8月版）

残雪的小说是现代主义文学在中国影响的产物和回响。残雪勇敢地和西方小说大师建立对话的关系，她不简单模仿，也不顶礼膜拜，而是去发现自我，创造出一个新的文学世界。

残雪已然是一个能够引领当代文学和西方现代派文学潮流发生关系的小说家。

这也难怪美、日以及欧洲等一些国家的学院派研究者，很喜欢残雪的作品。她在她的作品里写了他们熟悉的东西，但她的东方身份和女性想象与女性处境，笔下那独特的、怪异的、极端个人的、女性的、荒诞的、复杂的文学世界，又是那么的陌生和充满了异域的奇观性的魅力。这一点，在她晚近的长篇小说《赤脚医生》《新世纪爱情故事》和两卷本《黑暗地母的礼物》中，都有精彩的书写。

孙甘露

1

中国 20 世纪晚期的小说，呈现出爆炸性的多元辐射状态，每个作家都是这个呈现扇面状态发散的一根"扇骨"，指向了某个具体的创作方向。

从这个角度来观察孙甘露，我觉得他的最大的贡献和特点有两点，一是在小说的语言，二就是他自身的上海体验给他带来的独特的感受和想象。孙甘露因此成为一个极其痴迷于语言的炼金术的小说家。

现代汉语是一种还在发展和生长的"未完成"的语言，这一点，从白话文运动开始，就留下了重要的缺陷。由于当年鲁迅、陈独秀和胡适他们搞的"新文化运动"之流的"白话文运动"过于激进，致使古代汉语，特别是中国文学的精髓所附着的古代书面语言，被砸了一个稀巴烂，古代汉语的雅驯、简洁、具体、生动、高度概括性，精微、华美、质朴和氤氲，在现代汉语的白话中，丧失了不少。现代汉语吸收了大量来自日本汉字对西方典籍的翻译介绍所使用的词汇。经过了 1949 年之后海峡两岸不同的政治、历史运动的多次冲击，如汉语简化字，以及政治运动给汉语带来的粗鄙化、简单化的巨大影响，使用现代汉语写作的作家们，先面临一个汉语的创造性再生的问题。而作家在语言上显示出个性，就非常有必要，而且还是一大成就了。

比如，莫言小说语言的泥沙俱下；苏童小说语言的水汽和灵气，意象和感觉；余华小说语言的锋利、简洁，言之而无尽感和白描手法结合起来，非常有个性。上述几位杰出的小说家，他们使用语言的时候，语言不过是承载他们要塑造的人物、要讲述的故事、要呈现的关系、要表达的意念的工具。

到了孙甘露这里，就变成了以语言为目的，到语言为止了。孙甘露的此一点绝对性，也阻碍了他的小说的流布，使喜爱他的小说的读者，长期以来局限在小范围里面，就是因为他的小说既不是讲故事的，也不是塑造人物的，他的小说里虽然有人物、故事、城市、时间，但是，语言是他第一位要锤炼的，甚至可以说，语言就是他的目的。

我这么说多少有点绝对，但是，这对指明孙甘露的文学贡献至关重要。如果不指出他的这一取向，我们对孙甘露就缺乏认识。

孙甘露，1959 年生于上海。1977 年到邮政局工作，担任了多年的邮递员，这一点令很多读者惊奇。我们可以试想，他为投递那些收信人或者发件人不详的信件的时候，内心里会激荡起多少关于人的命运和故事的想象？

孙甘露 27 岁的时候，也就是在 1986 年，发表了成名作《访问梦境》，引起了当时人们对"先锋派文学"的巨大关注，人们立即将他和当时的马原、格非、苏童等作家并列在一起。随后，他接连发表了中短篇小说《我是少年酒坛子》《信使之函》《请女人猜谜》《仿佛》《岛屿》《音叉、沙漏和节拍器》《夜晚的语言》等。其在小说语言的探索和叙述的实验方面，走了很远。

这些小说使他成为一个被广泛认定的"先锋派"小说家，由于其小说的极端性，他的作品还被称为是"反小说"。

孙甘露的小说创作量非常小，迄今为止，只出版了长篇小说一部，名为《呼吸》，中短篇小说20多篇，散文随笔对话等五六种。这就是孙甘露的全部作品了。也就是说，近30年的时间里，孙甘露出版和发表的作品，加起来也就100多万字。

孙甘露是惜墨如金吗？不知道，但他的稀少的小说产量，却在文学界产生了不小的、持续的影响。会有这种影响还在于其独特性，和在特定时期出现的文学史意义。有评论者把孙甘露的创作分为三个阶段：第一个阶段是1986年至1988年，其间有《访问梦境》《信使之函》和《请女人猜谜》；第二个阶段大约是1989年到2000年，这一时期，他出版了长篇小说《呼吸》，然后他缓慢地停止了小说写作。

第三个阶段，就是2001年，在这一年他写了一些东西，大都是关于上海记忆与文化地理、关于文学艺术的随笔书写。

2

我们先来具体分析他的一些作品的情况。长篇小说《呼吸》出版于1993年，这是孙甘露迄今为止唯一的一部长篇小说，对了解他的创作风格十分重要。这部小说写作于20世纪80年代末期到 20 世纪 90 年代初期那个转换的时期，因此，作品中的气氛也兼顾了时代的某种压抑、转换的气氛。

小说中的故事发生在 20 世纪 80 年代末期，地点在南方一个沿海城市，我觉得你可以把这座城市看成是上海。小说的男主人公叫作罗克，他在一段时间里，与 5 位女性的情感纠缠，是最主要的情节。

那 5 个女性，分别是女大学生尹芒和尹楚、女演员区小临、美术教师刘亚之、女工项安。这 5 个女性年龄、职业、个性都不一样，但是她们像绿叶一样，衬托着男主人公罗克，使罗克的私生活充满了跌宕起伏。罗克是一个美术设计师，我觉得某种程度，就是孙甘露对男性的理想的化身。他不坐班，性情慵懒，气质忧郁，整天周旋于这几个女人之间，也不知道应该选择谁，或者，他就是要品尝不同女性给他带来的欲望的果实。我觉得女性主义者阅读这部小说，一定会心里不痛快，会把这部小说当成是男权主义小说在都市文学中的一朵奇葩。

过了 20 年，再来阅读这部小说，在主人公罗克的行为和观念中，我们的确可以看出某种慵懒和腐朽，是如何在自称艺术家的伪艺术家的生活中被呈现的。

如果说罗克不是一个物欲的人，那么说他追求的是精神层面的东西，那纯粹是扯淡。罗克就是不想负责任，对他自己也不负责任，带有存在主义者的那种自私、自我和自毁感。这是在特定的时期产生的独特的人物。当然，我也不想在这里做简单的道德评判来宣判一个小说人物的徒刑，我只是对罗克这个形象在孙甘露笔下的出现时机，感到了好奇。

毫无疑问，1993 年出现了罗克这么一个文学人物，是独特的、边缘的、叛逆的。《呼吸》给读者最大的感受，不是男主人公的迷惘和混乱的男女关系，而是小说语言所散发出的氤氲的魅力。这才是孙甘露这部小说今天读起来仍旧不过时的原因。而他所塑造的罗克，早就进入到时间的垃圾桶里了。

罗克这个20年前的中国版的"都市波希米亚人"，在今天显得非常具有合理性，也更加不合时宜了。最值得关注的，就是这部小说的语调，舒缓、忧郁、稠密但氤氲，像是一场在咖啡屋的绝望的告别谈话，像是夜晚的城市角落里的恋人的独自言语，带有着感伤的气氛和颓废的情绪。

小说设置了一些人物命运的谜语，对时间的流逝做了迷宫般的探讨，在这一点上，孙甘露找到了和博尔赫斯的联系。孙甘露谈到博尔赫斯时，是这样说的：

> 与书籍、书中人物、图书馆有着密不可分的神秘联系的现代作家，无疑是我喜爱的阿根廷人豪尔豪·路易斯·博尔赫斯。这位古军人的后裔，律师的儿子，杰出的幻想家，始终如一的短篇小说作家，在上个世纪末来到我们这个表面寂寞寒冷的星球，他花了大约半个世纪的时间，使他的同胞和他所居住的大陆之外的人接受了他的奇异的写作。
>
> 博尔赫斯25岁出版第一部诗集，37岁出版第一部小说集，43岁才因著名的《交叉小径的花园》的问世引起了拉美文坛的重视。这位生于布宜诺斯艾利斯的智者10年前（1986年6月）在日内瓦逝世。他以堪称楷模的《莎士比亚的记忆》等作品谢绝人世。
>
> （孙甘露著《在天花板上跳舞》第58—59页，文汇出版社1997年1月版）

　　因对博尔赫斯的迷恋，孙甘露从一开始就表现出了怀疑主义气质，他并不信奉确定无疑的东西，因此，他笔下的人物的脸在我看来都是模糊的，故事也是支离破碎的，细节充满了暗示，但是对情节的支撑作用并不大。唯一让人留下深刻印象的，就是他小说的语言，将我们带到了一种奇特的范围里。

　　关于男人，关于女人，关于欲望，关于记忆，关于城市，甚至，关于一个个的迷局。他对自己的写作，也有着进一步解释：

　　　　我对文学的感情可能是与生俱来的，也可能是出于一种对冥想的热爱。在被介绍过来的有限的博尔赫斯的著作中，玄想几乎是首次以它自身的面具不加掩饰地凸现到我们面前。博尔赫斯故意混淆了传统小说所精心构筑的"现实世界和力图模仿它的想象世界"的界线，"像卡夫卡的作品一样，用一种貌似认真明晰和实事求是的风格掩盖了其中的秘密"。他使我们又一次止步于我们的理智之前，并且深感怀疑地将我们的心灵和我们的思想拆散开来，分别予以考虑。这样博尔赫斯又将我的平凡的探索重新领回到感觉的空旷地带，迫使我再一次艰难地面对自己的整个阅历，而此刻情感的因素因为有意地忽略反而被更复杂地强化了。

（孙甘露著《在天花板上跳舞》第49页，文汇出版社1997年1月版）

3

　　除了博尔赫斯，孙甘露也谈到加西亚·马尔克斯，而这正是我关心的。对于加西亚·马尔克斯的对历史和现实的强烈批判性，魔幻现实主义的细节和文本，孙甘露又是怎么看的呢？孙甘露说：

> 马尔克斯的《百年孤独》（不是他的短篇小说）给所有不及卡夫卡独特的作家辟通了道路，它揭示了怎样把个别的经历直接还原经历的可能性，令人联想到希伯来先知写的《圣经》。他试图把一个种族的历史固定下来，他成功地使一部很个人化的小说（它的基本原型就是马尔克斯的家事）和一个民族的野蛮的历史重叠起来，使我们得以从最广阔的区域进入他的内心故乡。

（孙甘露著《在天花板上跳舞》第 48 页，文汇出版社 1997 年 1 月版）

假如把孙甘露的 20 多篇中短篇小说，和加西亚·马尔克斯的早期中短篇小说来对比，还是有一些收获。

《访问梦境》《信使之函》《仿佛》《请女人猜谜》《我是少年酒坛子》《岛屿》《边境》《大师的学生》《海与街景》《剧院》《庭院》《相同的另一把钥匙》《夜晚的语言》《境遇》《影子》《忆秦娥》《天净沙》《镜花缘》《此地是他乡》《身旁的某个地方》，他写下的小说，基本都在这里了。幻想性、离奇和夸张、对时间的模糊处理、诗性，都是孙甘露和早期的加西亚·马尔克斯所追求的。

从小说的题目上，我们就可以看出其内容的修辞游戏性和幻想性。他不是依靠经验写作的作家，对讲述完整的、离奇的故事没有兴趣，他对社会批判也没有多大的兴趣，那么他还剩下了什么呢？我觉得，就是对语言的探索，对叙述语调的追求，对时间的刻画，对存在的思考。他的小说也不追求道德判断，只是追求语言本身所能达到的效果，人物绝不是决定性的因素。这使他陷身于一种悖论，那就是，任何小说，都是需要依靠人物和故事来支撑的，即使是博尔赫斯也不例外。他又无法放弃人物，因为，他笔下的人物，就多少变得符号化了。

在这些中短篇小说中，孙甘露创造了自己的词语迷宫。他的小说都带有"梦态抒情"——这个米兰·昆德拉所创造的形容词，也带有梦游色彩。那么，阅读孙甘露，基本上就是在梦游中恍惚了，但能在恍惚中，收获了汉语微暗和优美的华丽的碎片。在《访问梦境》中有这样的句子："我行走着，犹如我的想象行走着。我前方的街道以一种透视的方式向深处延伸。"看上去，简直就是深处迷宫中的人的自言自语。

我感觉孙甘露非常欣赏博尔赫斯式样的迷宫。迷宫，意味着没有开始，也没有结果，只有路途中的迷失；意味着标记的无效；意味着象征物的混淆。但是，我们所依附的世界又是具象的，是存在这现实感的。

孙甘露也营造迷宫，但他营造的，是词语的迷宫，是符号的迷宫。博尔赫斯的迷宫十分抽象，有的就是哲学观念的外化。博尔赫斯的迷宫一般都与阴影和死亡有关；但在孙甘露那里，迷宫却是一堆记忆，一些场景的印象，一些关于语言的意象。死亡和睡眠这两个词汇让孙甘露来挑选的话，他会选择睡眠。

博尔赫斯则自然地钟情于死亡——这最终的睡眠，这也是我们进入到孙甘露的小说迷宫里，感到不那么刺激的原因。因此，孙甘露文体就变得华丽而繁复，到处都是奇思妙想，语调缓慢而游移。这就带来了孙甘露小说的超现实性和幻想性，这就如同博尔赫斯的幻想性是一样的。孙甘露说：

博尔赫斯的身世是我无限缅怀的对象之一。他对古籍的爱好，对异域的向往，对迷宫的神秘注释，对故乡加乌乔的隐秘感情，对诞生地布宜诺斯艾利斯的不厌其烦地评论，对形而上学的终身爱好，对死亡和梦的无穷无尽地阐发是我迷恋的中心。可以说这位晚年双目失明仍持续写作的老人本身就是"一个无可奈何的奇迹"。

博尔赫斯终其一生也没有放弃他作为一名短篇小说作家的实验冲动，作为榜样他影响了 20 世纪几乎所有的先锋派作家。他的"启示录式的个人抒怀"使他与任何传统相异其趣。他的故事"几乎完全不像故事；其中的一些最佳作品乔装成散文，对并不存在的国家的矫揉造作的研究文章和对并不存在的书籍的别出心裁的评论，这一切都与有关真的书籍的最冷僻的知识异想天开地混成一体。他的创作与其说是现实的反应，不如说是对现实的颠覆性的质询"。1962 年当博尔赫斯的作品集在美国与读者见面时，情形与近三十年后的中国作家面临的状况有相似之处。

（孙甘露著《在天花板上跳舞》第 58—59 页，文汇出版社 1997 年 1 月版）

孙甘露喜欢使用破坏性的陈述句，带有着诗歌语言的穿透力，这一点，在他的小说《信使之函》中表现得十分强烈。小说中到处都是这样的句子："一枚针用净水缝着时间。""信使看见他们确实是一些梳理晚风的能手。"这样的玩花活的句子，没有现实具体可以依靠的东西，只是比喻和意象，只是一种状态。咱们谁可以拿一根针来用净水去缝着时间呢？没有人，不过是孙甘露对时间的另外一种解释罢了。这与滴水石穿是一个意思，就是时间在无穷无尽地流逝。

这些句子不符合传统的现代汉语的语法规范，却带来了奇异的效果，使汉语本身充满了穿透力，这样的句子是非逻辑的，却以语言的炼金术——诗的语言为最高原则的。有人统计过孙甘露小说中经常出现的词，大概有这些：信、季节、情怀、感伤、场景、回忆、街道、迷宫、南方、夜、傍晚、空气、书、瞬间、延伸等。这些词，大都是一种状态和情绪的指向，与他的小说的梦幻气质息息相关。

在对语言的把握上，孙甘露十分精微地扩展了现代汉语的丰富性，他仿佛拿着一个炼金的坩埚，不断地烧煮着汉语的词汇，并混合了个人的经验和记忆，欲望和挫折，然后放入了模糊的人的脸面和故事，烧煮出来一种奇怪的东西，这些东西就是他的小说，既向所有的 20 世纪第一次世界大战之后勃兴的现代主义小说大师的主题靠近，也是向他们的致敬。

4

进入 21 世纪后，孙甘露更多地组织文学活动，参与到大众媒体的活动中，他写下了《上海流水》《在天花板上跳舞》《被折叠的时间》《今日无事》《上海的时间玩偶》等多部散文随笔集。

阅读他的这几部书，我们照样可以获得阅读他的小说时的那种丰富的和欣喜的感觉，而且，孙甘露的这些随笔，不像他的小说那么的模糊、幽暗、不确定，这些随笔都是确定的，可以触摸的。有的集子，比如《上海的时间玩偶》中，还配有很多有关上海的图片，这样给读者带来了视觉上的愉悦，在文字和图片之间还有着一种有趣的关系，有互文性。图片不再是插图，而是两个并行的符号系统，彼此映照，互相辉映。

　　这又引出来另外一个词汇：上海。孙甘露是上海人，上海这样一个地球上的特大城市，2000 多万人在她的楼厦和灯光中漂浮和做梦，这肯定是孙甘露所有写作的依凭，也是他不断地出发和抵达的地方。就像他一直宣告要完成的一部关于上海的新长篇小说《此地是他乡》一样，此地，上海，同时也是展开了无尽想象的永远要前往的一个他乡。

苏童

1

　　苏童是中国 20 世纪晚期出现的最重要的小说家之一。他的短篇小说创作尤其引人注目。苏童原名童中贵，1963 年生于江苏苏州，后毕业于北京师范大学中文系，先在南京艺术学院教书，后来调到了江苏省作家协会从事专业写作。苏童属于南方作家，因此，他的创作带有着南方的气韵和灵动，他的小说里总是有着类似诗歌意象的东西，也有独特的语调，就是那种透明的、带着雾气和水汽的语调。

　　苏童的小说产量比较高，至 2019 年为止，56 岁的苏童一共出版了 12 部长篇小说、20 多部中篇小说、120 多篇短篇小说。苏童属于广义的新时期的学院派小说家，苏童是当代短篇小说大家。

　　苏童为人洒脱大气，而且对红酒的品位在作家中堪称上乘。每次见到他，必定要开怀畅饮，才有意思。

　　某杂志社让我从苏童的短篇小说中挑出一篇进行分析，对于这我似乎相当困难。在我看来，他的每篇短篇小说都很好，都是高水准，大都成为一个系列。比如，他的"枫杨树乡"系列，由此形成了一串串优美、幽暗而又华丽的珠子，被一个个的意象所烘托，在其南方才子所特有的那种极其润滑和精巧的叙述语调中，完成了一个个的玄思妙构。

他晚近的短篇小说，更是几乎都挑不出来一个废字，叙述语言的干净透明，到了炉火纯青的地步。有一年，记得是在武夷山参加作家出版社的一个笔会，刚好我两住在一个屋子里，我当面向他表达了我对他的短篇小说的尊崇与喜爱。在选择他的小说进行点评的时候，我就决定按照直觉，根据天意来选择先行出现在我的脑海里的小说。最先在我的脑海里出现的，是他的《1934年的逃亡》，但这是一个中篇小说。

我记得，第一次读到这篇小说的时候，正在武汉大学中文系念书，它带给我的震惊是巨大的，我知道，一个重要作家、一个我会很喜欢的作家出现了。那部小说的语调使我进入1934年那个幽暗岁月的深处，类似梦境般的水下世界折射出来的、苍白而缤纷的光亮在不断闪烁。当时文坛有一个先锋派存在，由此可以展开很多话题，因为这是一个中篇小说，根据体例，我无法在这里进行分析，只好放弃了。

接着，我的脑海里出现了他的一个短篇小说的题目《乘滑轮车远去》，这篇小说，我记得是发表在20世纪80年代末某年《上海文学》杂志上。读到这篇小说的我才19岁，离开乘滑轮车在街上冲撞的年龄不远。那篇小说带给了我无尽的对刚刚失去的刺青时代的怀念。阅读苏童的小说，成了我和几个刚刚离开青春迷茫期的大学同学奋力走向文学之路的见证。他就是我们的灯塔与路标，他只比我们大七八岁。

他用自己独特的语调讲述的一切，对我们来说都是那么亲切。

我翻阅了我手头他的各个版本的短篇小说集，在新近出版的两种三卷本的短篇小说集——广西师大版和上海文艺版的小说集里，这篇小说都没有被他收录，显然，作为一篇早期短篇小说，它已经不被他所看重了。那么我也放弃吧。

在我的脑子里，又出现了一篇小说：《仪式的完成》。我记得这篇小说发表在1989年某期的《人民文学》杂志上。《仪式的完成》这篇小说，在苏童的短篇小说当中十分独特，它和他的"枫杨树乡"系列小说毫不相干，和他的那些刺青时代记忆的系列小说也没有什么瓜葛，和他晚近干净如稻草的短篇小说，也没有关系，这篇小说是十分独立的，在他的所有短篇小说当中是一个异数。因此，让我拿它来分析吧。

这篇小说可以说是一篇寓言小说，一篇预先设定结局的深度意象小说。尽管他的很多小说中都有一个核心的意象深藏期间，但是，这篇小说还同时具有寓言的性质。这固然和当时先锋派的崇尚空幻和玄虚的思潮有关，但苏童个人强烈的气质仍旧贯穿在小说中。

小说的叙述一开始，有一个民俗学家从省城出发，抵达八棵松村搜集民间故事，调查当地的民俗——捉鬼开始。他在村口，就碰见了一个神秘的老人，正在锔一口破裂的龙凤大缸，这个大缸作为道具，将被后来的情节使用。其实，开头就预设了结局，即这个民俗学家将死于自己的调查。我刚开始读到这篇小说的第一段的时候，就感觉到，这个民俗学家活不成了。也许是我过于聪明了。我记得当时我就紧张地翻看了结尾，果然，这个民俗学家死于自己的民俗调查了。

把握这篇小说，你要明白，小说是有一个明显的叙述者存在的，就是"我"。你在这里可以把这个"我"当成作家本人，这个神秘的叙述人是整个事件、也就是民俗学家死于自己的民俗调查的事件的旁观者。这个叙述人的视线很确定，就是旁观者，洞察一切，但是从来也不施加援助。

法国新小说派干将阿兰·罗布·格里耶的《窥视者》中的窥视妻子是不是在和别的男人通奸与调情那样，有一个人，叙述者，也在远远地打量和观看这个民俗学家，最后不可避免地滑向无法被他掌握和预知的死亡的结局。所以，这个叙述人和民俗学家是共时空的，他的冷酷和不动声色，是作家本人独特的抽空了情感色彩的语调所决定的。但是，这个叙述人又非常隐晦，他在小说当中一共只出现了 3 次，而且，不完全是全知全能的，他看见了民俗学家的抵达，但是并不参与民俗学家调查的全部过程，只是凭借一些道听途说，结构了民俗学家最终死亡的这个事件。

在小说的第一段中，叙述人"我"就出现了，"民俗学家朝八棵松村走着，实际上他也成了我记忆中的风景"，这就明确地告诉你，这个叙事人就是在场者。

到了小说的中后部分，叙述人再次出现了一次，"我听说事情发生在民俗学家离开八棵松那一天"。在这个时候，小说中的民俗学家已经完全地模拟了、复活了当地拈鬼民俗的全部过程，最后，是他自己，成了抓到了有"鬼"字样的箔纸，而 60 年前就死掉了的一个叫五林的人的鬼魂，依然附体在民俗学家身上，使他成了人鬼——民俗学家弄假成真了，他本来要复原一个残酷民俗仪式的过程，但是他最后成了要被处死的人鬼。所以，小说在这里显现了一个寓言的悖论。毕竟这个残酷的民俗似乎已经在当下死去，民俗学家即使是五林附体的人鬼，他不可能按照民俗，被当地人用乱棍打死在一个大缸里。否则，村子里的人会被当成刑事犯罪分子给逮捕的。

按说，这个民俗调查与游戏，到这个时候就可以结束了，民俗学家自己也不敢往卜坑了，可是，民俗的隐秘力量是无比巨大的，它将像魔鬼被放出来了一样将完成整个过程。它那不可低估的毁灭力量仍旧存在，仍旧需要喝人的鲜血。最终，叙述人听说，民俗学家在离开村子的时候，因为要追赶早先他碰到的那个村口神秘的锔缸老人，被一辆卡车撞死了。最后，他奇怪地出现在了那口巨大的龙凤缸中，用他自己的死亡，完成了他自己进行的这个民俗调查仪式的最后部分，不同的是，他不是被乱棍打死的，而是被一种神秘的力量所裹胁的。没有人需要为他的死真正负责。

在最后一段，小说的叙述人又出现了："我认识那位民俗学家……在他的追悼会上，我听见另外一个民俗学家像自言自语说，这只是仪式的完成。"

到了最后，点题了，这就是仪式的完成——我们也许可以确定，这个诡异的叙述者，就是造物者和命运的掌握者本人，尽管他和民俗学家认识，甚至还是朋友，但是，他知道民俗学家的命运，而民俗学家对此却茫然无知——这是当时先锋派小说家的基本的观念，叙述人如同上帝，完全掌握自己笔下人物的全部命运，这和现在经常采用的叙述人的位置、视点已经完全不同了。

这篇小说结构精巧，气氛诡异，前后呼应，所有的细节都是那样的生动和吻合，叙述语调诡异而平静，在里面深藏着一个意象，就是拈鬼的仪式，具有哥特式小说的气质，最终，小说上升到了寓言的高度——我们绝对不能低估民俗所具有的恶魔般的性质与它巨大的破坏性力量，一旦你不尊重它，它就要喝你的血，要你的命。

2

对于博尔赫斯这个拉美短篇小说大师，苏童是这么看的：

……现在说一说博尔赫斯。大概是 1984 年，我在北师大图书馆的新书卡片盒里翻到《博尔赫斯短篇小说集》，我借了出来，从而深深陷入博尔赫斯的迷宫和陷阱里。一种特殊的立体几何般的小说思维，一种简单而优雅的叙述语言，一种黑洞式的深邃无际的艺术魅力。坦率地说，我不能理解博尔赫斯，但我感觉到了博尔赫斯。我为此迷惑。我无法忘记博尔赫斯对我的冲击。几年以后，我在《钟山》编辑部收到一位陌生的四川诗人肖开愚的一篇散文，题目叫《博尔赫斯的光明》。散文记叙了一个博尔赫斯迷为他的朋友买书寄书的小故事，并描述了博尔赫斯的死给他们带来的哀伤。我非常喜欢那篇散文，也许它替我寄托了对博尔赫斯的一片深情。虽然我没能够把那篇文章发表出来，但我同开愚一样，相信博尔赫斯给我们带来了光明，他照亮了一片幽暗的未曾开拓的文学空间，启发了一批心有灵犀的青年作家，使他们得以一显身手。

（苏童著《河流的秘密》中之《阅读》片段，第 164—165 页，作家出版社 2009 年 8 月版）

　　对博尔赫斯这么亲近地阅读和表达，对苏童来说是罕见的。在他的散文随笔和访谈中，他并不情愿过多地谈到自己所受到的外国作家的影响。不过，他还是多次谈到了博尔赫斯对自己的影响。在另外一篇文章中，他还简单地概括了博尔赫斯的风格：

　　博尔赫斯——迷宫风格——智慧的哲学和虚拟的现实。

　　（苏童著《河流的秘密》第 187 页，作家出版社 2009 年 8 月版）

　　阎连科也提到了包括了苏童在内的当时的"先锋派小说家"所受到的博尔赫斯的影响。他说：

　　博尔赫斯比起卡夫卡和加西亚·马尔克斯，我以为并没有那么伟大，但是他对中国当代文学的影响却丝毫不逊于他们。因为 20 世纪 80 年代之初的文学黄金时期不期而遇地掀起了一场所谓的文学革命。在小说的形式和语言上，开始了大胆的借鉴与学习。而博尔赫斯的小说恰恰充满了诗意和神秘，没有丝毫的社会（现实）意识的影响，完全是个人化的文学情思和语言叙述，这正契合了当时中国文学急求变化的需要。因此，也就顺理成章地成了那时中国新探索小说（先锋小说）的模本。我们去看那时余华的《现实一种》《世事如烟》《鲜血梅花》等，去看格非的《褐色鸟群》《青黄》，去看苏童的《一九三四年的逃亡》和《罂粟之家》，去看孙甘露的《信使之函》《访问梦境》等，就是文学发展到了今天，已经千变万化，丰富多彩，他们那时的小说仍然给我们在语言上带来一种神秘和美，带来如梦境般的诗意，犹如我们阅读博尔赫斯的小说，也许我们不明白他迷宫般的情境设置，不懂他镜子的那种意象的必然性与合理性，但他语言的魅力却依旧使我们可以痴迷和沉醉。

（阎连科著《我的现实，我的主义》第 267—268 页，《当代文学中的中外关系》，中国人民大学出版社 2011 年 3 月版）

因此，分析苏童小说中有关博尔赫斯的影响，是我的重点。苏童在 1991 年出版了第一部长篇小说《米》，这部篇幅只有 15 万字的小说更像是一部放大的中篇小说，这在苏童的很多长篇小说中都类似。他的长篇小说并不复杂，依靠精美的语言和舒服舒缓的语调来推动情节，而他的 20 多部中篇小说，又像是放大了的短篇小说。

《米》的故事背景是在民国的战乱时期，兵荒马乱的年代里，匪盗横行，而大米这样的粮食，则成了小说主人公五龙最看重的东西。他逃荒进入到城市，在米店里扛活儿，后来老板死了，他成了老板，还娶了老板的女儿，成为横行乡里的黑社会头子。最终在日本人入侵中国的时候死于花柳病，嘴里的金牙还咬噬着大米的颗粒。

他在 1992 年出版的长篇小说《我的帝王生涯》只有 12 万字，完全以超强的想象力，虚构了一个叫作燮国的王子在 14 岁即位，由此经历了外忧内患，天灾人祸，灾民暴动，兄弟仇杀，被贬为庶民，历史循环。

小说的语调缓慢、清丽、忧伤、华美。该小说将中国历代的帝王故事，尤其是那种比较衰的弱势帝王的故事抽象地演绎了一遍，是当时的先锋派小说中的代表作。

那几年，苏童的创作势头实在是太好了。1993 年，他出版了长篇小说《武则天》（在《大家》杂志发表的时候，题为《紫檀木球》，而我也认为这个书名要更好）。这是一部应著名导演张艺谋的邀请而创作的历史小说。武则天这个稀有的女帝王的一生的关键生平，在苏童那无与伦比的想象力之下，活色生香，残忍无情，而又风姿绰约，仪态万方。

1995 年，苏童出版了描绘少年时期的青春冲动和暴力、混乱的小说《城北地带》，小说中塑造的人物，可以看作是"文革"武斗在孩子们的生活中发生的影响。

1998 年，他的长篇小说《菩萨蛮》出版，这部小说发表的时候叫作《碎瓦》。小说通过了一个鬼魂的叙述，对他所在特定年代，也就是"文革"年代进行了批判。小说的背景是在苏童一贯喜欢的香椿树街上发生的。香椿树街对于苏童来说，就是威廉·福克纳的约克纳帕塔法县，就是莫言的高密东北响，就是贾平凹的商州。

2001 年，他将自己的一系列关于故乡"枫杨树"的小说，具体说是 10 篇中短篇小说，合起来出版了一部长篇小说《枫杨树山歌》。在那条街上，民国时期的纷乱景象跨越了时间来到了我们的面前，家族人物的命运让我想起来了《百年孤独》的某些特征。

2002 年，他出版了长篇小说《蛇为什么会飞》，这部小说描述了一群社会边缘人在被遗忘的状态下的命运。

几年之后的 2006 年，应英国某出版社的全球"重述神话"习作项目的邀请，苏童写作并出版了长篇小说《碧奴》。

这部小说取材于秦朝的孟姜女哭倒长城的神话传说。在这部小说里，苏童再次展开了他在《我的帝王生涯》里那惊人的想象力，将我们带到了 2000 年之前的时空中，去看秦朝修建长城过程中的万端景象。

2010 年，他的长篇小说《河岸》出版。这部小说可以说是他的长篇小说里，比较厚重的，但也才只有 22 万字。小说塑造了一些在河流之上生活的近乎病态的一家人，叙述人是儿子，通过他的视线来讲述河上人家和其他人的复杂的纠葛。

2013 年，他出版了最新的长篇小说《黄雀记》，这部小说分为 3 个部分，分别是《保润的春天》《柳生的秋天》和《白小姐的夏天》，全书 26 万字，是他的小说中篇幅最长的一部。该小说通过这 3 个少年男女的纠葛，再次演绎了人性的复杂性。小说的背景，还是香椿树街，那个苏童所创造的大世界里。

3

苏童的 20 多部中篇小说，从题材上看，和他的上述长篇小说大致接近，一部分是以民国时期为背景的南方民间生活，比如《1934 年的逃亡》。这是一个中篇小说，小说的语调使读者恍惚间进入到 1934 年那个幽暗岁月的深处，类似梦境般的水下世界折射出来的苍白而缤纷的光亮在不断闪烁。

另外一部分，是他的少年记忆和小地方的民俗生活。这一部分，在他的短篇小说中尤其突出，比如他的短篇小说《乘滑轮车远去》，带给读者无尽的对失去的刺青时代的怀念。他用自己独特的语调讲述的一切，对读者来说都是那么的亲切和熟悉。不过，翻阅了手头他的各个版本的短篇小说集，我发现在新近出版的两种三卷本的短篇小说集——广西师大版和上海文艺版的小说集里，这篇小说都没有被他收录，显然，作为一篇早期的小说，它已经不被他所看重了。

在苏童的短篇小说里，《仪式的完成》最接近博尔赫斯的风格。小说的诡异、神秘、文化仪式与宗教暗示，都很怪异。也可能就是为了向博尔赫斯致敬，他才写下了它。关于博尔赫斯，他又谈道：

> 孤独的不可摆脱和心灵的自救是人们必须面对的现实，我们和文学大师们关注这样的现实。博尔赫斯的《第三者》不像他的其他作品那样布满了圈套，这个故事简单而富于冲击力，这也是我在他的无数精美之作中左顾右盼最后选定此篇的理由。

> 《第三者》叙述的是相依为命的贫苦兄弟爱上同一个风尘女子的故事，所以我说它简单。但此篇的冲击力在于结尾，为了免于不坚固的爱情对坚固的兄弟之情的破坏，哥哥的选择是彻底摆脱爱情，守住亲情，他动手结果了女人的生命。让我们感到震惊的就是这种疯狂和理性，它有时候成为统一的岩浆喷发出来，你怎能不感到震惊？令人发指的暴行竟然顺理成章，成为兄弟最好的出路！

> 我想博尔赫斯之所以让暴力也成为他优雅精致的作品中的元素，是因为最优秀的作家无须回避什么，因为他从不宣扬什么，他所关心的仍然只是人的困境，种种的孤独和种种艰难却又无效的自救方法，也是人类生活中最重要的细节。

（苏童著《河流的秘密》第 226—227 页，作家出版社 2009 年 8 月版）

苏童的创作深受国外作家的影响，又在自身的体验和文化经验里，找到了相应的表达方式。他阅读广泛，深受美洲作家、具体来说主要是美国和拉美作家的影响。

拉美文学对苏童的影响也很大，只不过他很少公开谈论拉丁美洲作家。根据我对他作品的研读，我想拉美作家在他的心目中，还是博尔赫斯排第一位。

虹影

1

虹影是重庆人，生于 1962 年，她在家排行第六，成长中饱尝生活的艰辛，这些在她带有自传色彩的长篇小说《饥饿的女儿》中有很详尽地描述。

我们当然不能把这部虚构小说等同于虹影的自传，但其中对成长过程的丰富呈现，还是让人非常动容的。虹影后来在英国生活了很多年，她的先后两任丈夫都是著名的学者和作家，她有一个女儿，是一个漂亮的混血孩子，后来虹影伴随这个孩子的成长也写了好几部儿童文学作品《米米朵拉》《小小姑娘》《奥当女孩》《里娅传奇》。

虹影是一位多产作家，她的文学成就主要在长篇小说，这些作品有：《饥饿的女儿》《背叛之夏》《孔雀的叫喊》《阿难》《好儿女花》《K》《女子有行》《上海王》《上海魔术师》《上海之死》等。她还是一位非常好的诗人，出版有《伦敦，危险的幽会》，与他人合编《以诗论诗》等。

虹影的厨艺很好，她经常自己下厨，举行家宴招待朋友，待人热情，有侠气和豪气。她也常常在世界各地旅行，并且将自己的感受变成文字，在作品中丰沛地呈现。

在副刊还比较兴盛的时期，我在报纸书评版开有专栏，虹影出版的好几部作品，我都撰写了书评。特别是她晚近的几部长篇小说，我都给予了关注。

在《上海魔术师》新书发布会上，我对上海世纪文景出版社有这样一个人文追求的出版机构，表达了赞许。他们当时团队精干，编辑也很年轻，充满朝气。对书的选择有眼光，推出了土耳其作家帕慕克作品系列，做得很精致。虹影的新书《上海魔术师》也是世纪文景推出的。

虹影是一个不断地挑战自己的写作难度、不断拓展写作题材、不断超越自我的作家。她自己就是一个小说魔术师。一个作家写作写到一定程度，进行自我挑战，她一直不断地这样做，这是难能可贵的。她的短篇小说集和诗集我都很喜欢。作为一个重庆人，她能写"上海三部曲"，是令人吃惊的。

上海是很难写的一座城市，特别是对那些没有上海生活经验的人。按说虹影也没有过多在上海生活的经验，她早年曾在复旦大学作家班上学，有一些上海的观感，但把上海作为新小说的写作场域，就很不容易了。再说上海也有很多小说家，他们也许更能驾驭这一题材。不过，虹影她运用作家天才的想象力处理这个题材，接连完成了从《上海王》《上海之死》两部长篇小说，再到这本最新的《上海魔术师》，由此可以看到她在不断寻找新的写作资源，开拓自己的文学新领地。

　　虹影的小说带有某种"国际范儿"。对中国作家来讲，在全球化背景下参与世界出版市场，似乎处于弱势，常常很少见到中国作家在世界出版市场上的身影。虹影则一直在这个领域试水，并成为先行者。在小说写作的题材上，她从对自我成长的书写（如《饥饿的女儿》），跳跃到对东方大都会上海的挖掘，写出了《上海魔术师》这样的作品，从她的经验之内到经验之外，显示了她的确有两把刷子，一把是和自我有关，另外一把刷子就是对历史情景中的人物再现。

　　《上海魔术师》这本小说内部的时间是凝滞的、定格的，如同一帧帧旧照片，小说内部的空间却很饱满，那些人物从定格状态中浮现出来，成为当代的鲜活的人。她将西方比较熟悉的现代都市上海，做了特别好的艺术想象。

　　旧影中颤动的上海城市背景和人物，不过是她编织小说花毯的材料。历史是镜子，也是一面大网，不断地纠缠着我们的记忆与生活，造成了一种奇异的效果。这部小说的叙事结构很有张力，元素相当复杂，我不想重复小说的情节，总之，它是对民国时期上海的奇观性的打量。魔术师和上海，两个符号有着互相映衬和解释的效果，使小说在死亡、欲望以及都市繁华和繁华落尽这些过程中尽显苍茫。

　　一切历史小说都是当代小说，没有那种完全还原到历史情境中的真正的历史小说。因此意大利哲学家克罗齐说，一切历史都是当代史。从"上海三部曲"，特别是这部《上海魔术师》来看，显示了虹影的绝佳的叙述把控，和对大都市繁杂生态描述的能力。虹影穿梭在上海和我们之间，把想象的个体生命的经验，掺杂在真实的历史进程中，以地理、时间和心理三个层面结构小说人物，对这她是强有力的。

从小说的语言和语调来看，虹影的小说有诗性，这和她是个诗人有关。这也是虹影的小说语言既精微又美妙的原因。

2

在 21 世纪的国际文坛上，很受关注的一个文学现象，是一批"无国界"作家的存在。当然，"无国界"只是一种假性描述，没有一个作家没有国籍的。

这些作家有萨尔曼·拉什迪、石黑一雄、迈克尔·翁达杰、本·奥克利、奈保尔、哈金（金雪飞）等。虹影也可以算作这一群体中的一位，虽然她是用中文写作，她作品的题材却具有跨国际的特征。

石黑一雄出生在日本，幼年开始就在英国生活，他可以写英国管家的故事，代表作《盛世遗踪》和《上海孤儿》很受英语世界的推崇，后来也获得诺贝尔文学奖。迈克尔·翁达杰是《英国病人》的作者，他出生在斯里兰卡，在英国受教育，生活在加拿大，后在全世界游历，写作题材也非常广泛。祖籍印度、出生在加勒比海地区的特立尼达和多巴哥的奈保尔的写作更具"无国界"特征，最终获得了诺贝尔文学奖，自然是万众瞩目。

本·奥克利是尼日利亚作家，后来在英国定居。他的《饥饿的道路》是后殖民文学的代表作，也是诺贝尔文学奖的竞争者。哈金出生在中国沈阳，他的小说《等待》获得了美国福克纳小说奖和全国图书奖。2020 年，北京十月文艺出版社推出了他的最新作品《通天之路：李白》，显示了哈金的中国题材的新成果。

这些"无国界"作家的共同特点是，他们一般都有第三世界国家的生长背景，比如，大都出生在印度、斯里兰卡、尼日利亚等国，后来在英美生活与写作，大都用英文写作。这不仅极大地丰富了已经流露出暮气的英语文学，还拓展了他们出生地的文学可能性，是双重的文学现象。

虹影的小说也体现了无国界文学的某种的特征。她的作品被翻译成了几十种文字，在欧美国家的一些书店里，是少数能找到踪迹的中文作家。

虹影曾引发了诉讼的长篇小说《K》，写的就是中英之间的文化联系。小说描写一个英国人贝尔先生，在 20 世纪三四十年代来到中国的故事。因涉及凌叔华女士的名誉，这场诉讼最后的裁决，导致虹影修改了这部作品，使它不再具有直接和历史人物联系起来的细节，小说也换了一个名字，后才可以重新再版了。在《K》之后，虹影在运用小说材料方面更加谨慎，也更加灵活了。

虹影的长篇小说《阿难》，是一部非常值得关注的作品。这部小说由湖南文艺出版社出版。小说的空间转移的跨度很大，从印度到中国；时间尺度也很长，从 20 世纪 40 年代延伸到今天的生活。

小说的主干情节，是以作者去印度寻找自己在 20 世纪 80 年代崇拜的歌星阿难说起，然后就进入了如同乱麻一般纠缠着的历史记忆。记忆又和现实生活叠加，造成了奇异的效果。阿难这个名字，本来是佛陀身边的出家人的名字，但在这部小说里有了双重的隐喻。

小说是片段式叙述的，一边讲述小说主人公在印度的追寻，另外一边不断地在印度历史和当下中国的现实生活中来回跳跃。

可以看出，虹影对佛教有非常浓厚兴趣，这虽不是她的半自传式的小说，但有她的心路历程。

这是一部虚拟的惊险小说，也是一部有生死别离的爱情小说。让我会心的是，小说描写当下中国商业活动的接地气，与到印度去朝圣般的通天宗教之旅，其间的连接如同天和地般的遥远，虹影能够将之连通起来，给我们带来了奇妙世界的荒诞景象。小说中，既有我们熟悉的中国商场"成功人士"的经历，也有我们不熟悉的印度历史。传奇的国度印度和光怪陆离的中国并置，还能向英国遥遥远望。小说叙述的地理范围广阔，隐喻宗教和现实的关系，世俗和精神的跨越，都是人类境遇的难题。

3

我记得博尔赫斯曾说过，一切伟大的文学，最终都趋向于儿童文学。我觉得他的意思是，越是伟大的文学，越趋向于儿童文学般的纯净和本真。

很长时间里我并不是很理解这句话。后来，我发现，一些大作家都写过儿童文学：左拉给自己的孩子写过《给尼侬的礼物》，萨尔曼·拉什迪给儿子写过《哈龙和故事海》，智利女作家、《幽灵之家》的作者伊莎贝尔·阿连德给孩子写过少年奇幻三部曲《怪兽之城》《金龙王国》《矮人森林》，英国大作家吉普林写过《丛林故事》，更别说法国作家圣埃克絮佩里写的《小王子》，这是世界上最畅销的一部儿童文学作品。

从文学史上看，很多大作家，都写过成人和孩子都能阅读的儿童文学作品。

中国作家曹文轩获得了安徒生文学奖。这是中国作家首次获得这个世界儿童文学最高奖。曹文轩的很多作品成人也是可以阅读的。很多作家在写成人也能够阅读的儿童文学，就像《小王子》那样。

现在这一群体中增加了一个作家，她就是虹影。虹影是一个不断突破自己的写作题材范围的作家。她写过成长主题的《饥饿的女儿》，写过带有女性主义色彩的《好儿女花》，写过有印度佛教文化背景的《阿难》，还写了有关上海的地域想象之书"上海三部曲"。现在，她写了一本儿童文学《米米朵拉》。

虹影是 40 多岁才第一次做母亲，她是一位高龄产妇，生下了一个女儿瑟伯。瑟伯这个名字也叫西比尔，是西方神话中的先知。

每年，虹影都要和丈夫一起，带着女儿瑟伯在意大利一座叫作西比尔的山下的石头房子里住一段时间。她的目的就是让孩子更好地理解西比尔这个来自希腊罗马神话中的先知人物，是如何成长的。这对她女儿的成长很有益处。

虹影的《米米朵拉》是她写给孩子看的书，也是大人能看的书。《米米朵拉》是虹影的首部奇幻作品。虹影凭借想象力，融合了东方文化的古老奇幻元素，就像是《镜花缘》的枝条伸展出来，又像是《西游记》的女性变形版本，这本书具有"本土原创"特点。时间在这本书里是一个容器，带领读者穿越一系列奇异的幻想，它打通了成年人和儿童文学之间的界限。因此，这是一部有童心的成年人也能阅读的书。

虹影以《饥饿的女儿》蜚声文坛，多年来这部描绘成长的艰难的作品打动了无数人的心。其独特灵动的文笔，尤其令女性读者偏爱。在女儿瑟伯出生后，虹影的创作也开始流淌暖暖的爱意。正如她在后记中说的，这是一部"献给女儿"的作品。《米米朵拉》不仅显示了作为作家的虹影奇崛的想象力，更饱含着作为母亲的虹影对孩子深沉的爱。

我还记得在 2009 年，虹影推出长篇小说《好儿女花》，也很受关注。这是《饥饿的女儿》的续篇。小说不仅在故事层面对前作进行了延续，叙述方式和语言风格也是《饥饿的女儿》的延展与继承。正当我们在这两部姊妹篇中互相拼接故事和人物的拼图时，虹影却携着一部儿童文学作品《米米朵拉》，微笑着出现在公众的视野中，同时手牵着的，还有她可爱的女儿瑟伯。

虹影的《米米朵拉》与她之前的作品相比在风格上有很大突破。奇幻的色彩，母爱的质地，还有对现实的执着追问，对内心的始终剖白，以及成长的烦恼。虹影用《米米朵拉》向读者展示了她创作中温暖的一面，也展示了她能驾驭多种题材的能力。

这是一部寻找母亲的书。虹影花了 5 年时间来写这部小说。她在扉页题签时，写的仍然是"献给女儿"。捧读《米米朵拉》的读者会发现，这部奇幻作品一开始，主人公米米朵拉的母亲就不见了，这样的不在场一直持续到了小说收尾的地方。10 岁的米米朵拉历尽各种奇遇和惊险，只为寻找母亲。毫无疑问，这是一部寻找小说，也是一部成长小说，米米朵拉将在寻找中成长。虹影放飞了自己的想象力，为米米朵拉安排了一次又一次的奇遇。更为重要的是，虹影在这些奇异的幻想境地中，也一并关照了当下的现实，比如人与自然、城市的发展与环境的恶化，等等发展主题。

　　我认为，小说中的米米朵拉的寻找，其实不单单是母亲，她也在寻找现实困境的答案，一并寻找内心的自己。因为寻找的复杂性，米米朵拉的成长也是多面向的。她不仅学会了面对问题，也学会了面对问题进行选择。到结尾的部分，一个成长了的米米朵拉站在了母亲面前，她要和母亲一起面对接下来的问题。这个长发的女孩子牵着读者的心，让大家随她一起冒险。虹影在故事的构建中，通过幻想世界为米米朵拉设置了一系列的困难，其实正是在向她心目中的第一读者——女儿来告白：亲爱的，在成长的路上，你终将一人面对所有的困难和选择。而母亲的爱，让你有能力顽强生长。

　　《米米朵拉》印制精美，书中配有意大利画家瓦莱里娅·马什勒什纳为这部作品倾心绘制的精美插图，这也是虹影对创作精益求精的态度。读者在捧读此书，能欣赏到意大利画家对于中国的想象。相信这本书会成为虹影再出发的创作新起点。

　　果然，她后来又写了《奥当女孩》和《里娅传奇》。

4

　　解读虹影的作品并不是一件容易的事情，因为虹影的小说题材跨度很大。她的足迹遍布海内外，写作视野比很多作家大气和开阔。任何一个作家的写作，不管你走多远，与母语和故乡的联系是无法割舍的。母语和故乡早就构成了作家的生命体验和记忆的底色。而常常身在欧洲的虹影，能够用另外一种眼光打量着我们的现在进行时，对时间和时代的理解，想必也更加深刻。

　　在她最近的几部小说中，人物的命运纠缠在时间和历史那布满了暗影的大网中无法脱身。虹影带着悲悯之心，打量着她笔下的主人公，心情复杂地不断施加援手。长篇小说《孔雀的叫喊》就是一部关于个体生命价值的毁灭和再生的小说。

小说中，和大自然进行较量的人，不知道最后谁是胜利者。这带有寓言性。小说的故事在两个时空中进行，一个是当下的西南三峡，一个是几十年前的历史记忆。两个时空的转换非常自然。就像是现代物理学家霍金的宇宙学理论中对虫洞的解释，在不同的时空和星系之间，有一些可以迅速抵达的虫洞相连接着，便利时空的穿梭。

《孔雀的叫喊》中就有一个时空的虫洞，这个虫洞是转世说。通过转世，把两个时空的人物命运变成了互相解释、互相成为对方的因果的镜子。这是这部小说结构上的着眼点，是最大的梗和令我们动心之处。

故事情节不过是虹影铺陈她的寓言的手段：一个女基因科学家，在收到了来自三峡工地上的丈夫的一件东西之后，对丈夫产生了怀疑。于是，她去了三峡，观察评估她丈夫和她的婚姻有什么样的质量问题。在向着过去的时空旅行的过程中，她了解到自己家族的历史秘密，这个秘密与被她的父亲当年处死的妓女和禅师有关。接下来，所有的问题就要解决了，可是在解决问题的同时，历史暗影里的野兽，却突然显现，噬咬了每一个试图探询黑暗过往和人性深渊的人。

《孔雀的叫喊》是凝视人性之书，是针刺历史之作。小说叙述的时空转换犹如万花筒，小说主人公的探询之路，犹如去寻找隐藏着红龙的深潭之旅。而向着记忆去旅行的作品，最杰出的是康拉德的《黑暗的心脏》以及科波拉的电影《现代启示录》。

　　这样的文本是一种神话原型，虹影在这个原型上，又顽强地前进了一步，带有了中国元素。和早年激情四射的虹影的女性成长小说相比，这部小说的语言恢复了平实、轻灵，保留了作为诗人的虹影在语言上的闪光点，那是一种铁与血滋润的磁性，引人入胜，又饱含着多义的温情。

　　《孔雀的叫喊》，会让我们明白，孔雀开屏，孔雀叫喊，到底是什么原因。

严歌苓

2020 年第三期的《收获》杂志上，刊发了严歌苓的最新长篇小说《小站》。这部小说动用了严歌苓在部队当兵时候的一些生活经验，描绘了一座兵站的生活场景。几个饱满生动的士兵人物，一座交通线上的兵站，由此展开的故事拉长了时间的跨度和人物的命运。娴熟的叙事技巧，不着痕迹的结构艺术，都是严歌苓擅长的笔法。

这些年，我也曾在一些聚会场合见到美丽的严歌苓。有一年，在建外的一所公寓几位作家相聚，席间还有老作家张锲，张锲老先生身材庞大，他进门之后刚坐在一把椅子上，那把椅子就喊里喀喳碎裂了，眼看着老头要跌倒，这可了不得。但见严歌苓步伐轻盈，一个箭步抢上前就把老爷子给扶住了，我们赶紧上前帮忙，椅子虽然倒了，可张锲在严歌苓的搀扶下巍然屹立，让我见识了严歌苓的眼疾手快。

严歌苓生于 1958 年，她经历丰富，很早就在原成都军区担任文艺兵。她出道很早，对当代文坛也很熟悉，曾经是一位著名作家的儿媳妇。20 岁开始发表作品，次年参加过对越自卫反击战。后来，她离婚了，又远嫁美国，丈夫是一位美国外交官。她的作品越写越多，越写越好，她也跟着丈夫，走遍欧美和非洲。

严歌苓是一位多产作家，她出版的长篇小说有：《雌性的草地》《一个女人的史诗》《寄居者》《少女小渔》《妈阁是座城》《老师好美》《补玉山居》《第九个寡妇》《陆犯焉识》《芳华》《白蛇》《天浴》《小姨多鹤》《扶桑》《床畔》《金陵十三钗》《舞男》《赴宴者》《也是亚当，也是夏娃》《一个女兵的悄悄话》《霜降》《太平洋探戈》等 20 多部。其有很多作品被一些著名导演，如李安、张艺谋、冯小刚和陈冲等人改编成了电影。

这些作品中，《妈阁是座城》《陆犯焉识》《第九个寡妇》《小姨多鹤》《小站》等都可以说是上乘之作。

可能是因为她的作品比较多产，被改编成影视的比较多，有些人认为她的作品很通俗，是一种类型化写作。实际上，这是一种误解。持续超过了 40 年的小说创作经历，使得严歌苓的小说在技巧上和表达上都非常娴熟，加之她的作品题材相当热门，雅俗共赏，这恰恰是严歌苓作品的优点，而不是她的作品被看作类型小说的理由。

何况，进入 21 世纪之后，人类的小说风格出现了雅俗合流的趋向，还出现了严肃探讨人类命运的新科幻文学。以往我们认为的类型文学，比如推理探案小说，有一些就与纯文学合流了，而且这是一种大趋势。诺贝尔文学奖得主帕慕克的《我的名字叫红》，在我看来，也是一部侦探小说。

因为她常年在海外生活，我们见面的次数并不多。每次在作家的聚会场所见面，她都非常热情，远远地喊一下她熟悉的某个作家的名字，或主动与老友打招呼。她是舞蹈演员文艺兵出身，身材一直保持得特别好。

我在《人民文学》当编辑的时候，杂志编发过她的一部长篇小说。我很喜欢她的这部名为《小姨多鹤》的长篇小说。那时是《人民文学》杂志刚开始刊发长篇小说，此前杂志没有这么大的容量。

《小姨多鹤》发表之后，获得了很多赞誉。她的这部小说，我觉得展现了人间的信义，表达了人心的力量。

严歌苓由于长期在海外生活，可以算作是新一代海外华人作家。在我们以往的印象里，海外作家群主要是由一些老华侨作家构成。他们书写的生命经验，也都是比较早期的海外华人，在西方世界里的艰难生存，往往都是他们经历的人生和历史悲情的展示。

中国改革开放以来，由大陆出去的一批用中文写作的作家，构成了新的海外华人作家群。他们以全新的体验和视角，书写了全球化时代里，华人在世界上的生存图景。

和以往华侨作家的边缘性、悲情性书写大为不同，新华人作家以更为复杂的经验表述，将全球化时代新移民现象和离散状态，书写得淋漓尽致。他们对家园的眺望，又提供了一种新的文化视野和审视眼光。由于用中文写作，读者往往在海内外的华人范围，由此构成了当代华语文学写作的重要力量。

这些作家包括了严歌苓、张翎、虹影、陈河、陈谦、袁劲梅、田原、张惠雯等数十位中青年作家，他们的作品生动地构成了新千年独特的文学现象。

这样一批作家的出现，使得华语文学的疆域陡然发生了地理学意义上的新扩展，华语文学题材的深度和广度都变化了。这些新海外华人作家以势不可挡的创作激情和创作实绩，引起了海内外文坛的瞩目。这支华语文学的"海外军团"身处两种乃至更多种文化交汇碰撞之中，他们依旧坚持不懈地操持着汉语，以一种"在别处"的视角观察中国和世界，独出机杼地发出他们的文学之声。

20世纪90年代以来，中国大陆的影视剧呈现出一片繁荣。很多作家都参与了影视文学创作。我个人并不喜欢过于娱乐化的影视剧。看了由严歌苓的小说改编的电视剧《小姨多鹤》，因演员孙俪绝佳地角色演绎，人物角色具有了打动人心、震撼心灵的力量。

严歌苓的小说创作和影视很容易结缘，这是因为她的故事讲得好。读她的小说，你会发现她的小说里的故事具有奇观性和传奇性。这是严歌苓小说能成功改编成影视的关键因素，也是她名声大噪的内在原因。

《小姨多鹤》的故事就具有传奇性，讲述了一个被战争遗弃的日本孤女，遗留在中国的命运和遭遇。可以说，这是一曲20世纪亚洲女性在战争后遗症状态下的悲歌。作品中的这个女子的名字叫竹内鹤或者朱多鹤，她的父母参加了日本开拓团，在东北生下了她，她的命运后来跌宕起伏，注定要承受侵略中国的日本人、她的同胞的罪孽附加在她身上的印记。她在后来的历史风云变幻中，要做人生中艰难的选择：生，还是死；爱，还是不爱。其实她没有更多的选择，最终，她嫁给了一个中国男人张俭，成为张俭的妻子小环。

从此，多鹤和小环是一个人，一个日本女人和中国女人的聚合体，在漫长的岁月里，她必须要一次次地面临艰难的选择，在选择中考验自己的心、面对人之为人的道德困境。由此演绎出了人的歌泣悲哭的命运。

我想，这部小说变成电视剧，还可以用另外一个伟大的名字来命名：《母亲小环》。我们的读者和观众在小环的面前，肯定会有东西映照到自己的内心深处，会和小环心心相印。你看她一个弱女子，她生机勃勃，她跳荡深沉，她懂得爱，也懂得恨，她心里有一种本能和直觉的强大力量。这个女人在任何历史情景下，都不背离做人的基本原则，知道什么是情与义，什么是欺骗和背德。

《小姨多鹤》所描绘的，就是人间的信义和人心的力量。

这个叫小环或多鹤的女人，她在屈辱和困苦中笑着，卑微和琐碎地生活着，但是她有尊严，凛然不可犯，她的信义和心灵的力量天高地广，浩然无边。

阅读《小姨多鹤》，我们都不得不把自己放进去，因为它很感人，会让我们无法置身事外，会把自己放到她的命运里，会感到人生的困难和矛盾。同时，还要把我们自己的情感和记忆放进去，把我们爱的能力和恨的能力也放进去，因为，面对一个人的命运和她的心灵世界，我们不可能无动于衷。

在对世界的理解过程中，我们穿越困难和矛盾的迷雾，获取了爱和恨的力量，并会将这力量赋予我们自身。

东西

1

　　我和小说家东西是一代人。我还记得，在 20 世纪 90 年代的某年冬季的某一天晚上，他从广西来北京开会，会后要去拜访余华，我跟着他，穿过了大半个北京城，冒着刺骨的寒风，去西三环余华的家里。余华在家等着我们。

　　我们到了他家里，余华的夫人陈红、儿子余海果也都在。具体的情景我已经记不清了，据东西回忆，我们喝了很多茶，说了很多话，我俩表达了对余华的钦佩，聊的都是文学。余华问我还喜欢哪个当代作家，我说，刘震云。当时，见到比我们更早成名的余华，我们俩都很兴奋。

　　在余华家里，我很快就获得了文学带给我的暖意。东西对余华很推崇，这与他们的作品中某种关注点的接近有关。他们都是对人性的极端表现非常敏感的作家，对人的绝望处境思考深入的作家，也都聪明绝顶并对文学锲而不舍的作家。

20世纪90年代初，东西和我都是当时崛起于文坛的"新生代"作家群中的一个。被称为"新生代"作家的，还有李洱、徐坤、何顿、毕飞宇、朱文、韩东、述平、李冯等等十几位。当时李师东和陈晓明策划组织了两套作家作品集，分别以"新生代"和"晚生代"文学丛书来命名，把我们都囊括其中。

30年后，我们中间大部分人还在坚持写作，并且逐渐写出了自己最好的作品。而"新生代"的概念也不断延伸，变成了永远的新生代，更多的年轻作家被归入了这一群体。

且不去管什么"新生代"还是"晚生代"了。但我和东西都在持续写作，一直到今天，有的人消隐了，有的人失语了，我们还在用文学构筑一个世界，步入到可能写出杰作的年龄。东西的长篇小说《篡改的命》出版后，我确信他写出了一部非常重要的小说，他也接近他文学表达的完美状态。

东西是一个小说创作丰厚的作家。他总能够敏感地体察当下现实境况，并以作品作为应答。在《篡改的命》出版之前，他的长篇小说《后悔录》和中篇小说《没有语言的生活》都是他很有影响的作品。

长篇小说《后悔录》，展现了一个人的成长带有黑色幽默的烙印。主人公滔滔不绝地叙述，充满了对各种事情"后悔"的口吻，但其实是有着一双更大的命运之手，在无形中随意摆布他。那么，所有后悔的事情，其实都已经发生了，导致的结果也是无法更改的。这可能就是人生的真实面相。

《没有语言的生活》中，主人公一家人都是哑巴，他们却顽强地如同杂草一样生活在现实质地坚硬的岩石缝隙里。无法说话的人物，他们之间演绎出的情感和命运纠缠，是非常有力量的，正如沉默本身就是巨大的力量，默片和黑白片有时候会带给我们别样的震撼。没有语言的生活，是人最坚实具体的生活，就像是在磨盘中碾压的谷粒，人在生活中被碾碎，但也不会改变本质。

长篇小说《篡改的命》展现了东西对现实的新把握。在这部小说中，他依旧着眼于人的命运及其改变。我们曾看到有高考被冒名顶替的新闻，想必东西从这样的新闻中，获得了灵感和对时代观察的角度。

小说的主人公是两对父子：汪槐和汪长尺是农民父子，林家柏和林方生是城里人。汪长尺在当年的高考中，被一个叫牙大山的人冒名顶替上了大学，汪长尺自己从此与大学无缘，难以改变命运，就走出了家乡，进入城市以打工为生，结果踏上了不归之路，遭遇到人生更为严峻的挑战，直到死亡。

林家柏和林方生与汪家人的命运紧密地纠缠在一起，被不可知的命运所左右，最终，碰撞在一起，秘密被揭开，但这一被篡改的命的秘密，从此又因为当事人的死亡而再度被掩盖和遮蔽……

如此吊诡的人生，戏弄着这些软弱的个体生命。东西把他的犀利的批判锋芒收得很紧，以钝刀子割肉的方式，展现了命运改道的悲情。

在一些新闻报道中，高考过程出现的冒名顶替被录取的事，虽然极少发生，却有着典型的意义。有人截留了别人的录取信息，冒名顶替上了大学，从此改变了自己的命运。这是人人痛恨的事，不公正，却真实发生过。所以，新闻结束了，文学才刚刚出发。

东西写这部《篡改的命》非常及时，它紧贴当下，直逼人心，拷问命运，展现了人生广阔的未知和人性幽暗的黑洞。

在《篡改的命》中，穷人和富人、冒名顶替者和弄假成真者以戏剧性的对位关系构造起来。东西是个摆弄笔下人物的好手，他给我们搭建了一个莎士比亚和雨果这两个文学大师曾经搭建的人物关系。人物不过是符号，是上天在人群中选择让他们出演戏剧的演员，他们分别扮演了彼此，并给对方以巨大挫折、帮助、影响和伤害。小说中的几个人物都因为命运的被篡改，带有《悲惨世界》的雄浑力量。这是我读这部小说最兴奋的地方。命运，这一人生无常的表述，在这部小说中被东西阐释得别具深意，是一出令人哭笑不得、有歌有哭的悲喜剧结构。

莎士比亚和雨果所创造的悲剧故事结构，也在东西的笔下被提升。纷繁缭乱、难以名状的现实面前，震撼人心的叙述依然被东西所呈现，直逼人心和魂魄的写作仍旧是可能的。

东西在写《篡改的命》的时候，一定是把他自己摆进去了。他在拷问他自己，也在拷问我们每一个同时代的人，假如我们的命运被篡改之后将会怎样。东西的《篡改的命》，这部锥心之作，紧扣当下复杂现实关怀，东西超越了他自己。东西善于从不多的人物关系入手，将他们紧密纠结和复杂的内心变化结合其命运转换，营造出一个密不透风的世界，暗喻时代的风貌和人心的深渊。

东西在叙事上的凶狠和准确，是其他作家难以企及的。这部《篡改的命》让我们看到，在命运的大手里，翻云覆雨的个体生命在悲喜歌哭，我们不是无能为力，我们以小说塑造的方式让他们变成了永恒。

2

拿到四卷本的《东西作品集》，我很喜欢。这套书是由深圳报业集团出版社出版的。

东西在一大堆新生代作家里，显示出他卓然不群的姿态来。收录于这套作品集的作品有：长篇小说《耳光响亮》1卷，中篇小说分为2卷，收录他的10多部中篇小说，包括他的代表作《没有语言的生活》《猜到尽头》《目光越拉越长》《原始坑洞》《祖先》等；短篇小说有20多篇，单列1卷。另外，如果加上人民文学出版社出版的长篇小说《后悔录》，放在一起，可见东西创作的精华。

这套作品集的设计与颜色十分鲜亮，封面是方力钧的画，有着夸张和戏谑的风格。方力钧的光头人物很有名，被美术评论家老栗评论为"玩世现实主义"。用方力钧画笔下的光头人物作为东西作品集的封面和内文插图，暗示了东西作品传达出来的荒诞幽默感，与方力钧的绘画在时代精神的指向上是互为镜像的。

东西的长篇小说一共有3部：《篡改的命》《耳光响亮》《后悔录》，这3部长篇小说每一部都很扎实、独特，是东西作为小说家的重要作品。

《篡改的命》我在前一节做了分析。《耳光响亮》被改编成电视剧后获得了广泛的瞩目。这部小说的内在时间横跨了两个时代，从"文化大革命"一直到今天这个市场经济时代。这是一部成长小说，里面凝结了东西体验到的一代人痛苦而隐秘的成长经验。

　　有趣的是，任何痛苦在东西的笔下都被涂抹上一层幽默感。这常常使他笔下的人物能够在人生的痛苦中咧嘴而笑，笑的内容却十分复杂。这部小说描绘了在时代的滚滚车轮之下，被碾压成分崩离析的小人物，他们紧密地纠葛在一起，如同看不见的杂草在生长，彼此在宿命般的纠缠当中达成了命运的生态平衡。

　　长篇小说《后悔录》延续着欲望的实现和破灭的主题。小说描述的时代背景和《耳光响亮》一样，也是分裂的：一个是禁欲的时代，而另外一个则是纵欲的时代。在这两个时代里，一个人要面对选择，最终人生中的荒诞感被东西有力地传达出来。

　　阅读东西的小说，我总是想发笑又有欲哭无泪的感觉。这种感觉来自他预设的小说叙述语调。但其实这是一个陷阱，因为人类总是生活艰辛，东西不会让你最终笑得出来。

　　比如在他的小说《没有语言的生活》中，一个三人家庭，父亲、儿子和儿媳妇所构成的无声世界，因为聋哑而无法用声音和语言沟通，却想着过上美好的生活。在这样封闭的环境中，人性的挣扎和生存环境的狭小，沉重的现实境遇最终使人湮灭。

　　在东西的小说《猜到尽头》中，夫妻之间的婚姻生活在信任和背叛问题上非常尖锐。这是东西关注和打量当下生活的焦点。妻子执着地要发现丈夫不忠的事实，结果他们的关系瓦解了。这样的求证和猜测是多么的残酷，又多么的娱乐，就像一部侦探小说一样有趣和生动，充满了带泪的笑声。

　　东西短篇小说中，总是有一个很好的题目，像是"我为什么没有小蜜""送我到仇人的身边""商品""你不知道她有多美"等，这样的题目使我们很有阅读兴趣。我清楚地了解东西对现实生活细节的把握是十分精巧的，在一个个叙述紧密的短篇小说中，东西小说中的主人公找到与困境和解的姿态，就是假装要笑，最后却是带泪的笑。

阅读这套东西作品集，你会发现东西小说叙事技巧高超。他在叙述的时候，会故意给你设置一些不经意的陷阱，东西很机智，他有顽强结构当下生活，并从中提升出审美价值的原型故事的能力。因为他摸到了时代的脉搏，了解生活的肌理，和历史在中国人生命中打下的烙印，形成的阴影和各种复杂的气味。

阅读东西的小说，我们可以感到东西创造出的独特虚构世界，充满了坚韧和突兀的东西。这个世界正是我们在被生活的不明巨兽追击下，大口喘着气想要躲开的地方。东西反向而行，顽强掘进，在历史和现实两个层面上，重构世界的源头，使我们在俯视人性深渊之后，找到了回家的路。

宁肯

1

　　宁肯出生于 1959 年，但他的第一部长篇小说《蒙面之城》出版于 2001 年，这部长篇小说处女作是他 40 岁的时候写的。一个人在 40 岁才推出第一部小说，肯定算是大器晚成了。相比下来，很多写作者到了 30 岁就已经暮气沉沉了。

　　从年龄上来说，宁肯和出生于 20 世纪 50 年代末的刘震云、阎连科、余华等作家属于一代人，但是在写作的精神气质上，他要和后来出现的"新生代"作家群更加接近。

　　他的 5 部长篇小说都出版于 21 世纪，是属于 21 世纪里的小说家，也是面向未来的小说家。

　　《蒙面之城》的题记点明了小说的题旨："我们何时能生出父亲？"

　　这么强悍的诘问，让人目瞪口呆。我一直理解是父亲生下了我们，可他却强有力地质询，我们如何生下自己的父亲。这是假设的疯狂吗？这部小说中，一个 17 岁的少年马格的寻父经历构成了主线，他在秦岭、北京、广东、西藏的游走，切合了 20 世纪 80 年代很多人对自我和父亲的双重寻求。

这部小说让我们看到了宁肯的独特气质。他不同于书斋型先锋小说家，也不同于写日常生活的新写实小说家，更不是地域文化小说家。他的小说向内走，走到人物的内心，走到当下的现实去挖一口井。

美国作家菲利普·罗斯说："我的写作是在地上挖一个洞，然后我使劲挖下去。"宁肯也在挖一个洞，他还更加专注地挖。进入宁肯的小说世界，有自己的入口，但这个入口比较隐蔽，也是他区别于上述三种作家的地方。他很善于将自身的生命经验和外部宽阔的世界结合起来，引领你进入到他的虚构空间里。

他的第二部长篇小说《沉默之门》的背景是北京，小说的主人公叫李慢，是一个报社的编辑。小说在你、我和他（李慢）三种人称转换的叙述中，展开了一个中年人镜像一样互相映射的生活。小说的叙述角度令人眼花缭乱，结构浑然天成，语言充满了张力，对城市生活抽丝剥茧的剖析，灵动而锋利。

我从这部小说中看到了他在叙述上的用力，和他对北京生活深入的能力。最终，沉默之门会打开，走出来的人也不再沉默，重新面对世界的喧哗。

宁肯写小说是匀速的，平均三年写一部，类似某种呼吸的节奏。每一位作家、诗人的写作，其实都有着自己的节奏。

宁肯的第三部长篇小说《环形山》就像是一次更长久的呼吸。它是白天的呼吸，也是夜晚的呓语。小说题目提示了我们，作者在向我们展开的世界是充满了阴影，是死寂、诡秘如月球上的环形山的世界。在这个世界里，主人公，一个残疾人，敢于面对自己的蓬勃欲望，勇于对抗自我的卑微存在，试图选择自己的生活，因此成为一个精神强健的人。相比之下，那些光鲜的、四肢发达的城市人，则是灵魂得病的影子人，在城市里游走。

《环形山》所营造的世界，就是这么一个到处是环形山的阻碍与阴影，环形山的达坂与沟壑，是一个身形残疾、灵魂强健的人遇到的象征空间。在这一空间中，他必须找到出口，并通向坦途。

宁肯的第四部长篇是《天·藏》。这部小说在文体、叙述和结构上都别具匠心，小说里比较瞩目的，是很庞杂的、跟着正文一起走的几万字的注释，这也是小说内容的一部分，构成了小说的旁白和插曲，线索和提示。

这部小说将宁肯的优点凸现出来。他善于贴着人物写，能够进入到人物的内心的宇宙进行探险，不惧叙述过程中的落石和塌陷，让我们看到了他的情节进展的惊险。他笔下人物的精神世界被他挖掘得如同天坑般深幽，他敢于以雨伞做伞，毅然地跳进去。

宁肯有几年在西藏生活和游走的生活经验，这是他的资源型记忆，一直没有枯竭，被他再次使用于这部小说中。在这部小说中，当下生活、远方想象、内心宇宙、精神荒原、城市景观、大地漫游，这些都被他进行了拼接，构成心灵世界的宽广度。

《天·藏》出版之后受到评论家的赞许，在茅盾文学奖的评选中，进入到最后十名的短名单中，成为获得提名奖的作品。这是从四年间出版的 8800 部长篇小说中露出的卓尔不群的身姿。

2014 年，他的第五部长篇小说《三个三重奏》出版。我想他的这部小说，和英语大诗人艾略特的《四个四重奏》有什么结构上的对位关系吗？有什么现代主义的呼应吗？等到阅读完这部小说，我想，宁肯是以自身对音乐三重奏结构的理解，结构了这部与当下生活零距离的作品。

在《三个三重奏》中，宁肯塑造了三个人物。一个是从秘书做起，处心积虑地爬上高位的官员，一个是逃亡在外的贪污受贿的总裁；还有一个是沉湎于知识的图书管理员。这三个人物的设定，带有典型性和当下性。最后图书管理员走出了图书馆，到看守所去接触那些形形色色的罪犯，构建出知识和想象之外的当代社会的人物画谱。

《三个三重奏》除了塑造出几个成功的人物形象，我还看到宁肯作为一个知识分子作家对自我的批判。审视自我是最难的，试图画出自己的灵魂画像，是伟大作家才可能走出的一步。我很少在当代作家那里看到对自我的深刻怀疑、批判和省察。

从这个意义上说，宁肯是当代很重要的小说家。

2

宁肯的作品不算多，却一部比一部写得好。他是一个精心构思、耐心组织、下苦功夫的作家，将写作和生命体验贴在一起。呕心沥血这四个字，用在他身上也很合适，但他为人为文，还有一种潇洒。

宁肯的主要作品，除了上述的五部长篇小说，还有非虚构作品《北京：城与年》《中关村纪事》《冯康传》，散文集《词与物》《说吧，西藏》《我的二十世纪》《思想的烟斗》《未选择的路》等多种，都写得很扎实。

宁肯有一种独特的魅力。他是北京人，有北方男人的爽朗和大气。他个子虽然不高，但身体比较强壮，形象俊朗，大眼睛，非常有亲和力。特别是他说话的声音和节奏，很有感染力，也不像老北京人的儿化音那么重，清爽、自然、不流俗。他说话的音频比较高，语速比较快，常常没有看见人，他说话的声音我已经听见了。

若他从他那天坑和荒野般的小说世界里走出来，再加上他这个人又是那么的风趣、坦诚和明快，你会觉得他的小说和他的人融合在一起。他不是"分成两半的子爵"，也不是"隐形人"以及"化身博士"那样的分裂人物。

我们可以试想宁肯灵魂的复杂性，他是一个有着夜晚的环形山的阴影，喜欢蒙面的感觉，沉默和爽朗大笑不断转换的男人，一个优秀的小说家。

和宁肯认识很多年了。饭局上有宁肯和没宁肯大不一样。他在的话，场面就很热闹；他不在，场面就很无聊。所以，我很喜欢和宁肯出现在一个饭局上。宁肯是一个相对简单的人，不是那种矫情的人。他很好打交道，对人坦诚直率。他也有着一种举重若轻的气度，这是很多人做不到的。有些作家无论是写作还是生活都过于用力，遇到事情就紧张，把小事放大到完全无法掌控的地步，然后就是一团糟。

宁肯曾经做过多年的报社的记者，这一点和我一样。

记者出身的小说家，是 20 世纪以来很重要的一股文学力量。做过记者的小说家，关心社会问题，有正义感，视野开阔、有建设性，不像书斋型、草根型和愤青型作家的飘忽、偏狭与肤浅。

当过记者的小说家，对现实问题的关注很犀利，批判有锋芒，出手很直接。我不用多举例子，读读海明威、加西亚·马尔克斯和巴尔加斯·略萨的作品，就知道这一类作家的路数了。

　　和宁肯在一起，我们的话题必定会涉及阅读经验、现实境况、城市问题、文体意识、哲学理念等，这些会进入到脑力激荡的场域。

　　宁肯也是文学编辑出身的作家，一位作家型的编辑。这类人容易看到同行的长处。当编辑办杂志，就是开店的，就要像欢迎顾客一样欢迎作家的稿子，不能随便拒人于千里之外，而是要开门揖客，笑脸对人。当然，这不是说我们就没有文学判断的原则和尺度了，该枪毙的稿子都不含糊，但对作者好，理解作家同道，是第一位的。

　　作家型编辑的最大长处，是善于发现有写作才能的人。谁有没有生长性，一眼就看出来了。我也曾听到一些作者夸赞宁肯编辑当得好，很有耐心，看稿选稿有眼力。

　　前段时间他不再担任《十月》杂志的副主编后，真的成了坐在家里的专业作家。我想他肯定还能继续写出杰作来。

李洱

1

出生于 1966 年的小说家李洱是新生代作家中的佼佼者，是一个学者化的小说家。他的作品不算多，迄今为止共出版了 3 部长篇、20 部中篇小说、30 多篇短篇小说。他的长篇小说《花腔》获得了很高的评价，这是一部多声部的小说，触及中国现代史非常惊心动魄的一部分。

2019 年，他的两卷本长篇小说《应物兄》获得了茅盾文学奖。这是他的高光时刻，也是他花了 10 多年时间写这部知识分子精神图谱的大著的回报。

他还有一部篇幅很短的长篇小说《石榴树上结樱桃》，在德国获得了很好的影响，据说还得到了德国领导人的推荐，在德国有不俗的销量。这部小说写了中国农村基层政权艰难的民主选举。

李洱读书很多，不轻易下笔，他属于厚积薄发型。他告诉我，他有一个不好的习惯，就是喜欢一遍遍地重写一部小说。《花腔》他前后写了几遍，一共写了100多万字。定稿的时候，只有一个版本，30多万字。他重写，并不是像别的作家那样以一个版本的修改为主，他是以第一人称写一遍，用第二人称再写一遍，然后用全知全能的视角再写一遍。最后比较哪个版本好，甚至又都放弃了，综合起来，以各种人称叙述再写一遍。

如此这般，他的小说的问世就常常变得遥遥无期。

李洱是一个对各类文学现象了然于心的学院派作家，他在中国现代文学馆担任副馆长，有很多机会参加各类文学活动和文化交流。他的长篇小说和中短篇小说有多个西方语言的译本，因此，他在欧美国家也小有知名度。

和比他大的那一代"营养不良"或者"营养偏颇"型的作家不一样，李洱受到的文学教育是全面的，他不仅谈拉美文学，他也广受欧美文学、苏俄文学和非洲文学的影响。

对于拉美文学，他说道：

> 在20世纪80年代，西方的文学艺术开始大量地进入中国。它本来属于"他者"，但当它影响到中国作家的写作的时候，它就不再是"他者"，而成了20世纪80年代以后中国文学传统的一部分。我本人是在20世纪80年代完成大学教育的，我还记得自己当时如饥似渴地阅读西方小说和拉美小说的情景。我也是在那个时代熟读塞万提斯的《堂吉诃德》，熟读加西亚·马尔克斯的《百年孤独》，熟读塞拉的《蜂巢》以及今年刚刚获得诺贝尔文学奖的巴尔加斯·略萨的作品。这些西班牙语的作家作品，毫无疑问，也深深影响了中国作家的写作，中国作家从中体会到了西班牙语作家处

理现实的方法。在接受西方文学影响的过程中，因为，现实主义的文学传统在中国具有强大的生命力，所以中国作家和中国读者，总是习惯于将更多的注意力投向那些具有批判现实主义精神的作品。

（李洱著《问答录》第370页，上海文艺出版社2013年1月版）

长篇小说《花腔》是李洱最具代表性的作品，是一部历史批判性小说，厚重，结实，内部充满了有声音和细节的丰盈的小说。这部2001年出版的小说，在结构上，受到了拉美结构现实主义小说的影响很大，也就是说，李洱很重视小说的叙述者的多样和叙事者的声音。

他对确定无疑的叙述者讲的故事，是持有怀疑的态度的。这部小说的主人公是一个叫葛任的人，他曾经参加了20世纪三四十年代的中国革命，但在历史中奇怪地消失了。对于这样一个人的短暂生命的挖掘和打量，是这部小说的情节构成。

小说在4个叙述者的叙述下展开。第一个叙述者写了前言和尾声，他可以被看成是作者本人，但这个叙述者又自称是葛任的后人。他同时还是采访另外3个讲述葛任的生平的人：医生白圣韬、人犯赵耀庆、法学家范继槐。这3个人对于葛任的回忆和讲述，是不一样的，使历史中的、记忆中的葛任发生了错位、游移和不确定，葛任由于这3个人的不同视角和身份的讲述，变得更加模糊，从而显示出历史的荒诞，人的命运吊诡。

这部多声部的小说，实际上不限于这一个主要的叙述者也就是采访者和3个主体叙述者的讲述，小说还通过引文、谈话和回忆，又引入了10多位见证过葛任的国内外人士对其一些印象，使这部小说本身既扑朔迷离，又逐渐地显得清晰了。

　　我们看到了葛任仿佛是从迷雾中向我们走来，他由远及近，眼看着将要清晰地来到了我们的面前，但是忽然，又被迷雾所漫卷了，看不清了。然后他再度出现，再度消失，如此反复。最终，我们也感受到了葛任作为一个历史人物的丰富性，和中国当代史本身的丰富性和复杂性。

　　可以说，《花腔》就是这样一部不确定的作品。在阅读的时候，主叙述者在卷首语中就说了，可以从 3 个部分，也就是医生白圣韬、人犯赵耀庆、法学家范继槐的讲述中的任何一个部分开始阅读。这使我想起了科塔萨尔的《跳房子》的阅读方法，那是一部可以跳跃阅读的作品；这使我想起了巴尔加斯·略萨的长篇小说《绿房子》和《酒吧长谈》，两部多角度多线索的叙事结构；这也使我想起了帕维奇的《哈扎尔词典》，从 3 个部分历史文献对哈扎尔这个民族的多角度的阐释。

　　我曾觉得李洱受到了巴尔加斯·略萨在叙事上的影响，对此，我查到了在 2011 年巴尔加斯·略萨来北京的一次座谈会上李洱的发言，他说：

　　　　1985 年我第一次看到略萨的小说。略萨增加我们对文学的理解。但我更喜欢略萨关于小说的评论。我几乎看了他所有的翻译成中文的评论，比如《给青年小说家的信》《谎言中的真实》等，你很难相信略萨很喜欢雨果、喜欢帕斯捷尔纳克，很难相信，巴尔加斯·略萨对俄国的革命小说有那么深入的了解。

　　从这段话可以看出来，李洱并不觉得自己受到了巴尔加斯·略萨的小说有多大的影响，他只是对巴尔加斯·略萨作为学者化的作家推崇备至。巴尔加斯·略萨对拉美文学和西方文学的研究非常深入且广泛，对小说技术、艺术本身的思考，要更为丰富。想要直接地从李洱的作品中搜寻到确定无疑的拉美小说大师们的影响，稍微困难一点，因为他在写小说的时候，既吸取了那些大师的经验，又不动声色地抹去了他们。

不过，还是有些马脚的，这在他的一些谈话中，流露了出来。比如，李洱是这么谈论加西亚·马尔克斯的：

你看过马尔克斯的《番石榴飘香》吗？那是他的文学对话集，里面大量的谈到他早年生活的经历，说得有鼻子有眼的。可实际上，其中很多都是虚构。文学，当然还有音乐，有一种奇妙的功能，它会让人产生从未有过的记忆。

(李洱著《问答录》第169页，上海文艺出版社2013年1月版)

2

李洱也喜欢谈拉美文学，他最喜欢谈有关博尔赫斯对中国作家的影响。可能博尔赫斯对迷宫的设计和追寻，对时间的理解，对谜语的解读，是李洱心向往之的，因此他更喜欢谈论的是博尔赫斯。比如下面这段：

20世纪80年代中后期，我喜欢博尔赫斯，和入迷，但后来不喜欢了。但至少我不能否认，博尔赫斯不光是一位技艺超群的作家，还是一位有思想的作家。他的很多短篇小说确实了不起，比如《南方》《马可福音》《第三者》。我说我现在不喜欢他，一是因为我不敢再喜欢他了，就像一个穷汉不敢喜欢一个公主一样，时间、经历都耗不起；二是我不愿意再喜欢他了，我更愿意去写历史，写日常生活中的人和事，离他的小说越来越远了。

（李洱著《问答录》第239页，上海文艺出版社2013年1月版）

而在谈论他心仪和崇拜的博尔赫斯的时候，他还不忘记拉上加西亚·马尔克斯对博尔赫斯的迷恋来作为佐证：

> 据说，加西亚·马尔克斯不管走到哪里都要带上博尔赫斯的小说。马尔克斯是用文学介入现实的代表，而博尔赫斯是用文学逃避现实的象征。但无论是介入还是逃避，他们和现实的紧张关系都是昭然若揭的。在这一点上，中国读书界或许存在着普遍的误读。马尔克斯和博尔赫斯，对20世纪80年代中期以后的中国文学产生了巨大的影响。对知青文学和稍后的先锋文学来说，它们是两尊现代和后现代之神。但这种影响主要是叙述技巧上的，令人遗憾的是，马尔克斯和博尔赫斯与现实的紧张关系，即他们作品中的那种反抗性，并没有在模仿者的作品中得到充分的表现。

（李洱著《问答录》第307—309页，上海文艺出版社2013年1月版）

如此说来，因李洱对博尔赫斯的心仪，最终促使了他对历史迷宫的痴迷，也使他最终塑造出葛任这个在中国20世纪历史的漩涡和迷雾中消失的人物，让其有着众说纷纭的谜语。这就是李洱对拉美文学的消化式的吸收。不过，在谈及博尔赫斯的时候，李洱流露出了羡慕和崇拜的情绪，但是他深深地知道博尔赫斯那巨大的魅力之下，还有着一个陷阱。这个陷阱是可怕的，他清醒地谈及这一点：

> 但是，对于没有博尔赫斯那样的智力的人来说，他的成功也可能为你设下一个万劫不复的陷阱，使你在误读他的同

时放弃跟当代复杂的精神生活的联系，在行动和玄想之间不由自主地选择不着边际的玄想，从而使你成为一个不伦不类的人。我有时候想，博尔赫斯其实是不可模仿的，博尔赫斯只有一个。你读了他的书，然后离开，只是偶尔回头再看他一眼，就是对他最大的尊重。我还时常想起，在1986年秋天发生的一件小事。先锋派作家的代表马原来上海讲课，当时我还是一个在校学生，我小心翼翼地提了一个问题：博尔赫斯在何种程度上影响了他的写作，他对博尔赫斯怎么看。马原说，他从来没有听说过博尔赫斯这个人。当时小说家格非已经留校任教，几天后告诉我，马原在课下承认自己说了谎。或许在那个时候，博览群书的马原已经意识到，博尔赫斯可能是一个巨大的陷阱？

（李洱著《问答录》第307—309页，上海文艺出版社2013年1月版）

李洱的长篇小说《石榴树上结樱桃》，只有16万字，第一版并不分章节，而是紧密地叙事，将农村基层民主选举的走样和扭曲，呈现得十分真切。我注意到，这部小说在上海文艺出版社出版的新版本，则分为了25个小章节，版权页码上的字数也变成了20万字，不知道是因为排版的原因，还是因为李洱的确修订了这本书。按照他的修改习惯，他是完全有可能这么干的。

我对比了前三节，没有发现修改的痕迹。非常重视叙事手法的李洱，在这部小说完全直面了现实农村的景象，他生于河南济源，那里曾经有一条叫作济水的大河，后来干涸了，河谷里长满了一人高的草。在他的老家，还出产铁棍山药。他是这么谈到他的家乡的：

　　我的老家济源，常使我想起《百年孤独》开头时提到的场景。在我家祖居的村边有一条叫沁水的河流，河心的那些巨石当然也"如同史前动物的巨蛋"。每年夏天涨水的时候，河面上就会有成群的牲畜和人的尸体。而那些死人也常常突然（在水面上）站起，仿佛正在水田里劳作。我在中国的小说中并没有看到过关于此类情景的描述，也就是说，我从《百年孤独》中找到了类似的经验。……在漫长的假期里，我真的雄心勃勃地以《百年孤独》为摹本，写下了几万字的小说。我虚构了一支船队顺河漂流，它穿越时空，从宋朝一直来到 20 世纪 80 年代，犹如我后来看到的卡尔维诺的小说《恐龙》一样——一只恐龙穿越时空，穿越了那么多的平原和山谷来到了 20 世纪的一个小火车站。

（李洱著《问答录》第 303—305 页，上海文艺出版社 2013 年 1 月版）

　　作为新生代作家群中的具有学院派作家特点的小说家，李洱在中短篇小说写作，更显示出某种学院、知识谱系和对知识分子精神状态和境况的把握，这也是他的最新长篇小说《应物兄》的主题。

3

　　如果说莫言、刘震云、阎连科、余华他们更像是福克纳、海明威的话，那么，李洱与索尔贝娄、约翰厄普代克、菲利普·罗斯有着某种呼应关系。后者都是美国当代写中产阶级知识分子最为得力的小说大师。

李洱的中篇小说有近20部，短篇小说有30多篇，所涉及的，大都是知识分子题材的，其中中篇小说有《午后的诗学》《导师死了》《悬浮》《加歇医生》《缝隙》《破镜而出》《抒情时代》等，短篇小说有《喑哑的声音》《堕胎记》《错误》《遭遇》《威胁》《秩序的调换》《惘城》《白色的乌鸦》等，大都是以大学教授、博士、作家、诗人、医生等中产阶层的知识分子和小知识分子作为描写的对象。

李洱在这些小说中，并不着意于编造某些故事，而是通过日常生活的呈现，通过对这些人的精神状态的把握，描绘了当下社会中知识分子和小知识分子的精神境遇，也就是今天的中国人的精神分析。

这是李洱最具贡献的地方。如果说《花腔》是对20世纪上半叶中国知识分子境遇的精神分析的话，那么他的很多中短篇小说，则是20世纪晚期的中国当代知识分子的精神分析。阅读这些几乎就发生在我们身边的人的故事，我们除了会心地微笑，还有对自身境遇和精神状况的了悟。

说李洱是一个学院派小说家，还在与他对小说文本的形式追求，以及叙事艺术的精心设计。他的有些作品还具有后现代的解构特征，比如中篇小说《遗忘》，将嫦娥奔月和下凡的故事，与现实生活中的人相并置，产生了有趣的重述神话和消解神话的效果。中篇小说《国道》则有着元小说——关于小说的特点，小说叙事人本身一边写小说，一边参与到了小说的故事中，这都是以虚构当作真实世界的前辈作家所无法做到的。

因此，李洱受到的外国文学的影响并不局限于拉美文学，他是全方位地吸取了外国文学，并将那些影响作为触媒，来唤醒自我的创作经验和生活体验，将他对当代生活和历史情境的写作资源唤醒，从而创造出一个独特的文学世界。

尽管如此，我还是觉得，由于李洱出生于河南这样一个乡土经验非常丰富的省份，他的创作的起点是受到了拉美文学爆炸作家的影响，他也多次谈到了这些影响，后来，他继续前进，扩展了视野，逐渐地摆脱了他们，寻找到了写作的新方向——知识分子群的精神分析，也找到了自己的叙述艺术的形式，并对各类叙事形式运用自如，得心应手，成为一个兼具广度和深度的小说家。

范
稳

1

范稳近几年的长篇小说有《吾血吾土》《重庆之眼》，他将小说题材转到了抗战时期西南地区的历史书写，获得了一种新视野。

范稳是一个深受拉美文学影响的当代作家。他1962年生于四川，毕业于西南师范大学，后来到云南工作。

范稳的文学创作开始于1986年，早期的作品以文化散文以及城市题材与历史题材的长篇小说和中短篇小说为主，出版了《苍茫古道：挥不去的历史背影》《人类的双面书架》《藏东探险手记》等散文集，《清官海瑞》等近10部长篇小说，但这些作品表达的经验不是那么特别。比如，他写的历史小说《清官海瑞》无法与同时期的其他通俗历史小说相比，而他那些都市题材的小说，也因为地处偏僻的云南，在经验上都弱于北京、上海、广东的大都市写作者，这些作品都没有引起很大的反响。

　　这说明，他一直在寻找着自己的写作资源和方向。每个作家其实都拥有自己独特的、别人根本就无法替代的写作资源。范稳走过了一条弯路，当他把目光投到了云贵高原和西藏大地上的时候，好像得到了某种天启，豁然开朗，他只是需要把那片土地上像果实一样悬挂的传说和本土民俗宗教文化，轻轻地用手摘下来结构起来就可以了。

　　一个好的作家，必定会逐渐地发现自己的优势。当范稳在20世纪80年代中期接触到拉美文学之后，他的创作发生了质的改变。2004年，他的"藏地三部曲"第一部《水乳大地》由人民文学出版社出版，引起了文学界和广大读者的注意，认为这是一部非常难得的长篇小说杰作。随后，他于2006年出版了《悲悯大地》，2010年出版了《大地雅歌》，从而完成了他的这个以西藏为背景的长篇小说系列，成为当代中国描绘云南和西藏地区历史、现实、民俗、宗教、人性纠葛的最重要的小说家。2011年，他又出版了长篇小说《碧色寨》，继续他的藏地文化和历史的小说书写。

　　范稳那历经十年创作出的长篇小说《水乳大地》《悲悯大地》和《大地雅歌》三部曲，再加上他后来出版的长篇小说《碧色寨》，共同构成了难得一见的本土出产的神奇文化小说。说这是一套本土的地域文化小说，和早年那些模仿拉美魔幻现实主义的作家作品完全不一样，他的小说是在云南和西藏接壤的地方十分自然地生长出来的，作者根据那片神奇的土地上的历史和传说来写作，成就了一部部神奇的作品。

　　范稳写出了我们土地自己的神奇，写出了似乎在衰朽的小说新的生命复苏的迹象，也显示了范稳的雄心壮志和史诗梦想。

2

在《百年孤独》当中，加西亚·马尔克斯讲述了两百年来拉丁美洲的孤独与温柔，奋斗与挫折，甜蜜与神奇的历史和现实。不仅如此，《百年孤独》还树立了一个新的榜样，就是在今天这个消费、解构、碎片的时代，史诗并没有死去，它依旧是一些雄心勃勃的作家的梦想，同时也是读者内心热切期待的作品，关键是如何去发现本土的神奇、去创造小说本身的神奇。这对所有作家都意味着难度、折磨、雄心和孤独的深重考验。

对于他所受到的加西亚·马尔克斯的影响，范稳在他的创作谈《我的"圣经"片段》一文中说：

> 我的枕边书是《百年孤独》，尽管这部经典已经出版了近三十年了，尽管马尔克斯的魔幻现实主义在中国已经不是个热门话题了，但我还是固执地把《百年孤独》当《圣经》来读。手上没有什么紧要事情时，就随手翻翻，可能是从头看起，也可能是随便翻到某一个章节，人物、情节、结构从不会搞乱，就像不定期地去拜会一个老朋友，你总不会连他生活中的某些习惯和个性都忘了。而到一些关键时刻，比如当我要动笔写一部书时，我会在做完所有的案头工作后，先抽几天时间把《百年孤独》完整地读一遍。

> 至今我仍然记得在上大三时第一次买到《百年孤独》时的情景，那时我们已经知道马尔克斯是诺贝尔文学奖的"新科状元"，可是读完全篇依然看得云遮雾障。那时读这样的书只是为了在漂亮女生面前秀一秀肤浅的"深层"，仅此而

已。至于雷梅苔丝为什么会被一张神奇的飞毯接走，布恩迪亚老人为什么在院子里的栗树下老是不死，乌苏拉为什么可以和亡灵对话，走遍世界的吉卜赛人墨尔基阿德斯为什么能死而复活，奥雷良诺上校为什么永远走不出自己的孤独，一概看不懂。只有一点隐隐约约的悲哀和巨大的震撼：看人家竟然能如此写小说！而那时，我们正在大学校园里接受革命现实主义作品的教育。

多年以后，我到了社会，才慢慢明白现实主义不仅有革命的、浪漫的，还有荒诞的、魔幻的；也不是资本主义社会才会有荒诞和魔幻，社会主义体制才有革命和浪漫。真正的文学不分体制，真正的经典超越了主义。一部好书的终极价值应该是涵盖人类文明的某一个方面，要么是社会形态，要么是历史风云，甚或是一个人卑微却高尚的心灵。

（《我的"圣经"片段》一文，系范稳给我发来的创作谈，未发表，我得到了范稳的许可，在这里直接引用）

因此，与伟大的文学心灵的碰撞和相遇，必将造就另外一个丰沛的心灵去创造宏伟的史诗。范稳就是从这个时候，开始了自己的史诗般的小说创作。他坦承加西亚·马尔克斯对他的影响。

在范稳的《水乳大地》这部长达三十八万字的小说中，蕴涵着范稳的小说史诗的伟大梦想，超过百年以上的小说内部时间跨度的小说，一般总是被称为史诗。

在这部小说当中，西藏和云南那里神奇的传说和在灵界和生界游走的灵魂完全是共生的，小说的主线是讲述藏传佛教、天主教和纳西人的东巴教，在一百年的时间里，彼此之间相当复杂的纠缠与争斗。

　　范稳为写这部小说，深入研究了一百多年以来，在云南和西藏交界地区，藏族、汉族、纳西族以及来华的传教士的历史与文化纠葛，将地域文化小说上升到一种新历史小说的独特表达。

　　范稳在这部小说中，可以说处处都显示了他过人的想象力和对民俗传说以及宗教神迹的消化再造能力。在这部小说当中，骑鼓飞行的法师、天主教企求上帝显灵，结果上帝果然显灵的神迹等比比皆是，带有着独特的魔幻现实主义的味道，只不过，范稳的这种"魔幻现实主义"，也是一种本土化的魔幻现实主义，甚至还带有着地域文化、民俗、宗教文化相交汇的而更为复杂的一种魔幻现实主义作品。

　　小说中，尤其动人的，是天主教和藏传佛教百年争斗的场景，都充满了扣人心弦的描绘。这也暗合了中国作为一个第三世界国家，追求现代化、走向现代性的艰难的过程。这个艰难的、痛苦的过程，在中西之间，在中国内部中不同的民族和文化、宗教经验之间，都是有着惊心动魄的碰撞和交锋，撕裂感和重生感是混合在一起的。最终，各种宗教、文化、人心，在互相的厮杀、争斗、背离、冲突中，逐渐地找到了一个和谐相处的方式，在 20 世纪末期，在澜沧江的大峡谷里，和平相处了。

　　范稳驾驭这样的题材似乎心中有数，这是一个举重若轻的写作过程，它确实超越了大部分当代人的经验，将我们带到了一种独特的时空之中、文化经验之中、想象的氛围之中。小说是波澜壮阔的，小说中，瘟疫、洪灾、干旱、雪崩、泥石流等自然灾害，还有族群之间的仇杀、背叛、纷争，仿佛是造物主考验人类生存的一场场磨难，但是，在澜沧江的大峡谷里面，最终迎来的，是宁静和安详，是文化的交融与互相的理解和包容。

范稳在写这部小说的时候，在小说的结构方面别具匠心，相当考究。小说不是线性叙事，不是按照时间的线索来叙述，而是采取了一种向心的结构，交叉进行，将小说内部要叙述的时间分割成几大块，从世纪初开始，第二章则讲述世纪末，然后是20世纪第一个十年和20世纪80年代，最后回到了西藏的一个新起点：20世纪50年代，在那个年代里，西藏和平解放，进入了新的历史时期。

小说这种向心结构，似乎把复杂多变的历史本身有条不紊地梳理了，使那片神奇的土地成了可以被语言和记忆讲述的母体。在年轻作家趋向于一种时尚化写作的情况下，阅读和重视这部厚重博大的小说，可以让我们领悟到文学为什么会存在的理由和价值。《水乳大地》也因此让人眼前一亮，吸引了很多眼球，一些人甚至都不相信这是那个写了很多都市小说和历史小说的范稳的作品，因为这部作品实在是跃升到了一个惊人的地步。

在《我的"圣经"》一文中，范稳说道："马尔克斯说过，'现实是比我们更好的作家，我们的天职，也许是我们的光荣，在于设法谦卑地模仿它，尽我们的可能地模仿好。'作为一个汉族写作者，纵然文化背景与表现对象迥异，但我可以学习、借鉴和模仿。在西藏这片生长着神灵的土地上，神奇的传说俯首即拾，它们和现代文明交融碰撞，它的现实不是魔幻的，而是某种神灵之光浸淫的现实。这种独特神奇的现实你可以信，也可以不信，但在文学创作中，便给你的想象插上了翱翔的翅膀，它的存在是绝对符合任何文学创作规律的。这就是一个作家机会。一个大师级的作家伟大之处有很多，而我认为像马尔克斯这样的作家，他不但让你绝望，还拯救了你的绝望。"

3

范稳在推出长篇小说《水乳大地》三年之后，又出版了他的藏地三部曲的《悲悯大地》和《大地雅歌》，继续着他对云贵高原和西藏地区的神奇描绘。可以说，《悲悯大地》《大地雅歌》与《水乳大地》有着血肉联系，《悲悯大地》和《大地雅歌》的线条相对单纯一些，但是对藏地文化和历史的关注和书写是统一的。

《悲悯大地》缩小了小说的视野，将小说的主线放在了两个家族之间的纷争。小说的地理背景还是在西藏东部的澜沧江两岸，两个藏族家族朗萨家族和都吉家族之间因为上一代的杀父之仇，延续到了下一代，于是，两个年轻人达波多杰和阿拉西，分头去寻找藏族人传说中的三宝，来向对方进行报复。

达波多杰寻找的是"快刀、快马和快枪"，而阿拉西却因为一个机缘而皈依了佛门，他寻找的三宝，则是佛、法、僧。最终，佛教的力量改变了阿拉西，让他化解了和仇家的恩怨，也化解了对后来进入到这片地区的"红汉人"的仇视。小说的主人公是藏族人，范稳深入到藏族文化的内部，窥探到了藏族人的心灵世界，将他们对宗教的理解，以寻找三宝的方式，呈现了出来。

小说通过两个藏族青年分别成长的历程，讲述了一个人朝向物质的世界，而另外一个人朝向精神世界奋进的艰难和百折不挠的精神状态。

在非常宏大的自然和人的想象力的背景下，善与恶、人与自然、人与人以及人性内部的挣扎，显现了一个复杂刚强的世界。

在寻找传说中的男人应该拥有三件宝物的过程中，在几十年的时间里，个体生命被严酷的自然和复杂的精神环境所引导的相当复杂的纠缠与争斗，充满了扣人心弦的情节。

范稳每写一部小说，在结构上都有着清晰的设计。这部小说的结构很明晰，每个章节都有小标题，那些小标题是最好的提示，把复杂多变的历史本身给有条不紊地凝练了，使那片神奇的土地，成了可以被语言和记忆讲述的母体。阅读和凝视这部厚重的小说，可以让我们领悟到文学为什么会存在的原始理由，那就是，记录并复活一个地区的文化记忆，并且呈现出一个地区的人的精神状况。

正如《悲悯大地》这个书名所暗示的，悲悯，作为一种最软的力量，作用到人心中又是无比强大的。正是依靠了佛教中悲悯的力量，才化解了要解决人与人、家与家、族与族之间的仇恨。这正是这部小说的着眼点。

宗教的力量依旧是大地上短暂者人类的精神主宰。在严酷的生存现实面前，人只有朝向比自己博大和精深的宗教神主，才可以获得神性的力量。但是，这个世界上，土神、原始神、外来的神，那么多的神有时候形成了一种对抗和排他的关系，当这种人神关系投射到大地上的社会关系、宗族关系、血缘关系、村社关系、权力关系的时候，就演变出来无数的人物命运。

接下来，范稳又出版了长篇小说《大地雅歌》。《大地雅歌》中"雅歌"这个词汇，很容易让我们想到了《圣经》。是的，在这部小说中，主要涉及的就是藏传佛教和外来的天主教之间的冲突。

小说的地理背景还是在澜沧江大峡谷之中，小说的故事主线却是一个三角恋的案情故事：流浪藏族艺人扎西嘉措爱上了央金玛，强盗格桑多吉也爱上了央金玛，后来，这三个人都加入天主教，成了教徒，并且分别取了教名史蒂文、玛丽亚和奥古斯丁，不过，他们的爱情继续在风云变幻的历史中发展，西藏解放、"文化大革命"、改革开放这三个重要历史时期在他们三个人的生命中打下了重要的印迹。

三个人的爱情纠葛控诉了政治、历史的野蛮对人性的摧残，描绘了更为博大的宗教和人性的爱。小说中，浪漫的气息盖过了魔幻和神奇的气氛。这就是《大地雅歌》所要吟唱的，也是这部作品所投射出来的内在的神性和音乐性。

接着，范稳又出版了长篇小说《碧色寨》，在这部小说中，以一个寨子的文化历史，继续他对地域文化的神奇书写，对人神共居社会的观察，让我们看到了他轻巧的一面，浑厚的一面，以及博大和亲切的一面。这部小说着眼点更为细微，描写的人却依旧众多。传教士、乡民、僧侣乃至爱情，都是小说动人之处。

从范稳的藏地三部曲《水乳大地》《悲悯大地》《大地雅歌》，再到《碧色寨》，范稳的写作由宽阔走向了澄明，由史诗走向了地域文化小说的圆满确定。

我特别欣赏那些极具生长性的作家，范稳就是这样一个作家，根据他现在完成的《吾血吾土》《重庆之眼》这几部长篇小说，我可以说，范稳顽强地从拉美文学的影响下摆脱出来，创造了他独有的文学世界，成为独特的小说家。

麦家

1

　　麦家在 2019 年推出了长篇小说《人生海海》。该小说很长时间都在畅销书排行榜的榜上，说明这部新著大受欢迎。

　　这个小说题目实际上是一句方言，说的是人生像大海一样广阔和苍茫，起起伏伏到处都是波峰浪谷，只要你不断拼搏和努力，你就能获得勇气生存下去。

　　1964 年，麦家生于浙江富阳，在四川成都生活了多年，后又回到了浙江，担任了浙江作家协会的主席。他曾经在军队里待了17 年，辗转了 6 个省市，担任过军校学员、技术侦察员、宣传干事、处长等职务。由于他主要在总参的情报系统工作，因此，他转业之后，必须要过一个至少 5 年之上的保密期，才可以从事写作。

　　他将多年积累的素材写成了第一部作品《私人笔记本》，投到解放军文艺出版社主办的文学刊物《昆仑》。编辑部主任海波将其改名为《变调》后发表。小说发表之后，在军队内外都产生了较大的影响。1991 年，麦家毕业于解放军艺术学院文学创作系。

1991 年之后，他曾在西藏生活了 3 年，其中有一年的时间，他都在阅读《博尔赫斯短篇小说集》，可见博尔赫斯是如何深入到了他的精神领域里的。他的个人经历也充分地体现出了某种和博尔赫斯的联系。

这两个人都是凭借智力和某种高级的游戏精神来写作的。特别是在《博尔赫斯与我》这篇 15000 字的文章里，麦家详细地解说了他对博尔赫斯的阅读感受、博尔赫斯的中译本与他的故事，以及博尔赫斯一些篇章的细读。麦家在谈论博尔赫斯时，完全把自己当作了一个小学生，这是难能可贵的。而在《博尔赫斯与庇隆》中，他又分析了一个作家和政治与政权的关系，这也形成了麦家自己在这方面的观点。

1997 年，麦家转业，定居成都，供职于成都电视台电视剧部，担任编剧。

2

将小说家麦家的作品和拉美文学联系起来，并不很容易。我询问他是否受到了拉美小说的影响，他给我发来了如下的几段话：

> 谈起加西亚·马尔克斯，我更喜欢他的《一桩事先张扬的凶杀案》，我是 1992 年才看到这本书，好像碰到一个美食，饥饿状态下的一个美食，我不忍心吃。我大概看到 2000

字的时候，不忍心看下去，我就把它藏在抽屉里，但是，我忍不住的时候，又拿出来看。就这样一个礼拜才把这本书看完。我那时候还没有认认真真开始写小说，或者说已经写了一些，其实都是习作，人在写习作的时候总是觉得自己很了不起，但是，我看了《一桩事先张扬的凶杀案》，我真觉得自己相差甚远。

麦家认为《一桩事先张扬的凶杀案》是一个将非常简单的故事怎么复杂化的范本。"一般的人无话可说或者写得很寡淡，马尔克斯就是滔滔不绝地说，而且他说到哲学高度上。看完《一桩事先张扬的凶杀案》，我马上想到了加缪的《局外人》这个小说。《局外人》透露出一种文本精神，写人对这个世界的冷漠、麻木，以及人与人之间的隔阂。《一桩事先张扬的凶杀案》中造成悲剧的原因里有很多人为的因素，没有人告诉圣地亚哥有人要杀他，有的人没有告诉他是觉得杀手兄弟俩不会去杀他，是说醉话；有的人觉得他们把圣地亚哥杀了跟自己没有什么关系；有的人不希望圣地亚哥被杀，但是要忙着做自己的事，不愿耽误自己的事情"。

麦家还说，《一桩事先张扬的凶杀案》完全可以作为一个写作范本去教，也就是说，一个非常简单的故事你怎么把它复杂化。写作有时候是非常简单的事情，简单到了只要关注自己，关注自己的内心就可以了。我们很多人的内心是被遮蔽的，能把内心打开，说一点自己想说的真话，说一个别人不可能说出来的别致的故事，提供一个崭新的人物，做到这一点就可以了。我曾经说过，文学就是我的宗教。如果能讲一个像《一桩事先张扬的凶杀案》这样的故事出来，我的此生也就是非常饱满的了。也就是说，期待一个故事，就是我守护的价值。可见麦家对加西亚·马尔克斯的推崇。

麦家还说："我一直有意不去读《没有人给他写信的上校》，因为有很多人告诉我这本写得最好，而我希望自己不把马尔克斯的书全看完，希望马尔克斯有一个作品一直像一个传说一样存在，自己从来没有看到、没有摸过。但最近看了《没有人给他写信的上校》之后，我依旧觉得，《一桩事先张扬的凶杀案》比《没有人给他写信的上校》好。为什么？因为《一桩事先张扬的凶杀案》的故事非常简单，简单到可以用200字来叙述，马尔克斯却写成了几万字的小长篇。1992年，我第一次读到这篇小说时，觉得好像是在饥饿状态下遇到一个美食，不忍心吃，看到2000字的时候，我把它藏在抽屉里，但是忍不住又拿出来看，就这样反复一个礼拜，才把这篇作品看完。"

麦家还在随笔集《非虚构的我》（花城出版社2013年6月）中，收录了三篇与博尔赫斯有关的文章：《博尔赫斯》（2000）、《博尔赫斯与我》（1996）、《博尔赫斯与庇隆》（2001），详细地谈论到博尔赫斯对他的影响。文章较长，我在这里不引用了，读者可以参阅。

3

2002年，麦家经历了10年的艰苦写作，将短篇小说扩展成中篇小说，最终又扩展成长篇小说的《解密》，终于出版了。但书刚刚出来，出版社和麦家就接到保密委员会的通知，说这本书不能再版，也不能宣传，现有的书要下架。最终，通过了再审程序，这本书才获准发行。

麦家的《解密》在中国青年出版社 2006 年 5 月版的封底上，是这么介绍的："他没名字只有代号，他没有声音只有行动，他没有眼泪只有悲伤，他没有日常只有非常，他的天才可以炼成命，他的故事可以传天下……破译密码，是一位天才努力揣摩另一位天才的心。这项孤独而阴暗的事业，把人类众多精英纠集在一起，为的不是什么，而只是为了猜想由几个简单的阿拉伯数字演绎的谜密。这听来似乎很好玩，像出游戏。然而，人类众多精英却被这场游戏折磨得死去活来……本书是第六届茅盾文学奖入围作品，既好看又耐读，作者为此呕心十余年，可谓是心血之作。"

2003 年，麦家出版了长篇小说《暗算》。这部作品是麦家的智力谍战悬疑小说的代表作，小说的故事发生的时代背景从 20 世纪 30 年代的国共对垒，一直到 20 世纪 60 年代的间谍大战，麦家巧妙地将间谍战、密码战、无线电侦听熔于一炉，叙述了一些在隐秘战线工作的那些默默奉献的人们。麦家的《解密》和《暗算》的出版，给当代文学带来了一个新品种，将主流价值、智力游戏、间谍暗战、知识悬疑、解密答疑融合在一起。

《暗算》这本书依然讲述了那个神秘之地——"701"的故事，依然是一些迷而不宣的天才无墨登场、绝地厮杀，依然充满了与秘密、神秘相纠缠的悬疑情节，以及与偶然、未知相关联的无常命运。

小说讲述特殊历史时期国家特情工作者事业和生活的故事，是反映反间谍部门核心机关无线电侦听与密码破译的小说。该书横跨 20 世纪 30 年代至 20 世纪 60 年代，在间谍战、密码战中穿插亲情、爱情、革命事业情，超能力者、数学天才、革命志士轮番登场，风格朴实、细腻、神秘，分 3 个部分，既独立成篇，又丝缕相连，情节悬疑，人物命运跌宕起伏。小说充满了与秘密、神秘相纠缠的悬疑情节及与偶然、未知相关联的无常命运；又带着浓郁的朴实、细腻及神秘的中国特征。小说叙述了钱之江、安在天父子可歌可泣的一生。父亲钱之江是中共党员，他深入国民党内部，在敌人的刀尖上跳舞，最后用生命把情报送了出去。多年后儿子是共和国一个负责无线电侦听和破译的情报机构——特别单位 701 的干部，为破译台湾特务的密码，先后找来两位异人，一位盲人阿炳，一位数学天才黄依依，同样完成了"不可能完成的任务"。

4

接着，麦家又出版了《风声》（2007）、《风语》（2010）、《风语2》（2011）、《刀尖》（2011）等多部长篇小说，和《让蒙面人说话》《陈华南笔记本》《两个富阳姑娘》等多部中短篇小说集，并获得了中国当代文学的最高奖项：2008 年的茅盾文学奖。

长篇小说《风声》讲述了代号"老鬼"的地下工作者李宁玉，依靠自身高超的破译电报的能力，打入日伪情报组织内部，创造性地开展工作，不断为我党提供敌方重要情报。但在紧要关头，一份情报在继续传递过程中被日伪截获，秘密传送路线被切断，不仅接下来的情报传送出现困难，"老鬼"也被监控，面临身份暴露的危险。为了将更重要的、关乎我党在杭州的地下组织之存亡的情报传递出去，"老鬼"机智地与日伪以及同样打入该组织内部的国民党军统特务周旋，最后关头"老鬼"不得不牺牲生命，设法将情报成功传递出去。

长篇小说《风语》分为两部，一共有 63 万字，讲述了一个数学家在谍报世界里的沉溺，与谍战故事里的命运。

加之他的多部作品诸如《暗算》《风声》被改编成了影视作品，引起了海内外文坛广泛的注意。2013 年 8 月，麦家的《暗算》西班牙文版由五洲传播出版社和全球第八大出版集团、西班牙语世界第一大出版集团——普拉内塔集团合作出版，这也是普拉内塔集团从中国直接引进的第一本当代文学作品。

2014 年 2 月 21 日，关于麦家的 3000 字的报道更是登上了《纽约时报》，这是一向对当代中国文学十分漠然的美国主流报纸，较为大篇幅地对当代中国新生代作家的报道。在文章中详细分析了麦家的写作如何具有现实意义和世界性，对他给予了不带政治偏见的高度评价。

这是继《华尔街日报》《卫报》《独立报》《泰晤士报文学增刊》对麦家的大幅正面报道之后的一次最吸引眼球的采访，让很多人觉得真是"太阳从西边出来了"。

《纽约时报》的这篇报道，题为《中国小说家笔下的隐秘世界》，详细分析了麦家在英语世界里翻译出版的长篇小说《暗算》《解密》等作品中的"隐秘气质"。

美国记者还将斯诺登泄密事件和他的写作联系起来，认为麦家的创作有着强烈的现实意义，还引用了麦家的话："文学的意义永远高于政治。"《纽约时报》报道了麦家的"文学理想谷"的方案设想，并且盛赞麦家既是主流的又是商业的，既是公益的又是诗意的。

此前的《华尔街日报》在 2 月 14 日对麦家的报道中，评价麦家的《解密》:"可读性文学性兼容并包,从一种类似寓言的虚构故事,延伸到了对真实谍报世界的猜测,结局是全文最梦幻并令人称奇的一部分。这本书有一种特别微妙的奇异气质,并从故事的开始一直延伸到结束,暗含诸如切斯特顿、博尔赫斯、意象派诗人、希伯来和基督教经文、纳博科夫和尼采的回声之感。"

我觉得"暗含诸如切斯特顿、博尔赫斯、意象派诗人、希伯来和基督教经文、纳博科夫和尼采的回声之感"实在是解读得精妙——麦家小说之内的元素,的确有上述这些作家的经典的某种回声。的确,麦家的小说提升了推理小说、谍战小说、悬疑小说、解密小说等这种类型小说在当代汉语小说中的地位。麦家在中国当代文学的意义应该是对一个湮没的传统的打捞和再造,他弥合了纯文学和普通大众之间的裂缝,使得当代小说的趣味性得到了很大程度的增加,他的小说也得到了广泛的阅读。

麦家宣布将在自己的故乡浙江富阳创建"麦家理想谷",每年由他亲自挑选出 8—12 名"理想谷客居创作人",免费在天然山水中享受 3 个月的自由文学创作。

麦家说:

> 写作吸引我的,不是为了表达政治立场,而是对人本身的感情的关注,因为文学说到底连通的是人心。为什么我们可以看加西亚·马尔克斯的小说,也可以看几百年前的古典小说?连通于其中的肯定不是政治,而是人心,总有一种感情、一种记忆,这种东西在连通我们。所以,你如果想为了政治去介入文学,我觉得你大可不必搞文学工作。

"人生海海",记住这句话,我们在文学之海里遨游的时候,在波峰浪谷中一定不要迷失了自己。

冯唐

不常见到冯唐，但常常想起冯唐。

上一次见到冯唐，还是在前门东大街 23 号院里的一家餐厅中。那天晚上，一场聚会令我难忘。我看到了冯唐和他的夫人。在前门东大街 23 号院里的一家灯光迷离的高级餐厅中，冯唐的朋友来自四面八方，觥筹交错，谈笑风生。

冯唐是一个帅哥，他早年毕业于协和医科大学，临床医学博士，对妇科肿瘤有专业研究。他的原名叫张海鹏，1971 年生于北京。冯唐在文坛出道比较早，属于斜刺里杀出来的小说家。30 岁出版长篇小说《万物生长》，一鸣惊人，此后接连出版长篇小说《十八岁给我一个姑娘》《欢喜》《北京，北京》。

除了 17 岁写的《欢喜》，其他几部构成了他的"北京三部曲"。这个系列在我看来是青春勃发，或者说是对后青春的小说书写。冯唐也是凭借这几部小说，获得了年轻读者的喜爱。后来他又出版了长篇小说《女神一号》，也是这一路数。

他是一个多面手，不仅写小说，还写随笔，出版了《活着活着就老了》《猪和蝴蝶》《春风十里不如你》《三十六大》《无所畏》《在宇宙间不易被风吹散》《如何成为一个怪物》《冯说霸道》《成事》等文字犀利、活力非凡的随笔集，有的集子如《成事》收录的文章与他多年在职场上打拼的管理经验有关。

冯唐内心里对诗非常高看一眼。他出版了诗集《冯唐诗一百首》《不三》，还有以自己的语言风格新译了泰戈尔的那本著名的诗集《飞鸟集》，有些译法令读者大惊失色，在网上引发了争议。

不过，这些都不如他出版的"子不语"系列小说更能吸引眼球。"子不语"系列，从字面的意思来说，是"子不语怪力乱神"，冯唐是反着说的，他这就是要说说怪力乱神。在这个系列名下的小说，有《不二》《安阳》《素女经》《天下卵》《搜神记》等与中国古代素材有关的怪力乱神式的作品。

冯唐当然是小说家里的大才。他的笔墨经常换，这就在于文学创作特别忌讳重复自己。冯唐写完了成长题材的北京三部曲，那是他写的生命经验世界的作品。一个作家要是一直挖这样一眼井，特别是青春、后青春等成长题材的话，有点永远长不大的意思。那肯定不是冯唐愿意的，必须要开拓写作题材的新领域。

我还记得我在杂志社当编辑的时候，收到他的新作《不二》时的情景。这个稿子出现在我的邮箱里，打开之后，一读就吓了一跳。因这部小说涉及历史、宗教、性等元素，有点离经叛道的姿态和戏谑到家的风格，我们的杂志没有发。后来，《不二》在香港出版了，我在机场、超市和购物中心的书店里，都能看到这本小说，也是奇观了。

对于冯唐这样一个才高八斗、姿态傲岸的作家来说，他只管写，他只管表达，他只管拓展自己的文学世界。

《不二》注定是一部刺人眼目、乱人心神的小说。这部小说是见佛杀佛的，关键看你是什么人，你通过这部小说，会读到你眼睛里的自己——自然，道学家会看到大逆不道，性瘾者和黄色小说爱好者也会得到感官和想象力的刺激，而滚滚肉身之外的精神云海，也弥漫在小说的每一行中。所以我说，《不二》真的是奇特的书。

冯唐担心读者把这本书念歪了，他自己就出来点明小说的主旨了：

> 小说纯虚构，内有异兽，摄人魂魄。不负责通过满足一般审美习惯让人身心愉悦，不负责歌颂现有正见维系道德基础，不负责遵从主流把人往高处带。杀父杀母，佛祖前忏悔。在成长之外，我决定写我最着迷的事物。通过历史上的怪力乱神折射时间和空间范围内的谬误和真理。

冯唐说得很清楚，在他最关心的成长这一人类的文学命题之外，他还要写一些令他着迷的事物。那就是一些"怪力乱神"。从题材上讲，他在恢复小说家最本真的身份，就是关注街谈巷议、历史碎屑和耸人听闻的东西。在谬误和真理之间，在沉重的肉身和缥缈的精神之间，《不二》横空出世。该小说奇特地将形而下和形而上、将肉体和精神的结合纹丝合缝。里面出现的弘忍、慧能、不二等完全是符号化的人物，与宗教真相相去甚远。不过也许读者无法明察，这就会出现严重的误读。

"子不语怪力乱神"，"子不语"的那些东西，冯唐计划用三本小说来写。怪力乱神都是古代圣贤非常不喜欢的、有点可怕的东西，也是圣人不相信的东西，但圣人没有否定怪力乱神的出现，因人都有敬畏心，对自己不熟悉、不了解的事物，怀有敬畏心是对的。《不二》这部小说，肯定会挑战一些人的神经、肉身，它也探索了精神的边界，一些有审美的定势的人，肯定会掩卷而逃。

我们自身的狭小、阴暗、逼仄和脆弱也会在镜子里显现。《不二》又是一面照妖镜——妖看到妖，猴看到猴，人看到人。

冯唐还说："《不二》这本书的流传，很可能让我多了一种精神和世俗掺杂的死法：被没参透的佛教徒打死。这个世界，任何时候，参透的佛教徒都远远少于没参透的。如果我写的不是佛教而是回教或者基督教，这种死法的可能性几乎是百分之百。"

当时我估计，因上述的题材原因，这部《不二》的出版要费点周折。可《红楼梦》《金瓶梅》，在最后出版的事情上也是费了不少周折。现在早就不是手抄本时代了，现在是电子媒介时代，每个人的电脑里躺着的文字图片，都是如山海般多且杂。可《不二》基本上带来了手抄本流传的效果，这是非常值得关注的现象。

我想，萨尔曼·拉什迪不是活得好好的？他的作品招惹了最不该招惹的人。可他的老婆都换了好几个，最近又出版了一部新小说。假如《不二》这本书大家看不见了，我看冯唐肯定要改写童话了，必定也是大手笔。写《不二》令人掩卷而笑，写童话，冯唐会是天下第一纯洁。

我们的肉身就处于这么一个世纪，我们常常无处安放这具躯体。大多数人对天才感到恐惧，却对自己的欲望特别认真。平庸和禁忌使他们感到安全和舒坦，冒犯和斜刺杀出使他们恐惧和难堪。而正是这种恐惧和难堪感，才使人群中出现了一些不同于凡俗之人的人，以自己创造的世界，修正着荒谬的经验世界。

冯唐的《不二》出版之后，他写太监的小说《天下卵》又出版了。瞄准太监的奇特生理和心理问题，冯唐以小说的方式，虚构了让我们遽然发笑的情节，对这个红尘滚滚的世界发出了一声轻蔑地笑。

在当年我们杂志社组织的"娇子文学二十强"活动的评选中，冯唐名列榜首，成为最有前途、最能给我们带来惊喜的作家。这个榜单上的作家一共有 80 位，都是 1970 年之后出生的作家，他们是"娇子"，是最有希望的文学创造者。

冯唐最新的作品集是《搜神记》，按照他的说法，这部书"借助神力，面对 AI"。他以人性、兽性和神性这三性为武器，在电子信息弥漫的时空里寻找着隐蔽的敌人。

康赫

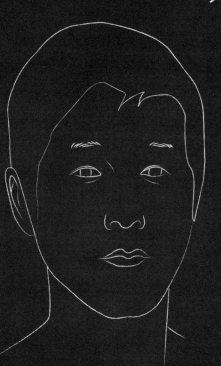

　　对于一些人来说，康赫是一个陌生的名字，对于喜欢汉语实验小说的人来说，康赫则是一个值得敬佩的、响当当的小说家。

　　10多年以前，叶匡政给了我一本他写的小说《斯巴达》。这是一本很厚的小说，我读下来，感觉是个南方作家写的，这个人一定特别喜欢詹姆斯·乔伊斯，从这本小说中可以看出来康赫是在向詹姆斯·乔伊斯致敬。

　　《斯巴达》的书名很希腊化，但内容很中国。我更喜欢这本书原先的名字——《南方生活样本》。后来，这句"南方生活样本"变成了这本书的副题。这样也很好。在那本书中，康赫展现了他卓越的才华，将结构、语言、想象力，和艺术家的个人生活完美结合成为一部虚构的作品。

　　我就打听这个康赫是何许人。有朋友告诉我，他是浙江人，是自由写作者，他还写过几部戏剧作品，在一些小剧场演出过，在不大的范围里流传。有一天，我在北京就见到了他。他脸色白皙，眼神很亮，一看就是对文学非常执着的人。他基本靠写作来生活，在北京和浙江老家两边跑。

我们是在俄罗斯大使馆边上一家西餐厅见面，喝了不少红酒。康赫很能聊，他对现代文学的鉴赏力很好，给我留下的是比较健谈和孤绝的印象。小说家、作家出版社编辑李宏伟也在，我们三位小说家写作题材和方向迥异，却都谈得来。

某年的一个迟来的春天里，我拿到了李宏伟责编、作家出版社出版的康赫的长篇小说《人类学》。这是康赫花费多年时间写作、也是我非常期待的小说。没错，一部长篇小说，叫作《人类学》，而不是一本真正的人类学学术著作。

难道一部长篇小说不可以叫作《人类学》吗？当然可以。根据我的记忆，过去还从来没有一本小说叫作《人类学》。我见过小说叫作《元素周期表》《罗马字母》或者《植物学》《宇宙奇趣》，还有《耶路撒冷》和《莫斯科》。长篇小说《人类学》是康赫对自己呕心沥血的新长篇小说的命名。

我知道这本书最开始还叫作《入城记》。小说写的就是一个人的不断入城出城。入哪个城？当然是北京了。现在，这部小说叫《人类学》了。

这本长篇小说，康赫写了很多年，全文分 9 个章节，一共有 133 万字。这部小说的篇幅是相当宏大的，任何人拿在手里，都会觉得这本书比一块砖头还要重。当年陈忠实说过的那句"要写一本给自己当枕头的书"很有名，那么，康赫也完成了这个梦想。这本书不仅能当枕头，还能当砖头去砸那些对现代汉语小说轻慢的人。

我们一直有向着伟大梦想前进的小说家存在，起码康赫就是一个。

　　这本书写的是什么呢？怎么形容这本书以及康赫这个人呢？在这么一篇篇幅短小的书评里，我只能是给大家提供一个小小的入口。

　　康赫，浙江人，多年在北京生活，也时不时回到浙江的一座小城，他的故乡。他在写作上，像一些一生都在与一座城市死磕的大作家那样，非常具有雄心。他选择了北京作为对象，他以不断入城的方式，以复原记忆、零距离生活、实在记录和想象空间的方式，不断地出城、入城，和北京纠缠，写下了一个人和一个时代，一群人和整个时代，写下了他对北京这座伟大城市的所有的感觉。一个个的人，他们面目或者清晰，或者模糊地聚集在叙事者的周围。

　　这些人物、故事、感觉是被组织起来的，小说有着严密的结构：9个章节，每一章都在15万字左右，都是一本小书了，每一章，都有一个主题，如同詹姆斯·乔伊斯的《尤利西斯》的每一章都对应着神话中的情节一样，康赫的《人类学》每一章，也有一个主题，每一章，写作形式上也有巨大的变化。

　　比如，有的章节10多万字没有标点符号，但你读着非常有语调。比如，第四章是阴郁的，写的是"恶"的主题。再比如，有的章节完全是方言写作。康赫厉害之处在于他能写浙江方言，他也能写北京方言；他能写陕西方言，他也能写四川方言，多种方言的书写交织在他那消化一切的汉语书面语中，使这部小说在语言上就成了一个奇观。

　　该小说的每一章又分为很多带有小标题的小节，我觉得它有很多入口，可以从任何一处读起来，你都能找到你的阅读的乐趣。

　　我不知道现在谁还在这么干。作为一个文学编辑出身，一个在当代文学生产现场的人，我很少看到康赫这样的作家。他是决绝的，在他的心里有着伟大小说的标准，这标准由难度、长度和语言的复杂度构成，像恢宏或者怪异的大厦。

　　康赫的《人类学》的确是不能忽视的，假如你装作对他视而不见，那只能是你的损失。

　　我想，霍香结的《灵的编年史》和康赫的《人类学》，都是这些年不能忽视的汉语小说中的特异之作。汉语小说的实验精神依然存在，在年轻作家那里，存在于大地的缝隙里，他们顽强地掘进，从不故步自封，他们将汉语小说的可能性及其边界展现出来，并不断地预言着未来。

　　霍香结的《灵的编年史》和康赫的《人类学》，是两座汉语实验小说的新界标，最好的办法是读起来。我们不要惧怕看不懂，读着累，人生一场，谁不累呢？读一本启迪智慧，比拼智力的书，又怎么不好呢？我们也要对那些先锋实验者保持一份敬意，因为我们不知道他们走在前面或者走在我们的侧面的时候，会不会最终成功。

　　先锋文学是一种姿态，一种躯壳，一种精神，一个向度，一个箭头符号，一股流水，一团火焰，一次生育过程，一个行动本身。它永远都呼唤你的加入，而你将永远在路上。

霍香结

1

2018 年，作家出版社推出了一部实验性很强的长篇小说《灵的编年史》，它的作者署名为霍香结。霍香结，男性，常年住在北京郊区，曾用笔名萧乾父、亚伯拉罕·蝼冢、贾勤，写过多部极具实验性的小说、诗歌以及论著。采取这种纯粹实验性写作姿态的汉语作家并不多，因为这样首先就意味着这个人完全是不靠写作来吃饭的，他必定有其他谋生之道，也必定因此而抱负不凡。

霍香结正如他的笔名一样，是一个多少显得有些神秘的作家。2019 年，他通过微信，给我发来了他的最新长篇小说《家语》，并给我留言说，这是一部家族小说，也许让人会想到《白鹿原》那样的作品。

我觉得有点吃惊，这部作品和他此前的小说风格大相径庭。小说史诗般描绘了一个客家人家族迁徙的过程，叙述风格细密得密不透风，显示了霍香结还有现实主义白描手法的深厚功力。

我手头有几本霍香结自印的诗集和思想断片集子，如《黑暗传》《灯龛》等，都很有意思。2010 年，新世界出版社出版了霍香结的长篇小说《地方性知识》，这是一部在田野考察基础上用方志体例完成的文学人类学著作，当时就很受我的关注。

2017 年，《收获》杂志的长篇专号秋冬卷发表了霍香结的《灵的编年史》，这是一部用非线性方式陈述现代精神高度的拟经性叙事作品——那么，我们还是确定这是一部长篇小说吧。霍香结的知识、才华、品位，乃至于性情、感受力和判断力，都通过这样一种形式表达出来，那些看来十分庞杂的各类经验，在作品里形成了一个足以供思考的整体。

面对这一文本的时候，我们可能会比较困惑，因为我们对它的评价，既借用不了传统小说的理论框架，也无法使用百年来现代小说的理论尺度。这部作品十分特异，可以说，在固有的小说评价坐标所及的每一个点上，这部作品都刻意地与之保持了距离。

这部作品的吞吐量很大，有着磅礴的气势，和形式上的绝对新颖，《灵的编年史》十分不好辨认和阅读，读者在一开始接触它的时候会陷入一种茫然之境，会感到畏惧和懵懂。但是不要紧，这恰恰说明你进入这部小说所创造出来的一种无人之境里了，这是那种创造性极强的作品所带给我们的广阔的荒野，丰富的夜间森林，有着条条小径深入其中，带领你逐步进入。

阅读这部作品，可能需要读者有一些庞杂的人文知识和现代主义文学的基本准备。比如对时间的运用，比如百科全书派小说对知识的正向和反向的使用，比如后现代主义小说的反讽和拆解，比如梦幻叙事小说的梦态结构，比如语言辞藻新奇华丽、微妙多义的新小说和新派寓言小说的能指与所知的方向不定，这都是读者靠近这部小说的路径，比如数学小说和哲学小说。当然，仅有这些还不够，那么读者当然也可以选择读不下去的时候，把这本书愤怒地扔在沙发上，让它在一边待着。

这都是可以的。正如作者在创作的时候进入到一种无人之境，你在阅读的时候也可以自由自在。这是一件多么奇妙的事情，作者在文本的世界观设定的想象世界里，加速了语言、知识、想象的运转，提供了一种猜谜和历险般的方程式，让我们感到了为难，感到了惊险，感到了冒犯，感到了畏惧。这就是霍香结在暗自发笑的时刻。

我们必须要面对这部作品。本书算是"横空出世"的汉语小说，是当代叙事性作品的一次耀眼的事件，但大家的注意力现在太分散了，往往注意不到，我觉得《灵的编年史》为汉语小说提供了一个可供分析的奇诡、新异、深广的异质性的文本，探索了当代汉语小说的新边界，并树立了一个醒目的界标。

拿到作家出版社出版的《灵的编年史》的时候，我注意到白色封面上有个腰封，上面有几行字：《灵的编年史》"秘密知识的旅程""鲤鱼教团及其教法史""一部开放性的百科全书小说"这些字样，我觉得这些字样，就是进入这本书的钥匙所在。

在书的环衬上，是这么说的："《灵的编年史》是作者结撰十五年的精心之作，表现为百科全书的样式，是汉语语境罕见的以知识想象为推动力与结构方式的长篇小说。作品以大元即十三世纪上下至二十一世纪中期一千年的时间跨度，以欧亚大陆直抵中国腹地的空间幅度，择取中西方知识的精华，虚构了一种'法穆知识'，并以该知识波及的个人命运、历史皱褶、伦理转换为书写场地，展示出复杂的世界观和庞大的知识系统，并显现出向内探求的微妙和深度，显示了作者文字创世的野心与能力。其丰沛、精密、光润的细节，让人惊叹。"

在阅读这本书的时候，要仔细地阅读这本书的前言，里面提供了我们阅读此书的方法——毕达哥拉斯阅读法。当然，也许这还是障眼法。然后，读者读到了两行字：

选择从左手边开始的，他选择的开头乃阳遁开局。

就像阅读科塔萨尔的《跳房子》和帕维奇的《哈扎尔词典》一样，这本书进入的路径有很多路标，而且，奇特的地方是它在排版上，每一页都从中间分为两栏，一开始左边一栏的读法是从左往右，右边一栏的读法是从右往左。但是到了 179 页，左边一栏和右边一栏的读法又颠倒过来，同时，在书眉上显示了正读和倒读的两个页码顺序。所以，这本书简直是对阅读的极大挑战，没有耐心，没有阅读的信心，都不能挑战这本知识和反知识的迷宫之书。尽管作者给了你一个个的线团，你也许还是会感到了烦躁。因为它的复杂，因为它的繁茂，因为它的难度，也因为它的伪装让人气恼。

我还记得，1985 年是中国艺术家难忘的年份，正是在这一年中，文学里出现了"寻根热"、先锋派、魔幻现实主义，音乐中有人开始关注约翰·凯奇，而美术界则迎来了一次全面的爆炸，其前倾的先锋姿态甚至领先于文学、音乐、戏剧、电影等各门类当代艺术。先锋艺术家们高举新创造的旗帜，使实用理性和人本主义成为当代的时尚精神。

这场艺术运动也带着很强烈的文化功利目的，从而成为城市勃兴的改革浪潮背景下的艺术滥觞。一场洪水过后，大部分人已归于死寂，注定成为灰烬与沙砾，只留下了几块巨石，依旧向前不断滚动。

先锋的姿态永远是前倾的。进入 20 世纪 90 年代，先锋作家们在极度困惑与茫然中开始了重新地定位。先锋艺术家的队列也是不断地前进、分化与瓦解的队伍，意志坚定者与逃兵、喧哗的小丑与英雄不得不走在同一条路上。那些先锋艺术家们在抽象主义、波普艺术、装置、行动艺术、后现代浪潮、新材料艺术、视像艺术织就的蛛网中左冲右突，寻找着对自身的真正把握。作家们呢？同样在喧哗中沉寂的沉寂，前进的前进，不断有新人加入这个队列里，却并不容易被辨认，在这些创造者里面，霍香结就是其中一位。

有些批评当代文学"成就不高"的人，其实往往都不读当代文学。这就有些匪夷所思了——你不看，你怎么张嘴就来呢？某天，我碰到一个人，他问我，现在的小说实验性和先锋性都没有了。我们已经多年没有小说的实验性和先锋性了，那些老先锋，比如余华后来擅长白描了，马原写了一部《牛鬼蛇神》，尽管结构上仍旧采取了时间倒序的手法，也不怎么前卫了。

我告诉他，那你读读《灵的编年史》吧！这本书的作者霍香结，将因为这部作品，而与意大利作家伊塔洛·卡尔维诺、翁贝托·艾柯，法国作家阿兰·罗布·格里耶，前南斯拉夫帕维奇，阿根廷作家科塔萨尔、豪尔豪·博尔赫斯建立起亲缘关系，霍香结也将成为他们中间的一员，并且更加前倾。

2

其实，就像霍香结这样，还有很多青年作家，写出了很独特的实验小说。这些年，汉语小说的实验精神一直在那里闯荡，很多新人在写新的小说，只是不大被评论家、大学教授注意。他们好像才注意到一群东北小说家，如双雪涛、班宇等等。他们没有看到更多的实验小说家。

比如，康赫的长篇小说《斯巴达》，薛忆沩的一些小说，还有"黑蓝网"的一些年轻作家，他们依旧在文本结构、想象力空间和汉语的精微性上做出了很好探索，但注意他们的人不多。

我作为一个当过多年文学编辑的人，习惯保持一种宽阔的、包容的视线，对新的、生长的东西总是抱有巨大的热情。我注意到霍香结很多年了，他一直在实验和前卫、先锋的道路上狂奔，早在10多年前，他就操持主编了一套书。这套书就是新世界出版社出版的"小说前沿文库"，先后出版了两辑，一共17册，可以说是阵容可观，不容忽视。这套书，让我看到了年轻小说家的锐气、想象力和对汉语文学的创造性探索，令人激动。

在"小说前沿文库"中，有我前面提到的霍香结的那部长篇小说《地方性知识》，很独特。这是一册表面上看是一本地理学意义上的地方志，实际上，它是作者霍香结虚构的关于中国的地方志的想象元素的虚构作品。真真假假，假亦真来真亦假，完全是一部虚构小说。30多万字的篇幅，其表面扎实的学术性呈现，掩藏了其内在的虚构文学想象力的阔大和锋芒，让人惊叹。

在那套书中，很多作品都应该被关注。比如姚伟的长篇小说《尼禄王》，以新历史小说的手法，描绘了古罗马暴君尼禄的内心世界。生于1988年的刘博智的小说集《双橙记》里，收录了他的3部中篇小说，他对艺术家的精神世界的探索非常有兴趣，从人的内心探索了种种微暗的表现。徐淳刚的《树叶全集》，书名听着不大像一部小说，却是一部不折不扣地由18个片段构成的小说集，集合了数学知识、生理学、博物学、幻想小说的因素，就像树叶一样茂密和疏影横陈。

梦亦非的长篇小说《碧城书》，叙述的是贵州一个鬼师家族几十年的事件，将人和城镇的诡异另类历史结合在一起，给我们讲述了边疆僻壤之地，人和大地与天空、灵魂的关系。

向祚铁的短篇小说集《武皇的汗血宝马》，收录的13个短篇小说从现实的、历史的层面展开了书写和想象，显示了作家本人处理历史材料和现实生活的能力。恶鸟的《马口铁注》，是一部关于小说的小说，又可以是一部"元小说"。这部小说充满了游戏的精神，就像在玩一个沙雕，作者在写小说的时候，雕刻了它，又顷刻瓦解了它。

侯磊的长篇小说《还阳》，将北京的都城历史和对现实的反讽，以一个太监的生活纠结在一起，给我们描画了一个永远在记忆的城市：北京。

已经去世的云南青年作家余地的小说集《谋杀》，在文本的实验上走得也很远。他在互文性、杂糅、回环叙事、小说的时间意识上，都做了很好地、精雕细刻地探索。还有贾平凹隆重作序的小说《村庄疾病史》，写的是当代"新农村人"的各种慢性疾病——这个乡村人在表面的高歌猛进中，实际正在被慢性病缠绕，陷入衰亡的陷阱中。

河西的随笔和小说都写得好，他的《平妖传》是对古典中国小说的一次致敬和戏仿，在复杂的同构关系中重新确定了小说幻想和想象的魅力。

杨典的《鬼斧集》和人与的《智慧国》，都是跨越文体的文本，很难说是小说、思想随笔还是模仿宗教文本的拟文本，但这显示了作家的创造力，和他们那种无畏的前行姿态。张松的《景盂遥详细自传》则是一部荒诞和黑色幽默风格的小说，带有强烈的本土魔幻色彩，在展现人的存在和境遇上有新表现。

《现代派文学辞典》也是一部怪异的文学辞典。作者选取的词汇，和我们通常理解文学的词汇不一样，但是给我们打开了无数窗户，让我们看到了现代文学的堂奥。署名作者贾勤，难道不是霍香结的另一个真身？

这套书还有霍香结主编的两册《乌力波》，作为了这 10 多本汉语实验小说文本小说的一种注解。

《乌力波》是欧美实验作家和数学家构成的群体给自己起的名字。这本书收录了西方和中国作家的一些新的实验小说，想想吧，数学家和文学家都结合起来了，其中一个诗人利用数学原理，写出《一百万亿首诗》。让我们记住他们中间最突出的名字：雷蒙·格诺，一个法国实验作家。

2020 年初，中信出版社出版了《一百万亿首诗》译本，拿到手里，我的确感到这是一个诗歌生产的机器。一首十四行诗，能够演变出很多诗篇来。

因此，我们看到霍香结在实验小说的推动上早就十分突出，他做了很多事，不仅策划出版丛书，还化身为多个作者，写出了多种文体的作品。

2020 年，疫情过后，也许我们会把更多的目光投向他，希望他的长篇小说《家语》能早日出版。

董启章

1

董启章出生于 1967 年。这篇文章本来有一个副题：想象世界的考古学家，在确定这个题目之前，我还想过其他几个题目，比如："董启章：香港记忆""董启章：沙中宇宙"，等等。虽然都能捕捉到了董启章的一些特点，但我总感觉没有将董启章最重要的特质抓住。

这说明董启章是很难概括，他是一个写作的"老狐狸"，是很难捕获。他是一个对自己创造的虚构的想象世界的朝向未来的考古学家。他还是一个非常难得的、对自己要写什么十分清晰的小说家。从他每本书的前言、后记中，我们都能获得他的全部想法。所以，我会引用很多他自己的说法，来佐证他是多么严格地践行了他的文学理念的。

2013 年 4 月，我去澳门参加文学节之前，曾经给董启章写过一个邮件，表达了要面见他的意愿，他回复我并且给了我一个电话。但最终，我那次没有取道香港，因为和我约好前往香港的老同学没有如期而至。我为什么要想见到他？因为他的写作让我感到了震惊，在我内心画出的小说大师的那条红线上，他已然进入了。其以顽强的写作意志和大部头的写作成就，唤起了我的敬意和本能的兴趣。

文学批评家王德威形容他："董启章是'一意孤行'的。因为，香港从来不在乎文学，何况董启章式的书写。但正因为有了董启章，香港就有了另类奇观。只要我们读下去（他的小说），这个奇观就令我们头晕目眩。"

王德威的评价非常准确，既描述了董启章写作的高度和难度，也描述了董启章坚持这种状态的决绝态度。的确，只要是你走在香港的大街上，你就会想象，这个地方会有文学吗？我第一次踏入香港这个老殖民地和新特别行政区的地界，就感觉到了强烈的与文学无关的疏离感。实际上，只要有人在的地方，就会有文学。多年以前，我在新疆的某个深山里面对被我发现的岩画时，我震惊于那些上万年前的人写下的绘画式"文学"，我觉得那些"看图说话"，也是描述了他们的生活的文学。

董启章，1967 年生于香港。童年和少年时期在香港长大，后来在香港大学获得了比较文学系硕士学位。毕业之后，他曾任中学教师。1992 年，他开始发表文学作品，写了一些短篇小说，比如《西西利亚》《皮箱女孩》《名字的玫瑰》《少年神农》等。

小说《西西利亚》就很让人惊异。这篇小说讲述一个男白领不喜欢暗恋和追求自己的女同事，竟然喜欢上了一个服装店里的断臂塑料模特，开始给这个塑料模特写情书，并委托女店员转交。女店员代为收信，还代为回信，并给断臂塑料模特起了一个名字叫作"西西利亚"。于是，男白领、女店员和断臂塑料模特之间那种怪异的关系，引发了我们很多关于爱情的想法。小说的最后，服装店关门，女店员和塑料模特"西西利亚"一起消失了。

1994年，董启章参加了台湾《联合报》和《联合文学》举办的小说比赛。他一下子投出了长篇小说、中篇小说、短篇小说各一篇，最后，他的中篇小说《安卓珍尼》获得《联合文学》小说新人奖中篇小说首奖。

"安卓珍尼"是英文雌雄同体的中文音译。小说讲述了一个叫安卓珍尼的女子，对一种雌雄同体的斑尾毛蜥蜴进行调查研究，探讨了自性繁殖的可能。小说的副题是"一个不存在的物种的进化史"，由此产生了对人类本身性别关系、繁殖系统、欲望本能和生物结构的想象性思考。他的短篇小说《少年神农》也获得了《联合文学》短篇小说推荐奖。但他的长篇小说《双身》没有获奖。

我发现，这个阶段的董启章，对性别的倒错和雌雄同体、变性等等问题特别有兴趣。《双身》讲述的是一个男人一觉醒来，发现自己已经变成有女性生理特征的"双身人"。这可能来源于卡夫卡的《变形记》的影响，也来源于20世纪90年代香港流行的对性别、同性恋或异性恋问题的关注热潮。

1995年，董启章又重写了长篇小说《双身》，在结构和叙述上做了很大调整，继续参加小说比赛，结果被终评委、台湾著名作家陈映真慧眼识才，发现这部作品去年参加过比赛，这次做了很大的修改，力挺要给予作者奖励。这一次，《双身》获得了《联合报》文学奖的长篇小说特别奖。

　　这给了董启章很大的鼓励。此后，他埋头写作，从 1997 年到 2000 年，接连写出了后来被他命名为"V 城系列"四部曲的跨文体作品——《地图集》《梦华录》《繁盛录》《博物志》。这 4 本书将地理散文、笔记小说、幻想断片和词典释义等各种文体结合起来，创造出一种独到的文学文本。

2

　　我在前面说了，董启章是一个对自己要写什么意图非常明确的作家。评论家就此可以歇息了，因为董启章自己把他的作品都解释清楚了。在《地图集》的后记里，他写道："《地图集》读来不像小说，但它的确是一部小说。关于这部不像小说的小说，常常产生两类误会，我在这里稍做辩解：这本书很严肃，因为这本书涉及很多似是而非的地图学理论，又好像是关于历史和考古学，并且是假借学者的语气写出来的，所以会让人认为这是一本严肃的书。我想说的是，这首先是一本让人发笑的书……这本书只是游戏，写这本书的时候，我投放了我所有的个人情感，对（香港）这个我所生长的城市，对我在这个城市所遇所知所见所感的种种，对我个人至为私密的记忆和体验。"

　　翻开《地图集》，我们看到这本书煞有介事地分为了"理论篇""城市篇""街道篇"和"符号篇"4 个部分，俨然一部城市文化地理学著作。实际上，4 个部分下设的具体的小节，都是虚构的，都是董启章从香港这座丰富的城市带给他的信息的变形、荒诞、夸张的经验性提炼出来的。里面的"错置地""非地方""东方半人马""海市""蜃楼""糖街""诗歌舞街""北进偏差""符号之墓穴"等等，都是董启章的想象性排列组合。

这样的写作，使我想起来了卡内蒂的那部随笔《五十个怪人》、帕维奇的《哈扎尔词典》以及卡尔维诺的《看不见的城市》，此类作品的怪诞性幻想、戏仿和解构词典的招数来。

在1998年出版的《繁盛录》和1999年出版的《梦华录》中，在对香港的另类书写中，董启章找到了自己贴近记忆、贴近香港各类符号的一种独特的路径，也是董启章遥遥地向1147年问世的、南宋的孟元老所写的《东京梦华录》以及南宋初年问世的《西湖老人繁胜录》的致敬。

南宋初年的孟元老所写的《东京梦华录》是一本文化地理学著作，记录了东京汴梁（开封）的山川风物人情世态。董启章的《繁盛录》共分3卷，每卷分为7节，分别写了地理形态、日常生活和四时风俗。董启章的后记题为《名实之辨、正反之辨、不是预言、罗列的艺术，或用顿号写成的小说》，这个长长的题目，已经说明他的创作初衷。在后记里，他还说："我是个很沉迷于命名或起题的作者，《繁盛录》有这样的风味。不停地设题，不停地解题，不停地破题，题中生题，结果变成了一个题目之载录，或名字之陈列。这是一本很怪的书，连我自己重读也觉得怪。"非预言、搞罗列、无名实、正与反，是这部作品的特点。

但仅就罗列的本事，就令我抓狂了。我想引用一点文章的内容，作为读者品赏董启章罗列功夫的佐证。在《酒楼之城》这一节中，写到了V城的酒楼和吃食如下：

　　根据《V城风物志》撰写者刘华生的记载，在长达156年殖民时期中，V城也是一个以酒楼闻名的城市。早期酒楼和茶楼性质各异，前者主理晚间筵席兼召妓陪酒作乐，后者则提供日间点心饭食，后渐难以区分，功能归一。著名酒楼有：杏花楼、宴琼林、得云楼、如意楼、观海楼、望江楼、五层楼、潇湘馆、多男、莲香、陆羽、双喜、龙凤、高升、平安、永盛、醉红、依香、金鼎、顺利、云来、樊楼、喜迎春、福临门、一笑楼、庆双逢、三元楼、大四喜、五月花。早上茶市俗称饮茶，茶叶主要用普洱、寿眉、香片、水仙、龙井、铁观音；点心亦琳琅多样：叉烧包、鸡包仔、大包、麻蓉包、莲蓉包、奶皇包、虾饺、鱼翅饺、韭菜饺、上汤水饺、灌汤饺、山竹牛肉、干蒸牛肉、烧卖、锦卤混沌、潮州粉果、鲜虾粉果、咸水角、荔芋角、炸虾角、煎堆、鲜竹卷、海鲜卷、鸡杂、鸡脚杂、棉花鸡、牛百叶、凤爪、鸭脚杂、豉汁蒸排骨、豉汁蒸鱼云、蚬蚧鲮鱼球、叉烧酥、皮蛋酥、蛋挞仔、马拉糕、千层糕、红豆糕、马豆糕、芝麻卷、炸面、鲜虾粉肠、牛肉粉肠、叉烧粉肠；碟头炒粉面：肉丝炒面、干烧伊面、扬州窝面、扬州炒饭、福建炒饭、星洲炒米、厦门炒米、雪菜火鸭丝炆米。晚饭小菜款式数之不尽：生炒排骨、西柠软鸡、咕噜斑球、腰果鸡丁、翡翠虾仁、凉瓜炒牛肉、瑶柱扒菜胆、金银蛋苋菜、清炒大斑球、姜葱斑腩煲、虾酱通菜炒鲜鱿、红烧豆腐、麻婆豆腐、琵琶豆腐、咸鱼鸡仔豆腐、百花蒸酿豆腐、玉兰腊味、梅菜扣肉；海鲜有龙虾、濑尿虾、基围虾、海虾、象拔蚌、鲍鱼、贵妃蚌、鱼翅、青斑、红斑、星斑、杉斑、虎斑、老鼠斑、青衣、苏眉、黄鳝、大闸蟹、花蟹。或清蒸之，或上汤烩之，或椒盐焗之，或葱蒜炒之，各具风味。嫁娶或大寿筵席，菜式多为十二道，如：鸿运乳猪全体、翡翠金银带子、发财蒜子柱

脯、百花炸酿蟹钳、肘子鸡炖大排翅、福禄海参鲍片、清蒸
大青斑、金华报喜鸡、飘香莲叶饭、金菰瑶柱炆伊面、红莲
炖雪蛤、鸳鸯美点及鲜果拼盘。

（董启章著《繁盛录》第77页，台湾联经出版社2012年4月版）

就从上面的一段，我们就可以看到董启章的耐心和罗列功夫
的充足了。其稍后出版的《梦华录》，则是一部记录当下香港日
常生活中的时尚符号的笔记体小短篇或者断片小说。在后记里，
董启章又现身说法了："1998年至1999年，我每星期翻阅潮流杂
志，寻找最为当时得令的消费品做主题，写了99篇短小的故事。
流行文化大起大落，旋生旋灭，事隔只是10年，当中写到的事
物无一不早已过时。"

《梦华录》中的99篇短篇小说，每篇在千字左右，很多标题
有英文的，也有中文的，都是物品的名称。中文部分如下：吊带
背心、少女标本、贴纸相、波衫、军裤、围裙、颜色太阳镜、古
着、夏金城、迷彩、渔夫帽、日剧万岁、电波少年、渔夫楼、灰
色、牛仔帽、发夹、短袖、领巾、动物纹、百褶裙、扭绳、挂颈
袋、人字拖、香港制造等等。在这些词汇的背后，有着怎么样转
眼就不再流行的时尚和那些飘散而去的感觉和故事呢？

而到了"V城系列"的第四部《博物志》，董启章以类似于
笔记小说和微型小说的笔法，以动植物和博物学家的笔法，编撰
了一本虚构的博物词典。涉及植物、动物、人工制品和纯粹幻想
出来的东西，如柏、白海豚、桃、鼠、蝴蝶、地衣、蜻蜓、打火
机、燕、杜鹃、木耳、松、喜鹊、树蛙、瓶子、烟斗、表、蝉、
木棉、壁虎、太阳鸟、豆娘、枫树、核桃等等，在寻常的事物的
背后，有着怎么样的阐发呢？于是，城市、历史、当下生活、符

号、记忆、幻想和虚构，成了董启章书写的以香港为打量客体的微观和宏观、缩小和放大、拉近和推远的"V城系列"，也成了他的文学世界的4个入口。

我记得，四川作家钟鸣曾经写过一些想象中的动物和怪物，女作家颜歌的《异兽志》也属于这一类的作品。他们和董启章在某个层面上有着有趣的呼应。那就是，从古代典籍、现代网络和城市符号中，去诞生想象中生成的动植物。钟鸣写这类作品比较早，在20世纪90年代就出版过多卷本的散文集，颜歌作为"80后"女作家，她写各种想象的动物，大约在2005年前后，这和网络文学的玄幻文学兴起有很大关系。

3

2003，董启章出版了长篇小说《体育时期》。在我看来，这部32万字的小说已经呈现出董启章即将写出大作品的气象来。按照莫言的说法，长篇小说要保持自己的尊严的方法，就是要"写出长篇小说的长度、密度和难度"。董启章显然为了能写出某种"伟大的汉语长篇小说"，在努力地做着准备。

《体育时期》的故事很单纯，就是围绕两个女孩的成长展开，以校裙底下穿的P.E.裤（一种香港中学乃至大学要求女生体育课上必穿的紧身短裤）开始，描绘了她们脱去安全裤的束缚，迈出校门，而又没有走进复杂的社会前的那种相对简单的状态。

董启章说，《体育时期》是一部从日本摇滚乐女王椎名林檎的音乐那里得来的灵感而写成的小说。董启章通过对未成熟少女的观察，审视特别行政区的香港社会的问题和病症。董启章可能会想，一个人从少女变成成年女性，会发生什么事情？于是，《体育时期》就成为两个年轻女孩和她们的人生局限搏击的故事。

我觉得这部小说写得很扎实紧密，既没有青年人理想的追寻和幻灭的那种一般成长小说的模式，也没有对青春的滥情怀念的感伤，有的是密实的心理和细节描写。

小说中，女大学生贝贝，因为在一次唱歌聚会上发生的袭击导师事件中，从袭击者、一个摇滚乐爱好者——她的名字叫不是苹果——身上的 P. E.裤，回忆起了一段她自己旁观他人屈辱的经历，从而产生了强烈地想认识对方的冲动。于是，两个看似毫无共同点的女孩子就此产生交集，以椎名林檎为引导，两人组建了一支叫"体育系"的乐队，作词、作曲、演唱，开始了与椎名林檎共度的青春时光。而在音乐之外，贝贝进行文学创作，她的理想是自己的书能出版。"不是苹果"的理想是能开一场演唱会，把"体育系"的歌唱出来给人听。最后，两个人都失望了。贝贝因为家庭经济状况的变故，需要一毕业就工作，而"体育系"在大学校园里的演唱，因为各方角力而被迫叫停。

因此，这还是一部关于理想的追寻和幻灭的小说。在文学史上，无数的文学作品都写到了人的成长。这是人类文学的一大母题。《体育时期》在铺陈主人公在理想的追寻和幻灭间，增加了很多她们的生活经验的叠加与交错。两个人逐渐发现彼此有着类似的障碍与耻辱要去克服，并最终获得了成长的丰富感受。其中的秘密、欢欣、隐痛、挫折、希望和奋斗，都呈现得细致入微。可见，董启章在长篇小说写作上，已经养出了一种气息，那种追求难度、密度和长度，开始在他后来的作品中出现了。

2005 年到 2010 年，台湾麦田出版社先后出版了董启章的

"自然史三部曲"，分为《天工开物·栩栩如真》《时间繁史·哑瓷之光》（上、下册）和《物种源始·贝贝重生》（上册），这4本书加起来，有150多万字，每本都很厚，仍有一本还没有完成。据说，《物种源始·贝贝重生》（下册）的篇幅也在60万字以上。那么，这个"自然史三部曲"铁定是一部超过200万字的鸿篇巨制了。我想，能写出伟大的鸿篇巨制，是很多作家一生的梦想，而董启章显然是毅然地迈向了这个目标，并且带给了我们巨大的惊喜。

"自然史三部曲"的第一部30多万字的《天工开物·栩栩如真》出版之后，一炮走红，引起了很大关注和很多好评，先后获得了台湾《中国时报》开卷好书奖之十大好书榜、《联合报》读书人文学类最佳图书奖、《亚洲周刊》中文十大好书榜等。2006年，《天工开物·栩栩如真》又入选香港电台、卫生及文化署"我最喜好的十本好书"推荐好书榜。同年，香港浸会大学颁发了首届"红楼梦文学奖"，董启章得到了一个评审团特别奖。这是华语世界里奖金最高的一个文学奖。文学评论家、哈佛大学教授王德威一向对董启章的创作非常关注，作为评委，他认为《天工开物·栩栩如真》是一部构思绝佳的作品，以人、物之间关系，构筑了一部家族史和香港史，恰如其分又匠心独运地写出了香港这座城市特有的历史风貌。可是，董启章没能拿到大奖和最重要的30万港币的奖金，那笔钱最后给了贾平凹。董启章更需要这笔钱，他不免感叹："唉！要是有了那30万，就够我用几年了。"

《天工开物·栩栩如真》这部小说按照董启章自己的话说，是一部二声部的小说。全书以董启章的家族历史为背景，一条线结合香港从 20 世纪 30 年代到 20 世纪 60 年代的艰难岁月，另外一条线则以叙述者个人的经验，展现了 20 世纪 70 年代到 20 世纪 90 年代的个人和香港社会的成长面貌。全书分为 24 个部分，有两个声部、两条时间的线索并行发展，带给了我们非常细腻的香港的历史和物质的记忆。董启章就像一个博物学家或者考古学家那样，给我们描述了董家的三代人：董富、董铣和叙述人——董启章的化身 "我" 的生活，以收音机、电报、电话、车床、衣车、电视机、汽车、游戏机、表、打字机、相机、卡式录音机等 12 种器物串起来，最后以书作为代后记，将这些日常生活中的器物的历史，与个人成长和城市的生长结合起来，创造出一个由远及近、由暗淡到鲜亮，又继续暗淡的那种来自时光，又消失于时光的感觉。

小说的另外一条线就是少女栩栩的身世的发现和显现。叙述者 "我" 后来分化成两个人，作家黑和黑的好朋友独裁者。而独裁者给《天工开物·栩栩如真》作序，暗示作家黑是这本书的作者。小说的叙述语言非常结实，仿佛绵密的针脚在细细地缝制，又如同拥挤在一起的沙粒一样无法区分。这样的语言密度和强度所带来的阅读感觉，是小说带着读者往前走，这有点像我读普鲁斯特的《追忆逝水年华》时的那种感觉，以语言的水流自动带着读者远去。

我最喜欢这本书里面的，就是其散发出来的时光的味道，和老香港变成了新香港这一过程中所显现出那种逐渐明亮起来的一幅幅画卷。

2007 年出版的《时间繁史·哑瓷之光》（上、下册），60 多万字的篇幅，再度令人震惊了。2008 年，《时间繁史·哑瓷之光》

获得了香港第二届红楼梦文学奖决审团奖。这是董启章第二次获得了这个奖了。

　　这是一部三声部的小说。小说一开始，商店女服务员恩恩接到了作家"独裁者"的信，两个人探讨的是关于婴儿宇宙的话题。瘫痪在床的"独裁者"一直被妻子哑瓷悉心照料。哑瓷生有两个孩子，花和果，结果有一天，花失踪了。一直到一个中西混血女孩，她叫维珍尼亚闯入了他们的生活。维珍尼亚是一个永远17岁的女孩子，因为她的心脏是机械的，永远就设定在17岁。于是，"独裁者"和维珍尼亚合写关于2097年——香港回归一百周年时发生的故事。而那个时候，象征香港的V城已经被洪水淹没，维珍尼亚在等待失踪的少年花穿越时空而来。最后，在溜冰场上，过去、现在和未来交织在一起，原来，大家都是时间的旅人……

4

　　2010年，董启章的《物种源始·贝贝重生之学习年代》（上册）出版，这是一部四声部的小说。女主人公芝，可以被看作是《体育时期》里面的那个贝贝，成长为现在的女人芝。芝从大学毕业之后，来到香港海边的小镇西贡，在一个小店里工作。她发现隔壁开书店的大学们正在研讨和读书，她陆续结识了他们。其中，有一个是有着男性生理特征的女性，名字叫作中，还有一个喜欢社会运动的志，芝也被志的好朋友角所暗恋。后来，这四个人展开了男性女性、同性异性、变形自性的复杂恋爱。小说结合了读书会的10多场读书讨论，就是书名"学习年代"的含义。

　　这些人的读书会开了 12 场，非常有意思，从大江健三郎、佩索阿、梭罗、阿伦特、萨义德、赫胥黎、萨拉马戈、赫塞、歌德，又回到大江健三郎，他们读的书有历史、政治、宗教、文学、哲学、科学等各类，与此同时，人类本身的性状态——男性女性、变性人、双性人，同性恋、双性恋也在他们之间不停对话中转换关系。董启章在这部小说里呈现了一批香港青年人的读书、学习、恋爱生活，最后，他们走向了社会抗争，前去保护西贡镇的一座面临拆迁的庙和庙旁的大树。

　　这部小说可以看到从《双身》到《体育时期》里那些人物的最新的成长，是逐渐地从那些书籍里走过来的人。小说中呈现了某些终极的追问：人究竟是什么？人生的意义在哪里？是在于学习，还是在于行动？这其实是汉娜·阿伦特思考的要点，人生是在于学习、思考和默想，还是在于行动和抗争？虽然小说的结尾，读书会成员各自散去，走向了生活本身的广阔的原野，却昭示着新的可能性。在这部小说中，董启章展现了一个更为宽阔的世界。小说并未完结，据说将在下部《行动年代》里面展现出人在城市中的各种行动。

　　到这里，我们就会发现，董启章的这种写作方法，在香港这样一个物质和欲望、金钱和实际的社会里出现，实在是不容易，甚至是有些极端的。大部分人提起香港文学，首先会想起的是金庸、倪匡、亦舒、张小娴、李碧华。但董启章觉得他们不能代表香港文学，他们的写作代表一种类型，有一定价值。董启章心中的香港文学，不是商业性的，他认为，香港自有一条纯文学的线索。早在 20 世纪 20 年代，香港纯文学就出现了：

　　我认识香港文学的起点已经是20世纪六七十年代的事情，比如，刘以鬯老师的小说《酒徒》和《对倒》。虽然香港文学的报纸副刊上大多是主流的商业化文章，但是，刘以鬯在主编副刊的过程中，会插入纯文学的文章，提携很多年轻的纯文学作家。我觉得，香港文学主要是城市的文学，写香港的人和事物，但香港文学不单是写内部的，而是把城市作为理解世界的模式，来写一种现代化生活的形态，人们共同生活在空间里的形态。香港文学除了非常本土外，也有这个普遍性的层面，如果写得好，也就是世界的文学，不单是地区的文学。香港文学用文学提出不同的可能性，去寻找现代人生存的意义。比如，青年作家韩丽珠就写得非常好，还有谢晓虹，潘国灵等。这几年，香港还拥有了一份纯文学杂志《字花》，已经办了几年了，是一批30岁的年轻人办的，很不错。

　　生活中，大学毕业之后，董启章曾开过一家公司，教授创意写作，给中学生们讲语文课。教书改作文之余，他还写专栏短文，最后组织进一个大的架构，这种写法的好处是可以每天都有积累，最后结集成了《地图集》《繁盛录》《梦华录》《博物志》。但当他要写比较长的小说的时候，就发现无法保证充足的创作时间。所以，他写《天工开物·栩栩如真》的时候，只能放弃教书，也不写专栏。好在董启章的太太在香港中文大学中文系教书，收入稳定，使董启章不必担心生活的问题。董启章对自己的人生选择十分清楚，他说：

　　　　我的写作是一种"自杀"式的状态。一来写小说不能支持生活，二来没有办法肯定写出来的成果如何。就算有人叫好，那又如何？更大的可能是继续被忽视。就算有人支持你的做法，当中也没有多少人真正花时间看完你的书。所以，写长篇小说是一件没法肯定成果的事情，但你必须为这个无法预测的结果付出不成比例的代价。不过，我依然相信长篇小说的价值。在这个文学日益衰落的时代，我觉得不妨逆流而上，以最不可能、最不合时宜的长篇小说做最后一搏。

（董启章著《在世界中写作，为世界而写》第 545 页，台湾联经出版社 2011 年 1 月版）

董启章发现，如今在香港，最近几年都没有人写长篇小说了。几十年前的香港长篇小说，大部分是通过报纸副刊连载的方式呈现给读者，然后再结集成单行本。在香港的文学传统中，很少有所谓的职业作家，因为他们都不能靠写作来谋生，所以他们都有很多其他工作。虽然在董启章看来，长篇小说似乎已经过时了，但他却选择了逆向前进。他说：

……至于大江健三郎，他就是我心目中的理想作家。我有很多崇拜的作家，像普鲁斯特、卡夫卡、佩索阿，但我不希望在现实生活里变成跟他们一样。我却希望像大江健三郎一样当一个作家。我不单是指像他那样地写，而是像他那样活出作家的人生。如果只是说思考型的作家，卡尔维诺和博尔赫斯也许比大江健三郎更机灵，也更有趣。大江健三郎吸引我的是，他是一个以自己的人生为创作前线的作家。他以个人生活体验的看似个别微小处，投映到社会和时代，在作品当中便看到了一个作家自身如何存活的问题，这是相当触动我的。而在作品中的这个作家自我，他的批判和怀疑是同时指向时代也指向自己的。他把个人体验的种种脆弱和不堪也展露出来，而且融合到时代的困局和危机里去，而不是超然地加以判断和指责。

（董启章著《在世界中写作，为世界而写》第508页，台湾联经出版社2011年1月版）

董启章最近几年都在写他计划中的鸿篇巨制。2013年，他的《地图集：一个想象的城市的考古学》获得了第三届科幻奇幻翻译作品的长篇作品奖。获奖消息是在克罗地亚举办的欧洲科幻奇幻节上发布的。2010年启动的"科幻奇幻翻译奖"，旨在奖励每一年度优秀的、由其他语言翻译成英文的科幻奇幻小说。

2012年，第二届的获奖小说是台湾作家黄凡的《零》（长篇奖）和青年科幻作家陈楸帆的《丽江的鱼儿们》（短篇奖）。评委对《地图集》的内容和译文评价均非常之高。获奖作品的作者和译者将各获得一块奖牌和350美元的奖金。这是董启章获得的最新奖励。

在谈到写作野心的时候，董启章说：

其中，有一个很原始的，就是纯粹的创造欲。当你创造的世界成功，你的创造欲也得到了满足，这是人皆有之的。但除了这个，我创作的世界并非与真实世界无关，也不是反映或揭示的问题，而是创作一个对应着现在世界的想象的世界，当中有相似，也有不相似的地方，它对真实世界隐藏的一些东西给予了放大，希望最终对真实世界有所反弹，希望读者在我的作品中也会看到这层关系。

（原载于《南都周刊》董启章访谈）

最后，董启章成了一个充满可能性的、想象世界的考古学家。

后　记

　　可能是和我从事的职业有关，我回头看我写下的文字的时候，有不少都是评论同时代作家的。

　　我当过多年的报社副刊编辑，工作就是向作家约稿，接触了很多作家。我后来担任《青年文学》主编和《人民文学》副主编，在鲁迅文学院担任常务副院长，也是整天面对作家和他们的稿子。我还在一些报刊上开设专栏，撰写书评，写了很多作家们的新书评论。

　　为了编辑这本书，我翻检这些文章，发现我写的各种评论长长短短的有几百篇，涉及三四百位作家、诗人的作品。这连我自己都感到吃惊。我也并没想过要当一个评论家，大部分书评、读后感都是作为一个同时代的读者和编辑写下的文字，作为文学同道所敲的边鼓而已。

　　从这些文章中，我选出了我对30个当代小说家的文章，编辑成这本书。这些文章有的诗散文、随笔、印象记，有的是带有分析评论性质的文章。

这本书的主体部分，是我在 2014 年写的关于拉美作家和中国作家的创作上的联系和呼应的系列文章。你会看到我考察了 20 位作家的作品，把他们和拉丁美洲作家进行了仔细比较，这一组文章我都收到这本书里了。这也是我们理解这些作家的一个入口。

小说家是创造一个虚构世界的人，小说家做的是无中生有的事业。这很有趣，但也很不容易，我向这些以想象力和语言作为工具的辛勤劳动者，表达我作为一个同道的致意。

邱华栋

2020 年 5 月